GAME ADDICT PLAYS "ENCOURAGEMENT FOR JOB HUNTING IN DUNGEONS" FROM A "NEW GAME"

ゲーム世界転生〈ダン活〉

～ゲーマーは【ダンジョン就活のススメ】を〈はじめから〉プレイする～

REINCARNATION IN THE GAME WORLD DANKATSU

Lv. 07

はじめから

▶ つづきから

オプション

ニシキギ・カエデ

イラスト：朱里

TOブックス

REINCARNATION IN THE GAME WORLD
DANKATSU
GAME ADDICT PLAYS "ENCOURAGEMENT FOR JOB HUNTING IN DUNGEONS" FROM A "NEW GAME"

PRESENTED BY KAEDE NISHIKIGI
ILLUSTRATED BY SHURI
PUBLISHED BY TO BOOKS

Lv. 07

イラスト:朱里　デザイン:沼 利光(D式Graphics)

ギルド GUILD エデン

名前 NAME	ゼフィルス	人種 CATEGORY	主人公	男

職業 JOB	LV	
勇者	62	迷宮学園一年生

HP	370/340	MP	703/603

STR 攻撃力	225	VIT 防御力	225	INT 魔力	225
RES 魔力抵抗	225	AGI 素早さ	225	DEX 器用さ	30

ゲーム〈ダン活〉の世界に転生。リアル〈ダン活〉に馴染んできて、もう完全にゲームをプレイしている気分で楽しんでいる。ギルド〈エデン〉のメンバーと共に、Sランクギルド――学園の頂点を目指す。

名前 NAME
ラナ

人種 CAT.
王族/姫 女

職業 JOB
聖女

迷宮学園一年生

我儘だが意外と素直で聞き分けが良い王女様。ゼフィルスの影響で、恋愛物語が大好きな夢見る少女から、今はすっかりダンジョン大好きなダンジョンガールに。

名前 NAME
シエラ

人種 CAT.
伯爵/姫 女

職業 JOB
盾姫

迷宮学園一年生

代々優秀な盾職を輩出してきた伯爵家の令嬢。類まれな盾の才能を持ったクールビューティ。色々抜けているゼフィルスやギルド〈エデン〉を影からサポートすることが多い。

名前 NAME
ハンナ

人種 CAT.
村人 女

職業 JOB
錬金術師

迷宮学園一年生

ゼフィルスの幼馴染で錬金術店の娘。命を助けられたことでゼフィルスを意識している。生産職でありながら、戦闘で役立ちたいと奮闘中。趣味は『錬金』と〈スラリポマラソン〉。

名前 NAME
エステル

人種 CAT.
騎士爵/姫 | 女

職業 JOB
姫騎士
迷宮学園一年生

幼い頃からラナを護衛してきた騎士であり従者。一時期塞ぎ込んでいたラナを笑顔にしてくれたとゼフィルスへの忠誠をグッと深め、鋭意努力を重ねている。

名前 NAME
ケイシェリア

人種 CAT.
エルフ | 女

職業 JOB
精霊術師
迷宮学園一年生

最強になることを目標に掲げるエルフ。知識欲が強い。エルフをスカウトするのに必要なプレゼントアイテムを自ら持参した猛者。

名前 NAME
ルル

人種 CAT.
子爵/姫 | 女

職業 JOB
ロリータヒーロー
迷宮学園一年生

子爵家の令嬢。幼女のような外見をしているがゼフィルス達と同じ迷宮学園一年生。可愛い物が大好き。自称ぬいぐるみ愛好家。

名前 NAME
セレスタン

人種 CAT.
分家 | 男

職業 JOB
バトラー
迷宮学園一年生

国王の命令で勇者の付き人となった執事。ゼフィルスの身の回りの世話以外にもギルド〈エデン〉の書類仕事や資金運用、他のギルドとの折衝等々、仕事もテキパキとこなす。

名前 NAME
リカ

人種 CAT.
侯爵/姫 | 女

職業 JOB
姫侍
迷宮学園一年生

侯爵家令嬢。モデル体型の高身長でキリっとして凛々しい。ゼフィルスの事は頼りになる仲間だと思っている。可愛い物が大好きで、ぬいぐるみを愛でるのが趣味。

名前 NAME
カルア

人種 CAT.
猫人/獣人 | 女

職業 JOB
スターキャット
迷宮学園一年生

傭兵団出身で猫の獣人。童顔で小柄で華奢。ぼーっとしていて、大事な話でも余裕で忘れ去る。優しくて面倒も見てくれるゼフィルスが好き。好きな食べ物はカレー。

名前 NAME
ヘカテリーナ

人種 CAT.
公爵/姫 | 女

職業 JOB
姫軍師
迷宮学園一年生

公爵家令嬢。〈エデン〉からスカウトを受け、【姫軍師】に転職。交渉ごとなどが得意で、ゼフィルスが右腕にしようと画策している。

名前 NAME
パメラ

人種 CAT.
分家 | 女

職業 JOB
女忍者
迷宮学園一年生

元々ラナの隠れた陰の護衛だったが、無事【女忍者】に就いたためラナが〈エデン〉に誘った。

名前 NAME
シズ

人種 CAT.
分家 | 女

職業 JOB
戦場メイド
迷宮学園一年生

元々ラナ付きのメイドだったが【戦場メイド】に就いたためラナが〈エデン〉に誘った。ラナ大好きであるが、エステルとは違いちゃんと自重している。

名前 NAME
ミストン所長

人種 CAT. 街人 男
職業 JOB ???
研究所所長

長年、職業《ジョブ》の発現条件について研究している。学園長とは割と仲が良い。

名前 NAME
フィリス先生

人種 CAT. 侯爵 女
職業 JOB 上侍
ダンジョン攻略専攻・戦闘課教員

迷宮学園卒業生の美人新任教師。ゼフィルスのクラス教員。学園長である祖父に無理を言ってでも職に就いたため、やる気は十分。

名前 NAME
マリー先輩

人種 CAT. 街人 女
職業 JOB 魔装束職人
迷宮学園二年生

Cランクギルド〈ワッペンシールステッカー〉のメンバー。先輩なのに学生と思えないほどの幼児体型。独特ななまり口調があり商売上手。あとノリが良い。

名前 NAME
ミサト

人種 CAT. 兎人/獣人 女
職業 JOB セージ 迷宮学園一年生

〈戦闘課1年1組〉に所属する将来有望な少女。【セージ】という非常にレアな職業《ジョブ》に就いているため、勧誘避けとして〈天下一大星〉に在籍している。

名前 NAME
〈幸猫様〉

神棚の主こと正式名称〈幸運を招く猫〉の設置型アイテム。ギルド内に飾るとギルドメンバーに『幸運』が付与される。そのあまりの効果に、〈ダン活〉プレイヤーからは、崇め奉られ神棚に置かれてお供えをされている。

名前 NAME
キリちゃん先輩

人種 CAT. 侯爵 女
職業 JOB 紅の竜峰将 迷宮学園三年生

Aランクギルド〈千剣フラカル〉のサブマスター。身長は高く、スラリとした美少女。実力は高く、ゼフィルスの知識チートを朧気ながら見抜いた眼力を持つ。

名前 NAME
ガント先輩

人種 CAT. 街人 男
職業 JOB クラフトマン 迷宮学園三年生

職人気質で不愛想。彫金屋で店番をしていた。

名前 NAME
ヴァンダムド学園長

人種 CAT. 公爵 男
職業 JOB ??? 学園長

学園を統括する大貴族。サンタと見間違えるほど白い髭をたっぷり伸ばし、がっちりとした体型のご老公。

第1話　朝の日常の1コマに。怪しい視線が集中する。

ピロリン♪　という音で目が覚めた。

月曜日の朝っぱらからアラームがなる前にチャットを送り込んでくるなんて誰の仕業だ？

という思いもあるが睡魔には抗いがたい。

そのまま再びまどろみの中に沈んでいこうかというところで、設定していたアラームがけたたましい音と共に鳴り出した。

「ぐあ、タイミングの悪い……」

寝に向かっているときに起こされるほどキツイものはない。

今日は1日ずっとこの睡魔がへばりついているだろうと思うと気が重たくなった。

どこかで一度昼寝しようと決めて身体を起こす。

「ええい。さっきのチャットは誰だ？　この借りは高値が付くぞ」

高値ってなんだと自問自答しつつ〈学生手帳(スマホ)〉を手に取る。

まだ寝ぼけているようだ。瞼が重いなぁと思いながら起動させ、この睡魔の原因たる人物を確認する。

――そこにあった名は、「サターン」。

「スパルタだ。スパルタ決定だ！」

今日の訓練がハードなスパルタに決定した瞬間だった。

文章は後で読もうと〈学生手帳〉をそのまま放って朝の支度を開始。顔を洗いにいき目を覚ました。でもまだ眠いな。やれやれ。

貴族舎の1階に部屋を与えられている俺にルームメイトはいない。

貴族舎に住まう人は基本的に貴族ばかりなので部屋は大きく、そして1人部屋が与えられているのだ。マジ贅沢。

まあ、ハンナみたいに優秀な学生の場合も1人部屋が与えられるが、普通の女子寮はここより部屋が狭い。

しかし、普通はそこに2人から4人のルームメイトが生活する。

迷宮学園はマンモス校、しかも全寮制のため普通はルームメイトと生活するのが基本だ。

そのため1人部屋が与えられる学生は羨望の視線を受ける。誰だって1人部屋がいいもんな。

しかし、たまに1人が耐えられない学生もいる。

「――ゼフィルス君起きてるー？」

コンコンコンと規則正しく扉がノックされる音の後、よく聞き慣れた声が聞こえた。

〈名も無き始まりの村〉から、つまり俺がこの〈ダン活〉の世界に来てからの付き合いである幼馴染(おさななじみ)のハンナだった。

最低限の身だしなみを整えた後だったのでそのまま迎え入れる。

「おう～、おはようハンナ～」

「おはよー、なんかすごく眠そうだねゼフィルス君？」

「朝からチャット音に睡眠を妨げられてな～、まだ脳と瞼が覚醒してない」

「ありゃりゃ、それは災難だったね。朝食は食べられる？　サンドイッチ作ってきたんだけど？」

「ハンナの料理なら腹いっぱいでも食べるさ！」

「そ、そう？　えへへ」

ハンナの朝食大歓迎。くわっと目が開いた。ハンナの朝食は美味いんだ。

目覚めは最悪だったが朝食は豪華！

一日を彩る朝の一幕にしては少し落差が激しい気がする。

俺の言葉にハンナは照れた様子で準備をし始めた。

ハンナは結構な頻度で部屋に訪ねてくるため、もう勝手知ったる、慣れたものだった。手を洗ってきて慣れた手つきで食器を並べサンドイッチを用意する。俺は飲み物を準備した。

今日のメニューはタマゴサンドにカツサンドだった。

16歳男子の食欲旺盛な胃袋をしっかり掴むメニューだ。美味そう。いやこれは美味いな。もう見ているだけで美味い。（フライング）

ちなみにハンナはハムとレタスのサンドイッチだった。そっちも美味そうだな。

「じゃ、作ってきてくれたハンナに感謝して、いただきます！」

「ふふ、召し上がれ」

まずタマゴサンドに噛り付く。う、こいつは美味い。

卵に絡むマヨネーズの分量が絶妙だ。俺の好みを早くも熟知されてしまっている気がする。

あっという間に食べ終え、少し寂しくなりつつ次のカツサンドを頬張る。

ぬおぉ、こっちも美味い。作ってすぐにアイテムバッグに入れたのだろう。間に挟まったキャベツがまだシャキシャキしていてカツの衣もさくっさくだ。肉は温かくジューシーで食べた瞬間から肉汁が染み出してくる、これはたまらない。手作り、作りたての食感だ！

「は、もう無い……」

「ふふ。気に入ってくれたようで良かった。また作ってくるね」

「是非お願いします！　それと、ご馳走様でした」

「はい。お粗末さまでした」

気が付けば皿は空になっていたわけで、また作ってきてくれるというハンナに感謝した。

ハンナ、マジでいい子！

「ゼフィルス君は今日の放課後ギルドに来るの？」

食べた後すぐ皿洗いをしながらハンナが聞いてくる。俺は朝の支度をしながらその問いに答えた。

「ああ。ちょっとクラスメイトに用はあるが、メンバーに報告することもあるしギルドに行くつもりだ」

「じゃあ私もギルド行くね」

ハンナは1人〈生産専攻〉の校舎なのでギルドに集まらないと〈エデン〉のメンバーと会う機会が無い。俺とは、こうして朝食を共にする機会は多いが。

そして、最近のハンナは〈生産専攻〉で、とても引っ張りだこらしい。

あっちで頼られ、こっちで頼られ、先生にも頼られる、ということもあって最近は俺だけではなくハンナもギルドに顔を出す機会が減っていた。

土日を除けば久しぶりにギルドで顔を合わせることになるな。

「ゼフィルス君終わった？　洗面所借りていい？」

「おう、終わったから使っていいぞ」

朝食を持ってくるとき、ハンナは女子寮に戻らずそのまま校舎へ向かう。

そのため洗面所にはハンナ用の生活用品が置いてあったりする。歯ブラシとか。

朝は時間が無いのでハンナが皿洗いしているときは俺が洗面所を使い、終わったら交代するというのがいつの間にか暗黙の了解になっていた。

ルームメイトがいたらこんな感じなのかねと感慨に耽りつつ、朝の支度を終え、後はハンナを待つばかりだ。

「お待たせゼフィルス君」

「おう、じゃ行こうか」

ハンナも準備が終わったので部屋を出る。

鍵を閉めるのはハンナの仕事だ。なぜか私が閉めたいといって強く主張するので任せてある。

こうして今日も一日が始まった。俺にとっての最近の日常。慣れてきた日々。

ハンナと貴族舎を出て、途中の分かれ道まで一緒に登校する。青春の1ページ。

しかし、それを陰から見るいくつかの視線に俺は最後まで気が付かなかった。

第2話　サターンたちは逃げに入った。勇者からは逃げられなかった。

「おはよう～」

「来たなゼフィルス！　朝知らせたとおり、我らは貴様の引き抜き工作に対して全面的に抵抗する構えだ！　どうかミサトを引き抜かないでくださいお願いします！」

「……何の話だ？」

いつも通り教室に入ると、どこかで見たような光景がそこにあった。

サターンを先頭にジーロン、トマ、ヘルクといういつもの３人が横一列に並んで、偉そうな態度を取ったかと思うと、頭を下げて懇願していた。

仲良いなこいつら。しかし後半の言葉にいつものプライドが感じられない。いったい何があったというのだ？（↑張本人）

とそこで俺は思い出した。

朝、俺の睡眠を妨害してくれたサターンを。

許せん！　成敗してくれる！

「今日のスケジュールは2倍増しだ」

「!?　そ、それは横暴だぞゼフィルス!?」

「ふふ!?　待ってください。話し合いませんか？」

「た、短慮は良くないな。この抗議は正当なもののはずだ。焦ってはいけないぞ」

「俺様が震えているだと？　ゼフィルス考え直すのだ、俺様たちのギルドだって厳しい。どうか話を聞いてほしい！」

俺がサターンにペナルティを与えると後ろの３人まで慌てだした。

なんだか話がかみ合っていない気がする。

「そうだ、あのチャットってなんだったんだ？　朝は色々あって読んでなかったんだが」

「読んでなかったのかよ⁉　どういうことだ⁉　あれには大事なことが書いてあったんだぞ⁉」

サターンが目をむいて叫んだ。

いけないな。なんて反抗的なんだ。

安眠を妨害された礼には高値が付くという。

これはサターンを絞れるだけ絞ってやらねばならないようだ。

放課後、楽しみにしておくといい。

「ふふ⁉」

「わ、笑ってやがる」

「なんて恐ろしい笑い方なんだ。邪悪さが滲み出ているぜ」

後ろの３人がなぜか人の顔を見てビビっていた。

失敬な。

「は、話を聞け！　まずはだ、貴様がミサトを引き抜こうとしたのが原因なんだぞ？」

「何の話だ？」

ミサトとは同じクラスの同級生で「兎人」のカテゴリーを持つ女子だ。

「兎人」は営業商業関係に強い適性を持つ【バニー】や、スピード系の戦闘に特化した【タイムラビット】など様々な方向へ伸ばすことが出来る優秀なカテゴリー。

ミサトはその中でも最高峰の高位職、【セージ】という強力な回復特化職に就いている。

見た目も可愛く、言動も明るいミサトはそれらのせいで上級生からしつこい勧誘を受けており、隠れ蓑としてサターンたちのギルド〈天下一大星〉に一時加入している経緯があった。

確かに〈エデン〉は今ヒーラー不足。【セージ】のミサトが入ってくれればかなりありがたいが……。

しかし、ミサトを誘った記憶は……まだなかったはず。なかったよな？　いや、あったかもしれない。最近忙しすぎて記憶から零れ落ちているのかもしれない。ミサトが望むならあったことにしておいてもいい気がしてきた。俺は話し合いを再開する。

「つまり、ミサトが〈天下一大星〉を抜けようとしているということか？」

「そうだ。ミサトは我らにとって重要なヒーラー。渡すわけにはいかん！」

「ふふ。ミサトさんは天使なのです。僕たちが方々を当たって全て断られ、絶望の淵にいたとき、彼女だけが〈天下一大星〉に加入してくれました」

「ミサトは俺たちの希望の象徴だ。いくらゼフィルスといえど、ミサトは絶対に渡せん！」

「たとえ俺様たちの身が砕かれようとも、絶対死守してみせる！　この【大戦士】ヘルクの名にかけてな！」

「………………」

なんとか記憶の底からサルベージに成功すると、確かに彼らをやる気にさせるために「サボったらミサトを引き抜くから」的なことを言った気がすると思い出した。

あの時はあくまで彼らをやる気にさせるための方便だったのだが、どうやら大事になってしまったようだ。

というか、聞いてて少し切なくなってきたぞ。なんだその理由は。

1人僕の天使だとか言っている奴いるし、なんかアイドルみたいな扱いをされているのは気のせいだろうか？

俺の記憶では、ミサトは一時加入というだけだった気がするが……なぜこんなことに？

ということで全ての原因たる彼女に聞いてみることにした。ちょうど教室に入ってきたところを確保する。

「おはよー、――むぐぅ!?」

「確保完了！」

「「「ミサトォ!?」」」

そのままスッと教室の端までミサトを連行し問い詰めた。

「それでミサトよ、これはいったいどういうことなんだ？　言い分があるなら聞くぞ？」

「むぐむぐ!?　ぷは！　なになになに!?　どういうこと!?」

口を塞いでいた手を離してやるとミサトは混乱中だった。とりあえず『リカバリー』を掛けてやる。

「いやいやいや、私は正気だし冷静だからね!?　いきなり口塞がれて連行されれば誰だってこうなるから!?　まずは説明プリーズ！」

「あれを見ろ」

千の言葉より見たほうが早いこともある。

俺は後ろ向きに親指で彼らを指した。

「おのれゼフィルス！　本性を現したな！」

「ふふ、ミサトを解放しなさい。さもなくば【大剣豪Ｌｖ25】の僕の力が火を噴きますよ！」

「やはりミサトを〈エデン〉に引き抜く気だったか！　させん、そうはさせんぞ！」

「俺様を忘れてもらっちゃ困るな！　俺様が代わりになる！　ミサトを離してもらおうか！」

そこにはミサトの解放を訴える４人の姿があった。そしてその後ろに静かに立ち、いつでも制圧できるよう構える〈エデン〉の女子たちの姿も……。

なぜだろう、彼らよりもその後ろに立つシエラの方が気になって仕方がない。

シエラの目が鋭く俺に向いているのは気のせいだろうか？

それを見てようやく状況を飲み込めたのかミサトが冷や汗を流しながら答えた。

「ま、まずは落ち着こう？　ほら、もうすぐ朝礼だしさ、詳しい話は放課後に絶対時間作るから。ね？　お願い！」

そう言って九十度に腰を曲げるミサト。頭の兎耳までクイっと曲がっている。芸が細かい。

とりあえず約束は取り付けたのでミサトを解放し、何とか朝の一幕は収束したのだった。

良かったなサターンたち。下手に俺に手を出していればきっと後ろからボコボコに制圧されていたぞ。

俺もシエラから「後で話があるわ」と思わず背筋が冷たくなる言葉を言われたが、全部サターンたちのせいということにして切り抜けようと思う。


放課後。

今日一日、教室はこうピリッとした空気に包まれていた。

まあ朝からあんな騒動があれば当たり前かもしれない。

俺も昼食中にシエラに捕まって説教を食らったのだ。

すべてをサターンたちのせいにして切り抜けようとしたが、ダメだった。

ミサトにはしっかり説明してもらわなければならない。

「何か釈明はあるかなミサトくん？」

気分は取り調べをする警察官だ。ブラインドカーテンがあれば完璧だったな。

「えっと、私もようやく状況を理解したところなんだけどね。そもそも〈天下一大星〉には一時的に加入しただけだし、いつでも抜けていいって条件だったから。あと〈エデン〉に行くなんて言ってないよ私。いいかも～とは言ったかもしれないけど？」

教室でミサトにそう問いただしたところ、返ってきた言葉に頷き、俺は〈天下一大星〉の方を向く。

「ミサトはこう言っているが、正しいのかな？」

「ま、待て。その目をやめるのだゼフィルスよ」

「ふふ!? なんて恐ろしい目をしているのですか。顔は笑っているのに目が笑っていませんよ!?」

「そんなことはどうでもいいから早く言え」

なぜか怯むサターンたち。やましいことがある証拠だな。問い詰めてやるぜ。

「お、概ねその通り、かも知れない……か」

腕を組んだトマが渋い声を出して目を逸らしながら言った。「か」じゃねぇよ。

「な、何!? 俺様はミサトを〈エデン〉に取られると聞いたから抗議に参加したのだぞ!?」

しかし、トマの証言に度肝を抜かれたような声を上げるヘルク。1人だけ忘れられていたのか？

「し、しかしだ。ほとんど引き抜かれているのと変わらん状況だろうと我は思う。我らの〈天下一大星〉は5名しかいないのだ。しかもヒーラーのミサトに抜けられては解散するしかないのだぞ!?」

サターンが訴える。

学園の校則でギルドは5人以上と決まっている。

人数が5人未満の時、1週間以内に数を満たせなければギルドは解散になるのだ。

学園側もギルド部屋を貸し出している関係上、この校則には厳しい。

また、サターンたちは多くのクラスを回り頼み込んだが全て断られた実績がある。

きっと「我らのギルドに迎え入れてやろう」とでも尊大な態度で言ったに違いない。

2組以降の学生はLv的にサターンたちより下に違いないので無駄なプライドをへし折る役がいなかったんだなきっと。

と、話が脱線した。

「つまり、俺や〈エデン〉とは無関係だったということだな？」

「ふふ!? え、ええ。そうなるかもしれなかったりするかもしれないですね」

「悲しい行き違いがあったかもしれないな」

「俺様が聞かされたこととは違うぞ!?」

「……なるほど？」

こいつら、認めやがったぞ。

話し合うなら俺よりミサトを説得しろよ。

「それで？ もし俺との話し合いが決裂したらどうしてたんだ？」

もし仮に事実だったとして、どう考えても決裂する可能性は高いと思われる。

「ふ、ええと。それはですね……」

「そ、それはだな」

なんとなく歯切れが悪いジーロンとトマ。目が泳ぎまくっている。なんだ？

「さあ、吐け！」

「こいつらはミサトを奪うのなら、〈決闘戦〉を挑むことも辞さないとか言っていたぞ」

「ヘルク⁉ そそそれは言葉の綾だ。ゼフィルス違うぞ。我はそんなこと欠片も思っていない！」

思わぬヘルクの言葉にサターンが激しくビビる。

こいつら、前回ギルドバトルに負けたばかりだというのをもう忘れたのだろうか？

いや、覚えているからこそビビっているのかもしれない。

またプライドが伸びてきたようだな。ちょっと目を離すとすぐにニョキニョキ伸びるんだから。後でまたへし折っておかないと。

いや、女を賭けて決闘とかロマンなんだけどさ。紅の飛行機に乗ったワイルドな豚紳士が見えるかのようだ。でもやはりへし折っておこう。

「さてサターン、他に言いたいことはあるか？」

「ひ⁉ ま、待つんだゼフィルス。落ち着け、話せばわかるのだ！」

「――――スケジュール3倍だ」

サターンが言い訳じみたことを言い始めたのでペナルティを課すと、サターンたち4人が一瞬で逃げに入った。しかし、

「勇者からは逃げられない」

「そ、そんなバカな⁉」

すでに教室の2箇所の出入り口と窓は〈エデン〉のメンバーで固めている。

全員が格上だ。サターンたちに逃げ場はない。

「ほ、本当なんだゼフィルス！　我らは……弱い。少なくとも今はまだ弱いと分かった。あれは、そうだノリだ。その場のノリで言っただけなんだ。ちょっと日頃の恨みと鬱憤を晴らしたかっただけなんだ！」

「なお悪いわ！」

ついに本音が出たサターン。スケジュール3倍からも逃げられないようだ。

「ねえ、ちょっと聞いてもらってもいい？」

「ん？」

そこへ救いの女神登場。待ったを掛けたのはミサトだった。

「実は私もこのまま抜けるのは薄情だと思うのね。だから私の代わりに入ってもいいっていう人を見つけてきたのよ。これでギルドは解散しなくてもいいはずだよ」

そこに投下されたのは本当に救いの情報だった。

ジーロンなんて「おお、やはりミサトは天使……いや女神だ……」とか呟いてるぞ。

「さすがに勧誘避けとして加入させてもらっておいてすぐ抜けるなんて道義に悖るからね。2人ほど見つけてきたよ。1人はヒーラーの【ホーリー】よ。もう1人は斥候役で【密偵】だね。後で紹介するね」

「おお、ミサトよ、我らのために！」

照れたようにそう言うミサトにサターンたち4人は感涙していた。

いや、ミサトは抜ける準備を着々と進めている様子だが、いいのか止めなくて？

俺にはサターンたちの心理はよく分からなかった。

だけどこれだけは分かる。スケジュール3倍は決定だ。

それと、もう一つ別でペナルティを用意しようと思う。楽しみにしていろよ。

第3話　ギルドで提案！　ゲットしたQPを使おうぜ！

「さて、色々あったが無事全員が集まれてよかった。今日は皆に報告したいことがある」

「ゼフィルス君、疲れた顔をしているけど何かあったの？」

教室の一件を終えて現在〈エデン〉のギルド部屋。

いつも通りの位置で俺が立つとハンナが不思議そうに聞いてきた。

うむ。顔に出ていたらしい。

ちょっとハードなスケジュールをこなしてしまった弊害だ。

サターンたちが再び逃げようとしたため無駄に疲れてしまった。まったく、勇者からは逃げられないというのに。

ゲームの勇者は魔王がどこに居ようとも追いかけて倒すんだぞ？　勇者からは逃げられない。これゲームではお約束。

結局ミサトの応援もあってサターンたち自ら練習場へ向かってくれたから良かったが。その分ハードになった。

それと、ミサトには俺が考えたサターンたちの特別メニュー（スペシャル）を渡しておいた。「迷惑掛けたし、しっかり監督しておくね」とミサトは引き受けてくれたよ。メニューの内容を見た顔が少し引きつっている様子だったが、まあお仕置きだし3倍だからな。

そして俺は、後はミサトに任せてギルドに来られたのだった。

「ちょっと朝トラブルがあってな。とりあえずそれは済んだから大丈夫だ。それよりも皆に連絡だ。この前受けた〈学園長クエスト〉の一つを無事クリアすることが出来た。報酬は52万ＱＰになったぞ」

「52万……すごい数字ね」

「そんなに高いの？　あまりすごく聞こえないのだけど？」

俺の報告にシエラが感心した声を出すが、ラナにとってはピンと来ないらしい。

まあ、いつも報酬をウン百万ミール貰っているからな。

今更数十万と言われても実感しにくいかもしれない。レートは１ＱＰで約１０００ミールなので、計算すると5億ミールになるんだが。

しかも、52万というのは、ＥランクギルドどころかＤランクでもまずお目にかかれない数字なんだぞ？

「ＱＰ（クエストポイント）の利用価値は高いぞ。何しろ普段手に入りにくいアイテムや素材、装備の交換を始め、学園の設備や施設の利用、他にも様々なことに使用出来る。ギルド部屋は学園の借り物だが、より良い設備を置いたり、もしくは豪華に改築したりすることも可能だ」

フィリス先生にその辺のことはしっかり聞いておいた。改装時間もゲーム時代と同じく2日くらいで終わるらしい。スキルってすげぇ。

「とはいえ今改装すると、ギルド部屋を引っ越しするとき元に戻すための改装料も取られるから、Cランクになってギルドハウスが与えられるまでは基本的に改装はしない予定だけどな」

追加で今後の改装の予定も話しておく。勝手にインテリアにQPを使われたらたまらないからな。

「むう。残念ね。部屋をもっと可愛くしたかったのに」

「ぬいぐるみだけで十分じゃね？」

ラナのセリフになぜかルルを始めとした何人かの女子が頷くが周りをもう一度見渡してほしい。

いつの間にやら、ギルド部屋には動物系のぬいぐるみからデフォルメされたモンスターのぬいぐるみまで50個くらいの可愛らしいぬいぐるみが置いてあった。

端にはどこから持ってきたのかぬいぐるみ用の衣装ケースや棚までセッティングされている。

毎回ギルド部屋に来るたびにぬいぐるみが増えている気がするのは気のせいではない。

「ぬいぐるみ、もう増えない。〈モコモコ毛玉〉なくなっちゃった」

「犯人はカルアだったのか」

そういえば〈デブブスペシャル〉を狩ったときにぬいぐるみ素材の〈モコモコ毛玉〉が10個ドロップしていたっけ。攻略に熱心な〈ダン活〉プレイヤーなら売っておしまいなそれを、カルアはきっちり全部ぬいぐるみにしたらしい。

どうりで、良い素材使ってんなぁというぬいぐるみが多いはずである。

〈モコモコ毛玉〉は一応レア素材なのだ。俺にとってはハズレ枠だが。

話がずれたがすでにギルド部屋はぬいぐるみ空間。これ以上可愛くされたら男子の肩身が狭くなってしまう。

　せめて部屋数が多くなるギルドハウスに引っ越すまではこれ以上増やさないでほしい。

「それでゼフィルス、ＱＰの使い道は決めてあるの？」

「ああ、せっかく一仕事終えたんだ。もう一つの〈学園長クエスト〉もシエラたちは頑張ってくれているし、ＱＰを使ってちょっとした慰労会でもしたいと思ってな」

　そこで一旦言葉を止め、ギルドメンバーに提案する。

「ＱＰを支払うことで利用できるエクストラダンジョンの一つ、〈食材と畜産ダンジョン〉。ここで採れる贅沢な食材を使って豪華なパーティをしたいんだが、どうかな？」

　――〈エクストラダンジョン〉。

　それは等級に縛られない、資源が豊富なダンジョンの総称だ。

数が少なく、国に厳重に管理されているため入るには許可が必要なのである。

　そして学び舎としての迷宮学園では、ＱＰを支払うことで入ダンする許可が下りるのだ。

　また、通常のダンジョンとは違い、基本的にギルドメンバー全員で入ダンし、資源を採集するダンジョンでもある。

　そういう意味でも特殊なダンジョンだな。

　この〈食材と畜産ダンジョン〉通称〈食ダン〉ではモンスターも一応登場するが、初級中位（ショッチュー）から初級上位（ショッコー）並と弱く、数も少ない。

　その代わり家畜にされる動物などがたくさん登場するダンジョンである。鶏や牛、馬なんかだな。

〈採取〉では、誰も育てなくても生き生きと育つ野菜や果物などを採ることが可能だ。

深層に行くほど食材のグレードが上がっていくので、今回はこの深層にある食材をゲットしに行きたい。これがすごく美味しいらしいんだ。

また、他にも〈エクストラダンジョン〉によっては、海が一面に広がるビーチなダンジョンや温泉地なんてのもあったりする。

海で遊ぶもよし、漁をしてもよし、温泉に浸かってもよしな、変わったダンジョンの集まりが〈エクストラダンジョン〉だな。

そしてこの〈エクストラダンジョン〉のためなのか〈ダン活〉にはちゃんと水着装備も準備されていたりする。

ゲーム時代、攻略をメインにやってた時は利用しなかったが、攻略ではなくキャラのスクショをメインにゲームを進めていたときはよく利用していた。

攻略サイトの掲示板にも「我こそ最高のサマーバケーション」とか「雪降る露天温泉でまったり入浴中」なんて題名でよくスクショが上がってたっけ。懐かしい。ここは一度しかないリアルなんだし、夏休みには海に、冬休みには温泉地に行ってみるのもありだな。

閑話休題。

「〈食ダン〉いいわね！　美味しい食材が私を待ってるのよ！」

「ん、美味しいは、大好き」

「ルルも大好きなのです！　是非参加させてほしいのです！」

「腕によりをかけて作るよ」

ラナ、カルア、ルル、ハンナと、諸手(もろて)を挙げて賛成してくれる。

良かった。初めてＱＰを使うなら何にしようか悩みまくっていたが、概ね気に入ってくれたみたいだな。

「シエラはどうだ？」

「そうね。いいと思うわ。美味しい料理はやる気アップにも繋がるものね。毎日練習とダンジョンだと、その辺を心配していたのよ。あなたが真剣にギルドのことを考えていたのだって伝わってくる提案だわ」

シエラも賛成のようだ。少し照れる。よし、じゃあ決まりだな。

俺も、毎日同じことの繰り返しでは飽きが来ないかを心配していた。

特にやる気の低下、テンションの低下はゲームをやる上で深刻な問題だ。

「効率とは飽きとの戦いだ」とは誰かが言ったセリフだ。

たまにはこうしてはっちゃけるのもいいだろう。（たまには……？）

〈食材と畜産ダンジョン〉は20層のダンジョンなので探索するなら１日フルに使う必要があるな。

土曜日は〈学園長クエスト〉の最後の素材を回収しに行くので、エクストラダンジョンには日曜日に行くことに決めたのだった。

ギルドの話し合いでエクストラダンジョンの一つ〈食材と畜産ダンジョン〉に行くことが決定してからの日々は早かった。

火曜日はサターンたちと再び青春の汗を流した。

昨日はあの後ミサトの応援もあってスケジュール３倍を何とかやり遂げたサターンたち、なんとＬ

Vが1上がったらしい。よかったな。

真面目に頑張ったらしいので今日は2倍のスケジュールにしてあげた。

ただサターンだけは俺の安眠を妨害した礼として今日も3倍スケジュールだ。

「うおー！　なぜ、なぜ我だけぇぇぇ!!」

「ほらサターン、そこはフレアで味方を援護するところだ！　クールタイムをよく計算しろ！　魔法を全部モンスターに撃ったら味方を援護できなくなることも考えるんだ！　必ず予備として何かしらの魔法を備え(そな)に持っていろ。全弾撃ちつくすな！」

「くっそおぉぉぉぉぉ！」

「ふふ、こちらに飛び火しないでよかったですね」

「ああ。愚かなサターンめ、ゼフィルスを怒らせるとはバカなやつだ」

「まったくだな。これだから自尊心が無駄に高いやつは」

なんか他の3人が聞き捨てならない事を言っている。

鏡を持ってきてこいつらに見せてやりたい。

しかし、このハードな訓練のおかげもあってサターンは狙いがかなり正確になってきた。誤射も少なくなってないか？

また、魔法使いとしての立ち回りも徐々に出来てきている。

こりゃ、このまま頑張れば良い魔法使いになるかもしれないな。

水曜日の放課後は〈エデン〉のメンバーと共に素材採取などを行った。

〈丘陵の恐竜ダンジョン〉では〈上魔力草〉が採取できる。それは〈ＭＰハイポーション〉の素材になるのだ。

現在〈ＭＰハイポーション〉は、ハンナが〈ＭＰポーション〉に中級〈銀箱〉産のアイテムを奉納することで生産しているが、中級〈銀箱〉産は数がまだ少ないし、少し勿体無(もったいな)い。

そのためできるなら普通の生産方法で〈ＭＰハイポーション〉を生産したいところだった。

ルルやシェリアたちもＬｖ40を超えたので、今日は中級に進出できた全てのメンバーとリーナを加えて中級下位(チュカ)で採取して過ごした。

リーナだけはＬｖが20になったばかりだったが〈『ゲスト』の腕輪〉を使ったため入ダンできた形だ。

またシズとセレスタンには何やら仕事があると言われ断られてしまった。

一緒に行くのならＱＰで〈『ゲスト』の腕輪〉を学園から借りようとも思っていたのだが、残念。お仕事、頑張ってほしい。

エクストラダンジョンに行ったときの予行演習が出来るかなと思っていたのだが、まあ今日は普通の放課後なので集まれないのは仕方ないか。その代わり日曜には参加してもらえるようだし。

「ここが中級ダンジョンなのですね。わたくしが正式にここにこられるのはまだ先ですが、早く皆様に追いつきたいですわ」

「ま、頑張ればすぐに追いつけるさ。というより早く追いついてもらわなければ困る。リーナには指揮を任せたいんだからな」

「精進しますわ。ゼフィルスさんがその、教えてくださるのでしょ？」

「あ、ああ。こほん、とりあえずはレベル上げを頑張ってほしい」

「ふふ。わかりましたわ」

見た目完全なお嬢様のリーナが流し目を送ってくるのを咳払いしてやり過ごし真面目な話をする。く、お嬢様のその目は破壊力が大きい。あまり見つめないでほしい。

視線を逸らすと、その先でバッチリこちらに視線を固定したラナとハンナと目が合った。恐ろしいことに目を逸らしてくれない。

俺は急ぎリーナとの話を切り上げ、別のメンバーの許へ足早に向かうしかなかった。

途中、登場した恐竜モンスター〈トルトル〉に、ルルが「愛します！　あのぬいぐるみを愛でたいです！」と言って突撃し齧(かじ)られるトラブルもあったが概ね楽しく過ごせたと思う。

ちなみにルルは齧られても平気そうに〈トルトル〉を撫でていたところを無事シェリアに保護されていた。

後でデフォルメされた〈トルトル〉ぬいぐるみがギルド部屋に飾られることとなった。

またぬいぐるみが増えていく……。

木曜日の放課後はミサトが言っていた【ホーリー】と【密偵】の紹介があった。

2人とも男子で【ホーリー】は〈戦闘課1年7組〉、【密偵】は〈罠外課1年2組〉の学生とのことだ。

もちろん2人とも高位職である。

【ホーリー】は【白魔導師】など回復系導師の高位職で高の下の位置に分類される回復特化職だ。ミサトの【セージ】は結界なども出来るため見劣りはするが、回復に関しては【セージ】をも上回る性能を持っている。

【密偵】は【シーフ】など斥候系の高位職で、同じく高の下の位置に分類されている。鍵開け、罠外しはもちろん、ダンジョン内での索敵や調査なども出来る優良職だ。その代わり戦闘は少し不得意となっている。

中々素晴らしい人材だと思うが、よく〈天下一大星〉に加わりたいと思ったものだ。ミサトの手腕がよかったのかな？

着々とギルドを抜ける準備を進めているようである。

またミサトは、ギルドを抜けるのを今月末に予定しているらしく、それまでは〈天下一大星〉の1人として共にダンジョンにも潜るらしい。

わりとミサトは面倒見が良いというか、筋をしっかり通す子のようだ。

「そういえばミサトは〈天下一大星〉を抜けてどうするんだ？　他に加入するギルドが見つかったのか？」

「んや。実はまだ見つかってないんだよね。だけど元々勧誘合戦が活発な時期をやり過ごせれば抜けるつもりだったし、〈天下一大星〉は最初勧誘避けとして加入させてもらったからさ、ちゃんと筋は通しておかないと彼らにも不義理だしね」

「……絶対気にしないと思うが」

5月はギルドバトルが非常に活発になる時期である。

4月に負けてランク落ちしたギルドの下剋上もあるため激しくなりやすい。どこのギルドもそりゃミサトが欲しいだろう。

しかし、5月さえ乗り切ってしまえばある程度落ち着く。ギルドバトルは一度受けたら1ヶ月は拒否できると校則で決まっているからだ。これを防衛実績という。

6月になればある程度上級生の勢力図が固まってきて勧誘合戦は鳴りを潜めることになる。

そのため、ミサトは元々5月末で〈天下一大星〉を抜けるつもりだったようだ。

彼女の筋を通すべきという覚悟は固いらしいが、サターンたちは泣くと思われる。

「あはは、まあ入ってみてわかったけど、わりと居心地良いギルドだったしね。少し勿体無かったかなって思ったよ。彼らも面白いし、プライドだけ立派に育っちゃってるけどゼフィルス君の指導に文句を言いつつもちゃんとやってるし、実力だって付いてきた。根は素直で真面目な子たちだと思う。けど、これは私の問題だからさ」

「そっか。じゃ、ミサトさえその気なら〈エデン〉に来るか？」

「え？　このタイミングで勧誘するの？」

「おう。〈エデン〉は今ヒーラー不足だからな。ミサトなら大歓迎するぜ？　ま、考えておいてほしい」

「たはは。嬉しいこと言ってくれるね。うん、前向きに考えるよ」

「頼むぜ。空きはあるから5月中には返事を聞かせてくれ」

そんな約束をして、その後はサターンたちと青春の汗を流したのだった。

第４話
学園・情報発信端末・誰でもチャット掲示板16

627 ：名無しの剣士2年生
うう、Dランクに落ちたっす～。

628 ：名無しの神官2年生
あれま。
さすがに激化する5月戦､真のギルドバトルは乗り越えられんかったか。

629 ：名無しの斧士2年生
合掌。

630 ：名無しの魔法使い2年生
ご愁傷様なのだわ。

631 ：名無しの冒険者2年生
剣士さんドンマイ。
俺のギルドなんてEランクだぜ？　大丈夫だって。

632 ：名無しの剣士2年生
何が大丈夫なのかわかんないっす～。
せっかく支援先輩にいろいろ教わったのに申し訳ないっすよ～。

633 ：名無しの支援3年生
何、勝負は時の運だ。今回は運が悪かったな。
一度はCランクギルドについたことがあるのだ。
また頑張ればいいだろう。

634 ：名無しの剣士2年生

う～、支援先輩～、すまないっす～。

支援先輩の教えを無駄にしないためにも頑張るっすよ～。

635 ：名無しの神官2年生

しかし、だいぶギルドバトルが激化してきたな。

最近は毎日ランクが変動してる。

636 ：名無しの調査3年生

今のところ入れ替わったのはCランクが25席ね。

そしてBランクが2席。

AランクとSランクは相変わらず不動ね。

今のところは、だけど。

637 ：名無しの冒険者2年生

そしてその入れ替わったCランクの一つが剣士のものだったと。

というか調査先輩相変わらず情報早いな！

なんか最後の一文が不穏だけど。

638 ：名無しの支援3年生

うむ。

実は上位のギルドの方では〈決闘戦〉があったようだな。

こちらの調べでは〈ダンジョン馬車〉のレシピを巡ってAランクギルドの〈テンプルセイバー〉が〈獣王ガルタイガ〉に挑んだという話だ。

639 ：名無しの冒険者2年生

え!?　ちょ、マジかよ。その話初耳なんだけど！

激化する〈ランク戦〉の裏でそんなことが起きていたのかよ！

640 ：名無しの斧士2年生

俺は知っていたぞ？

641 ：名無しの剣士2年生
ぼくも知ってたっす。気にしている暇はなかったっすが。

642 ：名無しの調査3年生
そういうことね。

結果がついさっき出たところよ。

〈テンプルセイバー〉の敗北、勝ったのは〈獣王ガルタイガ〉みたいね。

643 ：名無しの冒険者2年生
ビッグイベントじゃねぇか!?

まさか、そんな情報を取り逃がしていたなんて！

釣りをしている場合じゃなかった！

644 ：名無しの支援3年生
釣りをしていたのか……。

まあそれはともかくだ。

その〈決闘戦〉を巡って上位ギルドではちょっとした騒ぎになっている。

〈テンプルセイバー〉が出した報酬が、あの〈白の玉座〉だったからだ。

645 ：名無しの冒険者2年生
はぁぁ!?

と驚いてはみたがすまん、〈白の玉座〉ってなんだ？

646 ：名無しの魔法使い2年生
知らなかったのだわ。

647 ：名無しの神官2年生
〈テンプルセイバー〉がAランクギルドに君臨し続けられた理由って言われている装備だぞ？

俺たちヒーラー職にとっては垂涎(すいぜん)の装備だ。

マジで知らなかったのか？

648 ：名無しの冒険者2年生

はい。マジで知りませんでした。教えてくらはい。

649 ：名無しの支援3年生

いいだろう。

〈白の玉座〉はアクセサリー装備枠を二つ使って装備する特殊装備品だ。

その性能は、回復系の〈スキル〉〈魔法〉の遠距離砲台。

本来ギルドバトルでは巨城・本拠地マスなどを除き、遠距離で攻撃する際はマスの境目を越えるたびに威力が大幅に減退させられる。

故に安全な遠距離から攻撃して勝つのが難しく、
どうしてもそれなりの近距離で戦わなくてはいけない。

しかし〈白の玉座〉を装備した者の回復魔法はこの減退をほとんど受けなくなるのだ。

650 ：名無しの調査3年生

つまり、遠くから回復出来る。

ヒーラーの弱点、前に出たら狙われるという法則を無視することが可能なのよ。

651 ：名無しの神官2年生

〈テンプルセイバー〉はこの装備で圧倒的な対人戦有利の状況を作り出して勝つことをメイン戦法にしているギルドだぞ。

どこからともなく降り注ぐ回復魔法で倒れやしない〈テンプルセイバー〉がガンガン対人戦を挑んでくるのだ。これがマジで強い。

聞いた話では中級上(チュウジョウ)位のレアボスを大きな損害を出してまで撃破した時の〈金箱〉からドロップした装備らしい。

652 ：名無しの冒険者2年生

ということは、上級装備か!?

653 ：名無しの支援3年生

そのとおりだ。

今回〈ダンジョン馬車〉レシピを巡る〈決闘戦〉では
〈獣王ガルタイガ〉がこのレシピを賭ける代わりに相応のものを
要求した。それが〈白の玉座〉だったわけだ。

654 ：名無しの冒険者2年生
え？　じゃあやばいじゃん〈テンプルセイバー〉。
次のギルドバトルとかどうすんだ？

655 ：名無しの調査3年生
〈テンプルセイバー〉のギルドバトルは〈白の玉座〉を前提にした
作戦が多かったわ。それがなくなったなら、今後のギルドバトルは
相当厳しくなるでしょうね。
Aランクが変動する可能性も大いにあるわ。
さっきのはそういうことよ。

656 ：名無しの魔法使い2年生
〈決闘戦〉での痛烈な大敗北でギルドが衰退、ね。
時には勝負に出ることも重要だけど〈テンプルセイバー〉は
欲を出しすぎたのだわ。

657 ：名無しの調査3年生
そうね。
みんなも〈決闘戦〉をするときはくれぐれも気をつけなさい。
大きすぎる物を報酬に出すときは、それがなくなったときの事を
良く考えること、いいわね？

658 ：名無しの剣士2年生
了解っす。肝に銘じまっす！

659 ：名無しの賢兎1年生
とてもびっくりな話を持ってきたのだけど、
なにやら立て込んでいるみたいなので撤収するよ。

閑話　〈天下一大星〉に〈マッチョーズ〉が迫る（物理）。

「ぐぐぐ、ゼフィルスめ。我にだけこんな仕打ちを……」

いつも通りゼフィルスにしごかれまくったサターンたち４人。

とあるギルドバトル大敗北とちょっとした行き違いが原因で、先週の2倍から3倍の訓練メニューをこなすことになってしまっていた。筋肉が至る所で悲鳴を上げている。

しかし、その結果は悪くはなく、サターンたちの実力は目に見えて向上していた。訓練によりＬｖも上がっている。

ゼフィルスの特別訓練メニューは確実にサターンたちの力になっていた。

故に逃げ出すこともできない。

仮に逃げ出したらミサトを引き抜かれてしまう、とサターンたちは思い込んでいた。

すでにゼフィルスがミサトを引き抜こうとしていることを、サターンたちはまだ知らない。

若干足取り怪しく帰路についていた４人だったが、そこへある一団が声を掛けてきた。

「よう〈天下一大星〉」

「貴様らは、〈マッチョーズ〉か！」

現れたのは〈戦闘課1年1組〉の同級生であり、また1年生最強のギルドの一角と言われている【筋肉戦士】だけで構成されたギルド、〈マッチョーズ〉だった。

突然の登場にサターンは面食らう。

「なんの用だ？」

「ははは、なんの用だはないだろう？」

「隠してるつもりか？　俺たちは知ってるんだぜ？」

サターンの問いにそんな言葉が返ってくるがサターンたちには身に覚えが無かった。

しかし、〈マッチョーズ〉の迫力と筋肉が盛り上がる。

ごまかすことは許さないとでも言うような気迫だった。

「な、なんの話だ？」

「ふふ、身に覚えがありませんね。トマは？」

「お、俺にも身に覚えが無いな」

「俺様もだ。〈マッチョーズ〉の勘違いではないか？」

サターンたちは目配せするも全員身に覚えが無いと首を振る。

本当になんの用なのかさっぱり分からず、しかし筋肉は迫力が増し、次第に目は筋肉へと向く。

あまりの迫力に目が固定されるのだ。

サターンたちは若干引きつった顔をして早く帰ってくれと願った。

しかし、願いは届かなかった。

「まだしらばっくれるのか」

「なるほど。それほどのものなのか。俄然興味が出てきたな」

「俺もだ」

しかも余計興味をそそられた様子でさらに筋肉が盛り上がった。サターンたちは恐怖を感じ始めた。

「では問おう〈天下一大星〉よ」

ごくり。〈マッチョーズ〉のリーダーの言葉にサターンたちが息を呑む。

いったい何を問われるのか、サターンたちに緊張が走るなか、筋肉リーダーのアランが筋肉を唸らせながら言った。

「聞いたぞ、最近鍛(きた)えてるんだって？」

「…………は？」

サターンはいったい何を問われたのかよく理解できなかった。

ジーロン、トマ、ヘルクも同じ気持ちだった。

思考が完全に真っ白になり、まるで情報過多で固まったパソコンのように動かなくなったサターンたちを見て、〈マッチョーズ〉の面々はまだ隠す気らしいと思い込んだようだ。

「おいおい、分かってるんだぜ？　今更隠そうとするなよ」

「隠れて鍛えようとするなんて、粋な奴らだ」

「それに筋肉を見れば分かる。筋肉は正直だからな、ずいぶん痛めつけられている」

「しかもだ、あのゼフィルスに直接鍛えられているみたいじゃないか？」

そこでようやく〈プラよん〉のフリーズした脳が理解の色を示した。

――こいつら、勇者の訓練がどういうものなのか偵察に来たのか⁉

そんな思考がサターンたちに巡った。

しかし、筋肉たちはさらにその上を行った。

「一緒に筋肉しようぜ？」

「こ、断る！」

もはやなんの誘いかも分からなかったがサターンは反射的に叫んだ。

しかし、筋肉は諦めない。

「まあまあ、そう慌てて答えを出すこともないだろう？」

「そうだ。何もタダでとは言わないさ。俺たちも教える」

「向こうに兎跳びに適した、良い道があるんだ」

「俺たちの秘密の訓練ポイントだ。筋肉が膨らむぜ？」

そんな道を教えてもらってもサターンたちはどうしていいのか分からない。

「わ、我らは今の訓練だけで十分満足している。さらなる訓練は、ふ、不要だ」

「ふふ、そうです。これ以上訓練したら身が持ちません」

「そ、そうだぞ。ゼフィルスの訓練はすげぇ過酷なんだ。俺でも音を上げるほどだぞ。知らない方が身のため、いやお互いのためだ」

「そうだ。そもそもそんなこと誰から聞いた。俺様たちがゼフィルスに鍛えられているなんて、それこそゼフィルスくらいしか知らないはずだぞ」

「そのゼフィルスから聞いたぞ。一緒に訓練してやってくれとな」

「「「「ゼフィルスーーーーーー!!!!」」」」

〈マッチョーズ〉に話をリークし、さらに〈天下一大星〉と一緒に訓練するよう仕向けたのは、件(くだん)のゼフィルスだった。

これは例の騒動のペナルティの一つでゼフィルスが頼んだものだったのだ。

サターンたちは腹の底から叫んだ。

「はっはっは。サプライズだったか」

「なるほど、そういうことか。勇者も粋なことをする」

「勇者の訓練方法を秘密にしたかったのだろうが、安心しろ。その勇者から許可をもらっているからな」

「一緒に筋肉を作ろう」

「兎跳びもしよう」

サターンたちは足が震えた。

それは、今の訓練に〈マッチョーズ〉の訓練が加わるということ。

とてもではないが、人間にこなせるものとは思えなかった。

むしろ〈マッチョーズ〉は同じ人類なのかサターンは判断が付かなかった。

「さあ、教えてくれよ。ゼフィルス直伝の鍛え方ってやつを！」

アランが筋肉をひけらかしてサターンに迫った。むちゃくちゃ血走った目にサターンが震える。

「わ、わかった。わかったから、教える！　だが俺たちは訓練には参加し、しないぞ！」

「それはいけないぞ。ゼフィルスからは鍛え方を教えてほしければ訓練を強制せよと言われているんだ。一緒に訓練してもらうぞ！」

「な、なんだと⁉」

「さあ、楽しい訓練の始まりだ！」

サターンたちは連れて行かれてしまった。

第5話　第二回、ゼフィルス先生の～大爆弾投入！　常識が崩れ去る～。

サターンたちのことを少しの間〈マッチョーズ〉に引き継いだ。

俺はこれから少し忙しくなる。サターンたちのことはミサトが面倒を見てくれることになってはいたが、ミサトだっていつまでも付きっきりはできない。

ミサトも俺も見ていないならサターンたちはきっとサボるに違いない。

そんなの許さない。

そこで訓練のスペシャリストである〈マッチョーズ〉に頼んだのである。

なぜか日頃からプロテインジュースはどこのものがいいだの、兎跳びに適した道で競争しようだのと俺に話しかけてくる〈マッチョーズ〉。

つい先日、なぜ積極的に声をかけてくるのか聞いてみたら、俺の筋肉がとてもいいと褒められた。よく分からなかったのを覚えている。

話の流れでどこでどんな訓練をしているのかという話になり、サターンたちのことを話したのがきっかけだった。

なぜか自分たちも是非参加したいと申し出てきたのでピンと来て、ちょうどいいからサターンたちを頼んだ形だ。俺のやり方はサターンたちに聞いてくれ。

金曜日は臨時講師の日だ。

本日で2回目の授業だが、少し困ったことになっている。

「国立職業研究所の所長を務めていますガギエフと申します。今日という日を楽しみにしておりました！」

「王宮魔導師団で副団長をしていますマクロウスと言います！　会えて光栄です【勇者】様！」

「〈国立ダンジョン探索支援学園・第Ⅳ分校〉で分校長を務めておりますロロイクロイと申します。今日はよろしくお願いいたします」

来るわ来るわ、よく分からないがすごそうな肩書きを持つおっさんたちが大挙して押しかけてきていた。

一人ひとり順番に節度を持って自己紹介してくるが、すでに彼らの名前と顔は俺の記憶に残っていない。

いったいなぜこんなことになったのか？

前回学園長室で相談されたことが起因している。いや依頼か？

「是非自分も受けたいという学生、教員、企業が急増していての。ゼフィルス君さえ良ければ枠の増大を願いたい」と依頼されたはずだ。

かなり高額なQPとミールを報酬に出された。

高位職の育成方法がまだ多く知られていないということもあり、俺はこれを引き受けた。

しかしだ。

授業の邪魔をしていいと言った覚えは無い。

すでに授業が始まっている時間なのに、機関やら国家運営のなんちゃらこんちゃらやら肩書きを持つおっさんたちが次々挨拶に来るのだ。

おのれ学園長め、俺の授業の邪魔をするか！

「セレスタン」

「は、ここに」

「この人たちは迷宮学園の学生でも教師でもない。追い出していいと思うか？」

「おそらくですが、正式な手続きの下こちらに馳せ参じられたのかと思われます。排除しては後々学園との摩擦が生じるかと」

「……学園長。この貸しは高くつくぞ」

後でたんまりと搾り取ってやると決める。リーナも呼ぶか？

しかし、俺の〈育成論〉が知りたいというのならさっさと授業させてほしい。

挨拶とか後回しにしてくれ、授業ができなくて他の学生たちが退屈してるだろう！

ピキッときた俺は強引に挨拶に来たおっさんたちを打ち切ることにする。

「これから授業を始める！　時間も過ぎている。挨拶はまたの機会にしてもらおうか！」

綺麗に列を作り挨拶の順番待ちをしている学外の方々にそう唱え、俺は強引に壇上に戻り授業を開始する構えを見せた。

文句を言う人が出るかと思ったのだが、学園の研究所の職員やミストン所長たちがとりなす形でサッサッと席に戻っていった。

ミストン所長、いたのか。

現在、場所は〈戦闘3号館〉のデカイ講堂。

さすがに人が増えるとなると前回の教室では収まりきらないため講堂が貸しきられた形だ。

最初入ったときはこんなところで壇上に立つのかと少し緊張したものだが、おっさん挨拶ラッシュのせいでいつの間にか緊張はどこかへ飛んでいってしまった。

少し落ち着いて、改めて講堂内を見渡す。

「こりゃ圧巻だな。何人くらいいるんだか」

「調べましたが、学生1年生150人、教員30人、そしてそれ以外の学外の方72人でした」

「マジか」

俺はセレスタンの報告にただ頷くだけだ。

合計252人。前回の5倍以上である。

とんでもない数が集まったものだ。

というかセレスタン、調べたってどうやって調べたんだ？　まさか数えたのか？

気にはなったがツッコミは入れず、とりあえず時間が勿体無いので授業を開始する。

「前回一緒だった方こんにちは、今回が初めての参加という方、初めまして。【勇者】ゼフィルスだ。今回は多くの方に受講してもらい嬉しく思う。時間も過ぎているので早速授業を始めようか。まずは前回やったことの復習から」

いつの間に用意したのか、セレスタンが小型マイクのようなアイテムを渡してきたのでそれに向かってしゃべると会場に俺の声が響き渡った。

これは大声でしゃべる必要が無くてありがたい。

とりあえず前回受講してくれた子には少し退屈かもしれないが、1時限目と2時限目は先週のおさらいだ。初参加の方に教える意味でも必要な処置だった。

一応通知はしていて、続きからを望む子は3時限目から授業に来てほしいと案内しておいたが、前回受講した50人全員が1時限目からの参加だった。

なぜか女子は一つの生き物みたいに動いて俺の近くの席を全て確保していたけど、あれはなんだったんだ？

おかげで2回目から参加の子たちとは後ろの席とで棲み分けが出来ているのでわかりやすくはあるが。

授業は進み、2時限目が終わる。

また今回は質問を5問までとした。1時限につき5問だ。

さすがにこの人数全ての質問を受けていたら日が暮れてしまう。

あと学外の人たちの質問は基本的に無しとした。そしたら代わりに教員さんに何かを渡して質問してくれるよう拝み倒すようになったが、やめてほしい。メインは学生なんだけど？

※〈ダン活〉は学生しかスカウトできないゲームです。

休憩を挟み、やっと前回の続き、3時限目に移った。

第2回は、〈育成論〉をもう少し深く説明しようと思っていたのだが、やめた。予定変更だ。

せっかく学外の方や教師の方が多く来ているのだから、この機会に世界がしている勘違いを正そうと思う。

俺がずっともやもやしてきた課題の一つ、〈転職〉について語ってみよう。

「研究所の目覚ましい研究により発覚した〈モンスター撃破〉というこの条件、これにより、職業とはまず中位職に就き、モンスターを撃破し、その後〈転職〉によって高位職に就くのが正しい手順だとわかる。故に、自分は一度就いた職業であっても、〈転職〉は推奨されるべきだと考えている」

そう〈転職〉についてを語った瞬間、周囲がざわめきに包まれた。

この世界では〈転職〉とはご法度扱いに近い。

そこへ〈転職〉は正しい手順なんだと告げられれば研究者たちだって戸惑うだろう。

だが、常識とは時代と共に常に移り変わっていくもの。

今回、氷山の一角を溶かしたことによりこの世界の常識は大きく変わりつつあった。

そこに便乗して、この際〈転職〉について正しい理解を植えつけておこうというのがこの話の魂胆だ。

「〈転職〉をすればＬｖはリセットされてしまう。今までの努力が、訓練が水の泡となるのは非常に苦しいとは思う。しかし逆に考えてみてほしい、〈転職〉とはやり直しの機会なのだと。今教えている〈育成論〉は、Ｌｖが低いほど目指せる高みがより高くなる。〈転職〉とは、より自分のステージを押し上げるための一種の革命とも言えるのだと」

俺は〈転職〉を推奨する。〈転職〉について語っていく。

ゲームでは、キャラクタークリエイトしたとき、どの時期でもＬｖゼロからのスタートだった。

５月１日に運命の日を迎えているにも拘わらずＬｖゼロということは、それは〈転職〉していたということに他ならない。

〈転職〉をやってはいけない？

バカを言っちゃいけない。むしろ推奨されるべきだ。

さて、まだまだこのリアル世界が勘違いしていることは山ほどある。

〈育成論〉を語るに当たって、邪魔な常識はどんどん取っ払ってしまおう。

そうすれば〈転職〉によってまだまだ高位職は増えていくに違いない。

Ｌｖもリセットされれば〈育成論〉の対象者だ。もうガンガン〈転職〉してほしい。

世界よ。〈転職〉は良いものだぞ。

ゼフィルスが〈転職〉を語ったことによって、各地では大きな波紋が生まれていた。

〈迷宮学園・本校〉特別級宿屋。

迷宮学園では学外からの訪問客が多いため、こうして専門の宿屋が数多く配備されている。ホテルではなく宿屋なのはゲームならではのお察しだ。

その宿屋の中でも最も等級が高い特別級宿屋は、所謂(いわゆる)高級宿、ＶＩＰを泊めるため学園の景観を損なわない程度に配慮されて作られた。その一室では、国立職業(ジョブ)研究所の所長、ガギエフが声を震わせていた。

「聞いていた以上の感動だよ、ミストン殿。まさか〈育成論〉だけではなく、〈転職〉についてこれだけの情報が出てくるとは思いもよらなかった」

「お気に召して何よりですよ」

ガギエフの向かいには本校の研究所所長ミストンが椅子に腰掛け、これまた声を震わせてそう答えていた。

本日、金曜日、選択授業が組まれていたとある授業の説明により、彼らは声を震わせずにはいられなかった。

とある1年生、一学生が語った内容が、これまでの常識を真っ向から跳ね返すほどのインパクトを秘めていたためだ。

「〈転職〉、今まで研究のけの字も組まれなかった分野だ。少なくとも国立職業研究所ではこの分野で研究がされたことは今まで皆無だったよ。ミストン所長はどうかね」

「お恥ずかしながら、自分も今の研究が手一杯でして……」

「そうだろうな。君の低位職の発現条件の解明は本当に見事だった。職業の発現条件について、最も先進しているのはここの研究所に違いない」

「ありがとうございます」

本校研究所ではミストン所長の研究により低位職の発現条件がほぼ解明されていた。

王国各地に研究所は存在するが、誰もが高位職の発現条件に注目する中、敢えて低位職の発現条件にメスを入れ、高位職の解明につなげようとしたミストン所長の行ないは各地で高く評価されている。

彼が未だに本校の研究所で所長に就いていられる理由であった。

「やっと高位職の一角が解明されたばかりだというのに今度は〈転職〉か、常識がひっくり返るな。我々も、新たな研究に手を出さなくてはならないようだ」

ガギエフの手には今日の授業のノートが握られていた。

彼の言葉を一字一句逃がしはしないと研究員が死ぬ気で書きあげたものだ。

それに改めて目を通し、手が震えて読めなくなってテーブルに置きまた読む。しかしどうしても間近で読みたくなってノートを手にとってしまう。

ガギエフは落ち着かない様子で、先ほどからそんなことを繰り返し続けていた。

「――よって、私は今からでも魔導師団の中位職以下全員を〈転職〉させるべきだと進言します！」

とある部屋の一室で非常に貴重な通信用魔道具にそう訴えかけるのは王宮魔導師団の副団長のマクロウスだった。

通信用魔道具はそれ単体では意味をなさないが、【通信兵】や【司令官】などが『コネクト』系のスキルを使うことで遠距離での通話を可能にする。

【司令官】や【宰相】などに就ける「公爵」のカテゴリー持ちが、この世界にとって非常に重要な資源の塊であるダンジョン都市を任されている理由だった。

万が一が起きたとき、素早く各地と連絡が取れる「公爵」はこの世界の秩序の要と言っていい。

「マクロウスよ、少し落ち着きなさい。確かにあなたの話は理解は出来ますが、〈転職〉には大きな課題があるでしょう。いきなり〈転職〉してLvゼロになった団員は、その後どうするのですか？」

通信用魔道具の水晶体から聞こえてきたのは若い女性の声だった。

マクロウスの上官である王宮魔導師団長様、ご本人である。

当然ながら「公爵」のカテゴリー持ちであり【司令官】の職業持ちであり、今回『コネクト』で通信していられるのも彼女のおかげであった。

「し、失礼いたしました。少々興奮していたようです」

マクロウスはその言葉に自分がいかに興奮しているかを自覚し恥じた。

確かに〈転職〉は高位職に就け、さらに〈育成論〉によってより高みへと上れる、可能性の塊。

しかし、問題が皆無なわけがない。そのちょっとどころではない大きな問題があったからこそ〈転職〉は今までご法度とされていたのである。

〈転職〉すればＬｖはリセットされゼロとなる。つまり今まで普通に使っていたスキルも魔法も使えなくなり、果ては仕事が出来なくなってしまうということ。

無計画に〈転職〉すれば身を滅ぼす。この世界の常識だった。

その常識すら頭から飛ばしてしまうほど、マクロウスが受けた影響は大きかったということだ。

「で、では〈下級転職チケット〉だけでも収集していた方がよいかと進言します！　今後、間違いなく高騰しますし、手に入りにくくなると予想されます。師団員の分だけでも確保しておくべきかと愚考します！」

「ふむ。それくらいならいいでしょう。私も、今後は考え方を改めねばいけないようですしね。師団員の分はかならず確保いたしましょう」

「は！　よろしくお願いします！」

通信用魔道具の水晶体の前でマクロウスが直立不動で敬礼する。

世界で最も早く動き出したのは王宮魔導師団だった。

◇

「制度を改める事に賛成しますヴァンダムド・ファグナー殿。私も全身全霊を以て挑みましょう」

「こりゃ大事になりそうだわい。すぐにでも始めねば3年生に影響が出る。急ぐ必要があるの」

場所は変わって公爵家の一室、ゼフィルスも入ったことのある学園長室である。

ここでは渋い顔で書類を作成している男たちがいた。

1人は〈迷宮学園・第Ⅳ分校〉の分校長を務めているロロイクロイ。

もう1人はここの主であり迷宮学園最高責任者であるヴァンダムド・ファグナー公爵である。

「急ぎ〈下級転職チケット〉の確保を進めましょう。それと同時進行で法の改正案も提出しましょう」

「まずは会議が必要だの。分校長全てに通信をつなぎたい。主幹教諭クラスまでは参加するように通達せねばな。国王にはある程度草案が定まってからご参加いただこうかの」

「3年生の〈転職〉はどうしましょう？　時間が無いですが」

「留年させれば良いじゃろう。言い方が不味（まず）ければ〈Lvリセットされた時点で学年もリセット、1年生からやり直し制度〉でもよいぞ」

「ユーモアがありますね。しかし、名称は別で考えておきましょう」

いくつもの書類に目を通し、作成し、記入し、そのまま打ち合わせを続ける2人。

彼らは今、〈転職〉したときの制度の見直しに注力していた。

常識がひっくり返る。その時に真っ先に影響を受けるのは間違いなく学園だった。

現在3年生は6000人強が在籍し、うち高位職に就いているのは僅か206人しかいない。

〈転職〉を希望する人は間違いなく多いだろう。

しかし、3年生には圧倒的に時間が無かった。在学期間は残り1年もない。

これではリセットをためらう者も続出するだろうし、下手にリセットしてLv不足で世の中に出て仕事にありつけず破滅する者も出るかもしれない。

故に、２人は話し合い、在学期間の延長を制度化する法案を提出することに決めたのだ。

これにより国がより豊かになり、学生に明るい未来が来ることを願って。

こうして、常識は少しずつだが、音を立てて崩れ始めていく。

第6話
学園・情報発信端末・誰でもチャット掲示板17

480 ：名無しの神官2年生
おい朗報だ！
勇者がまた何かやらかし始めたぞ！

---

481 ：名無しの冒険者2年生
それのどこが朗報なのだという件について。

---

482 ：名無しの錬金2年生
何言ってるのよ、勇者君がやることに今まで間違いなんて
あったかしら？

---

483 ：名無しの盾士1年生
無いでしょ？

---

484 ：名無しの商人1年生
勇者君がすることは全て正しいのよ。

---

485 ：名無しの剣士2年生
勇者ファンが怖いっす!?

---

486 ：名無しの魔法使い2年生
それで、勇者君は今度は何をやらかしたのかしら？
確か今日は例の選択授業の講師をしていたのよね？
私も〈育成論〉について授業を受けてみたいのだわ。

487 ：名無しの剣士2年生

あれ1年生限定っすからね。
職業（ジョブ）に就いたばかりの初心者向けって話っすから。

488 ：名無しの錬金2年生

なんで！　私は！　1年生じゃなかったの！

489 ：名無しの盾士1年生

バッチリ条件満たして即行で受講した私は勝ち組。

490 ：名無しの商人1年生

同学年の勇者ファンはみんな第1期生を奪取したからね。
2期生とは愛の大きさが違うわ。

491 ：名無しの剣士2年生

おおう。愛が重いっす。
でも1期生とか2期生ってなんのことっすか？

492 ：名無しの魔法使い2年生

今日から勇者君の授業の参加人数が大幅に増えたのよ。
前回の授業の反響がとんでもなく大きかったらしいのだわ。
それで前回、1回目の講義の時参加した先見の明のある子たちを
第1期生、今回から参加する子たちを第2期生って呼んでいるのよ。
主に勇者ファンの子たちが。

493 ：名無しの盾士1年生

ムッフゥ！
第1期生の席に座る私たち。

494 ：名無しの商人1年生

愉悦だわぁ。

495 ：名無しの剣士2年生

おおう。そうっすか……。

496 ：名無しの神官2年生

続き話していいか？

497 ：名無しの剣士2年生

あ、どうぞっす。
むしろどんどん語ってほしいっす！

498 ：名無しの神官2年生

ありがとよ。
なんか、今日は豪華そうな馬車が多く学園に来ていてな、
何事だよって、少し調べてみたんだわ。
そしたら、例の勇者講義に参加するためにわざわざ学外からやって
来たVIPな面々だったことを突き止めたんだ。

499 ：名無しの錬金2年生

VIPな面々!?
何それ詳しく。

500 ：名無しの歌姫1年生

あ、それが勇者君の挨拶に列を作っていた人たちかぁ。

501 ：名無しの狸盾1年生

さっき勇者君に押しかけてたです！
勇者君絶対迷惑してたのです！

502 ：名無しの冒険者2年生

そういえば勇者ファンは現在進行形で授業を受けているのか。

503 ：名無しの盾士1年生

場所は変わったけどね。
どこか大きな会場みたいなところにいるよ。

504 ：名無しの商人1年生

講堂って言ってたよね。

505 ：名無しの調査3年生

勇者君の授業を受けに現在250人以上の人が受講しているみたいね。
大きな教室でも入りきらなくなったのでしょう。

506 ：名無しの錬金2年生

調査先輩だわ！
調査先輩もこの授業に参加しているの？

507 ：名無しの調査3年生

そんなわけないでしょ。
でも幸い協力者を送り込めたわ。
今回の授業、様々な機関が注目しているの。
私も逃せないわ。
結果は後で教えてあげるわね。

508 ：名無しの剣士2年生

待ってるっす！

960 ：名無しの支援3年生

勇者氏が発言した〈転職〉について、各地で物議をかもしている
ようだな。

961 ：名無しの神官2年生

もうどこもかしこもその話題ばっかりだな！

〈転職〉とか、本気なのかよ。
失敗したら洒落にならないぞ。

---

962 ：名無しの魔法使い2年生
氷山の一角が溶けて〈転職〉の価値が浮き彫りになったのだわ。
俄には信じられないのだけど、多くの反響を呼んでいるのは
確かなようなのよ。
本当に〈転職〉をする人が増えていくのかしら。

---

963 ：名無しの神官2年生
まだ半信半疑だな。

---

964 ：名無しの冒険者2年生
そんな細かいことはどうでも良いぜ！
俺たちだって高位職に就ける可能性があるんだろ!?
だったらもうやるしかないだろうがよ転職！
後のことはそれから考えればいいんだ！
俺はやるぞ、やってやる！　ニュー冒険者として大成してやるぜ！

---

965 ：名無しの支援3年生
確かに冒険者の言うことも一理ある。
人生は長く険しい。後悔することだって多くあるだろう。
そしてそのターニングポイントは間違いなく今だろうな。
たとえ出遅れて獲得したとしても高位職という存在は大きい。
今後〈転職者〉が増えたとして、中位職はこの先どうなるかまったく
見通せない。

---

966 ：名無しの神官2年生
なるほど、確かに支援先輩の言うとおりだな。
研究所は今かなり乗りに乗ってる。
今後も高位職の発現条件の研究が進むのは間違いないんだ。
10年後、20年後のために今〈転職〉するのは間違いではないのかも

しれない？

967：名無しの生産3年生
待ってほしい。
まだ早まってはいけない。

968：名無しの剣士2年生
生産先輩っす!?
重要な注意連絡の時に突如として現れるという生産先輩。
いったいどうしたんっすか!?

969：名無しの生産3年生
………確かに学園から重要な連絡を仰せつかったが、
別にいつも注意や連絡ばっかりで顔を出しているわけではないぞ？
こほん、それはともかくだ。
学園側からたった今インフォメーションが出された。
各自確認してほしい。

970：名無しの支援3年生
む!?
これは、〈転職〉制度確立のご案内だと？

971：名無しの冒険者2年生
え!?　ちょっとどういうことだ！
俺にも分かるように説明してくれ！

972：名無しの神官2年生
いや、インフォメーション読めよ。

973：名無しの生産3年生
つい先ほど学園で新しい制度の確立案が発表された。
制度自体は草案すら出来ていない状態で練るのはこれからになるが、

方針は決まっている。
〈転職〉を行なった者には学園在学期間を延長させる制度、とのことだ。
要は2年生3年生を対象に高位職に就けた者にはもう数年、
学業をやり直すことが出来るようにする制度、とのことだな。

---

974 ：名無しの冒険者2年生

なんだって!?
それは本当なのか!?

---

975 ：名無しの支援3年生

インフォメーションは学園全学生に発表されている。
学園側はこの取り組みに真剣に臨むということだろう。
なるほど、だから『待った』、か。
これは制度がしっかり作られてから〈転職〉を決めたほうが
いいかもしれんな。

---

976 ：名無しの神官2年生

おいおい、ちょっと話が早すぎるぜ。
〈転職〉の話が出たのって今日の昼間のことだろう？
まだ日を跨いでもいないぜ？
もうここまで話が進んでいるのかよ!?

---

977 ：名無しの調査3年生

それだけのインパクトを秘めたことだったのよ、
この〈転職〉というのは。
まったく、勇者君には脱帽だわ。
まさかこんなに影響を与えるだなんて、完全に予想を天元突破
されたわね。

---

978 ：名無しの剣士2年生

調査先輩っす！
今までずっと調べていたんっすか!?

もう21時っすよ!?

979 ：名無しの調査3年生
仕方なかったのよ。
こんな特大の情報、しっかり掴んでおかないと〈調査課〉トップの名折れだわ。
おかげで各方面の動きも把握できたから良しね。
でも、これから数日、いえ数週間は休みがなくなるかしらね。

980 ：名無しの神官2年生
うわ。
マジなのか。
ということは俺も高位職になって華々しく輝けるチャンスがある？

981 ：名無しの支援3年生
あるだろうな。
だが、まだ制度の確立案を作ると決定した段階だ。
時間は掛かるだろうから今は時期が来るまで待つべきだな。

982 ：名無しの剣士2年生
あの、さっきから冒険者さんの書き込みがないのが気になってるっす。

983 ：名無しの神官2年生
!?
あのバカ、まさか？　行っちまったんじゃないだろうな!?

984 ：名無しの魔法使い2年生
インフォメーションは教えてあげたのだから後は自己責任なのだわ。

985 ：名無しの神官2年生
本人は読んでなかったように思うが……。
そうだな。そっとしておこう。

それで調査先輩。
各方面の動きというのは？

---

986 ：名無しの調査3年生
すでに〈下級転職チケット〉の高騰が始まっているわね。
さっきの制度の話も、『2年生以降で高位職に就ける学生は
全て1年生からやり直させるべき、むしろ3年生もやり直しさせる
べきでは？』という声もあったそうよ。
それが発展して『社会人でも〈転職〉サポートをさせる制度を作る
べきかも知れない』という話まで出ているわね。
まだまだ案の段階だけど、これ、世界が激変するわよ。

---

987 ：名無しの神官2年生
予想以上に話が大きくなっていた!?

---

988 ：名無しの魔法使い2年生
〈転職〉一つでそこまで世界が大きく変わるの？
とても実感できないのだわ。

---

989 ：名無しの調査3年生
でしょうね。
でも正直言ってこの波に乗り遅れた人は時代に取り残されるわよ。
世界が変わろうとしているの。
今まで低位職、中位職で燻(くすぶ)っていた人も、皆高位職に就ける可能性
があるの。
学生、社会人、問わずね。
さらに言えば勇者君が広めている〈育成論〉があれば誰だって
エリート並みに輝ける可能性すらあるわ。
皆も、十分情報には注意しておいてね。

---

990 ：名無しの剣士2年生
あまりにも大きすぎる話に手が震えてきたっす。

991 ：名無しの支援3年生

調査よ、特大の情報、感謝する。
こちらも気をつけておこう。
また、こちらからも情報だ。
たった今、勇者氏の選択授業に2年生と3年生の枠が追加されたとの情報が入った。
〈転職〉したとして、勇者氏の〈育成論〉がなければ効力は半減してしまうだろう。
〈転職〉する気がある者は勇者氏の選択授業を受けることを勧める。

992 ：名無しの錬金2年生

ちょ!?
それマジ!?
絶対枠をもぎ取ってやるわ！

993 ：名無しの剣士2年生

ぼ、僕も受けてみることにするっす！

994 ：名無しの神官2年生

俺も応募するぞ！
高位職に就いて、輝かしい未来を掴むんだ！

995 ：名無しの魔法使い2年生

みんな頑張ってなのだわ。
さておき冒険者はどこまで行ったのかしら？

第7話　新しい制度のご提案。（金曜日16時頃の話）

俺は臨時講師が終わったところで即行で逃げた。

なんかあのまま会場に居たら危険な気がしたのだ。

これ、『直感』が良い仕事をしている？

今回俺が語った〈転職〉の有用性について、やっと気がついたと言わんばかりにざわめく受講者たちを置いて、セレスタンと共に去った。

幾人かのおっさんから声を掛けられた気がしたが、１人に応対すると他の人も応対しなければいけなくなるため、無視した。

「ゼフィルス様、どちらへ？」

「このまま学園長室に行こうか。ちょっと言っておきたいことがあるんだ」

横を歩くセレスタンに向かっている場所を伝える。

ちょっと釘を刺さないといけない。

じゃないと、さっきみたいに爆弾を放り投げてしまうかもしれないから。

今回の授業、予定では〈転職〉について語る気はなかった。

だって受講者が1年生だし、ここに来ている自分の職業（ジョブ）を伸ばす方法を知りたい子たちばかり。

つまり〈転職〉の必要は、あまり無いと言っていい。

しかし、今回敢えて予定を変更し〈転職〉について語ったのは、まさに爆弾投げ。

ちょっとどころじゃなく学生以外の人が多かったのが原因だな。

俺の授業を邪魔する規模の人を入れるとか、ちょっとやり過ぎたね学園長は。

とはいえ俺も思わずやってしまった感は否めないが……。

まあ、やってしまったものは仕方ない。

それに、これは良い機会だったしな。

正しい〈転職〉の認識はいつか広めなきゃいかんと思っていたのでちょうど良かったというのもあった。

だから仕方なかった。仕方なかったということにしておこう。

「今の授業のことも踏まえて学園長にいくつか提案したいこともあるんだ。主に〈転職〉についてだな」

「理解いたしました」

セレスタンが優雅に礼をとる。

さすがにこの授業だけで〈転職〉の正しい認識を広められるとは俺も思っていない。

ということで学園長を通し、あのお偉いさん方に色々広めておきたいというのが今向かっている目的だ。

そのまま学園の中央にある城にアポイント無しで訪問すると、即行で中に通された。

さすが、情報が早いな。

「学園長、失礼いたします」

「うむ。入りたまえ」

すぐに学園長室に通されると、奥のデスクではなく、手前にあるソファに腰掛けた学園長の姿があった。

視線に促(うなが)され、対面のソファに座る。前回、前々回も座ったソファだ。

セレスタンは俺の後ろに立ったまま待機する。

俺が座ると同時に案内してくれたクール秘書さんが入ってきてお茶を入れてくれた。

クール秘書さんが一仕事を終え部屋を出ると、学園長は重い腰を上げるかのように渋い声で話し出す。

「まだ、報告の途中じゃが、大体のことは聞き及んでいる。とんでもない授業を行なったようじゃの？」

「はは、まだまだ序の口ですよ」

まずは牽制。

あの授業でとんでもないと言っていてはこの先もっとお辛いですよ？　と暗に伝えてみる。

「ほっほ。そうか。わしの友人たちが詳細をもう少し聞かせていただきたいと言っておるのじゃがの」

「それはお断りさせていただきたく。私がお受けしたのは授業まででしたから。時間外まで教えていては自分が勉学に励む時間がなくなってしまいます」

もっともらしいことを言って回避する。

さすがにあのお偉いさんたちのためにこれ以上授業をするのはごめんだ。

俺がこの授業をしている目的は最強のギルドを作ること。

〈ダン活〉は学生しかスカウト出来ないのだ。

あのお偉いさんに教えるのは最低限としておきたい。

「そうじゃの。そなたはまだ学生じゃ。今のことは忘れてくれるとありがたい」

学園長があっさりと引くのでちょっと拍子抜けする。

いや、今の言葉には俺を刺激しないようにする気遣いがあったのか？

ふむ、ちょっと探ってみる。

「そうですね。自分も今日は学外のお偉い様方が多かったですから、少し気合を入れすぎてしまいました。今後も同じような方が来ればもっと力が入ってしまうかもしれません」

「そうじゃの。ゼフィルス君にはもう少し落ち着いた授業をお願いしたいの」

うん。やはり今回の情報爆弾がかなり効いているっぽいな。

なんか、暗にこれ以上刺激のある授業は抑えてくれと言われているような気がする。

「それでは、受講する教員などはもう少し減らしてほしいです。10名までとしませんか？　これ以上は自分の緊張が高まってしまいそうですから、うっかり力が入ってしまうかもしれません」

「む、10名か。せめて20名は頼めないかの？」

「では15名でどうでしょう？　その代わり学生は2年生と3年生の受け入れを行ないたいのです」

「ふむ」

今回の〈転職〉は、主に2年生と3年生が対象となる。

今まで俺は同級生のみで〈エデン〉を構成していた。

これは、実力主義なこの世界において、Lv差のある上級生にギルドが乗っ取られるなどのケースを警戒していた、というのもあるが実際はLvが低いキャラを育成した方が最強に至りやすいからだ。

できればLvゼロから自分好みで育てたい。

〈転職〉すれば上級生だろうとLvはゼロからやり直し。〈育成論〉の授業を受け入れた人なら間違いなく俺の〈最強育成論〉に飛びつくだろうという考えだ。

しかもノウハウがある分1年生より上級生の方がレベル上げがやりやすいまである。

〈エデン〉に引き抜けばギルドが強化されること間違いなしだな。ふはは！

しかし、もう一つ上級生には問題がある。大きな問題だ。

むろん卒業である。

ゲーム時代、上級生をメンバーに選んでしまうと卒業シーズンに学園から卒業してしまい、さよならする必要があった。

なお、卒業したメンバーは〈○○（ネーム）の第二ボタン〉というアイテムをくれるので、それを使ってキャラクターメイキングするとステータスとレベルがそのままの同職業（ジョブ）キャラを作製出来る仕様となっていたけどな。

先輩後輩で遊びたい人や、再度キャラクターをメイキングしたい人向けのコンテンツだった。

しかし、リアルでは絶対そんなことは起こらない。

3年生をメンバーにしたとして、来年の3月には本当に卒業してしまうだろう。せっかく育てたキャラが消えてしまうのだ。とても耐えられない。

ということで今まで上級生はメンバーに加えていなかったのだが、ちょっと思いついたことがあったので、この場を借りて学園長に相談してみることにした。

「学園長さえよろしければ、〈転職〉について新しい制度を作ってみてはいかがでしょうか？」

「……なんじゃと？」

新しい制度のご提案だ。

やり方次第では、上級生を卒業させずにいられるかもしれない。

俺は気合を入れながら学園長に提案していった。

第8話　初のダンジョン週間に突入だ！

〈転職〉について学園長に熱く語った翌日。

5月も下旬に入って初の土曜日、本日25日である。

今日からダンジョン週間が始まる。

本来なら今週が第4週なため、ダンジョン週間は先週から行なわれるのが正しいのだが、5月だけは1年生が初の授業に取り組み、初級ダンジョンに挑めるLv10までレベル上げをするためにダンジョン週間は最後の週になっていた。

ダンジョン週間では授業が無い。つまり今日から9日間学業がお休みだ！

めいっぱいダンジョンアタックして過ごすぜ！

ということでギルド部屋に突入する。

「おはようみんな！　いい朝だな！　とてもいい朝だ！　素晴らしいダンジョン週間の幕開けにふさわしい朝だ！」

「おはようゼフィルス！　ダンジョン週間を楽しみにしすぎだわ！」

「それはラナもだろ？」

「当たり前でしょ！」

我が〈エデン〉のギルド部屋に到着してテンション高めに挨拶するとラナからもウキウキとした言葉が返ってきた。

何しろダンジョン週間である。

楽しみじゃないはずが無い。

今日から9日間学業がないのだ。つまりはプチ春休みみたいなものである。

授業がなくなってしまうのは少し残念ではあるが、時間がフルに使えるというのは素晴らしい。

俺もラナもウキウキが止まらないのだ、パチンとハイタッチを交わす。

そこへジト目のシエラが話しかけてきた。

「ちょっと落ち着きなさいよあなたたち。今からそんなテンションで、後でバテても知らないわよ？」

「そう言いつつシエラは助けてくれることを俺は知っているぞ！」

「……迷惑を掛けないようほどほどにしなさいよね」

そう言ってそっぽを向くシエラの耳がうっすら染まっているのを俺は見逃さない。

つまりは助けてくれるということだ。

いつの間にシエラはツンデレに目覚めたんだ？

いやシエラはツンデレではなくクーデレが正しいか？　なんか可愛い反応だぞ？

「それよりゼフィルス、昨日また何かやったそうじゃない？」

「おお、ルルもシェリアもおはよう。いい朝だな！」

このままシエラに絡みに行くか悩んでいたら、素早くジト目に早変わりしたのでルルとシェリアの方に方向転換して誤魔化した。

え？　昨日？　はて、俺にはなんらやましいことは無い。無いが、なんとなくこの話は進めてはダメな気がするんだ。

ルルとシェリアにも朝の爽やかな挨拶を交わしていると、ギルドに入ってきたリーナが挨拶をしてきたので素早くそれに応えた。

「おはようございますゼフィルスさん、今日はよろしくお願いしますわ」

「リーナおはよう。今日はガンガン教えるから頑張ってくれよ」

「はい！　ゼフィルスさんの教えですもの、わたくし頑張りますわ！」

今日はリーナとパーティを組む予定だ。

【姫軍師】に就いて2週間、Ｌｖも23まで上がり〈最強育成論〉にしたがって順調に育成が進んでいるリーナ。

しかし、ここ最近他のことばかりにかまけてリーナの相手がまったくと言っていいほどできなかった。

これは由々しき事態。

俺は彼女を参謀、は言いすぎかもしれないが司令塔にはしたいため、ダンジョンやギルドバトルのことについて多くのことを教えていきたいと思っていた。

前回〈ビリビリクマリス〉の〈パーフェクトビューティフォー現象〉で出たあのアイテムのこともある。

今日は彼女に付きっきりで勉強会を開催する予定だ。ダンジョンでな。

他のメンバーにも挨拶をしていると全員が集まったので朝のミーティングを行なう。シエラはずっとジト目だったが、多分大丈夫だ。説教は回避できたと思う。

「〈学園長クエスト〉の最後の素材、レアボス〈陰陽次太郎〉の撃破はスケジュール的に今日が期限だ。シエラ、ハンナ、ルル、シェリア、パメラ、頼むぞ」

「任せて」

「うん！」

「やるのですよ！」

「了解しました」

「頑張るデース！」

今回の〈陰陽次太郎〉の討伐に俺は参加しない。

シエラたちのパーティに任せることにしていた。

先週、頑張って周回し〈竹割太郎〉の素材をたくさん採ってきてくれたシエラ、ハンナ、ルル、シェリア、パメラのパーティ。それを差し置いて俺が最後だけ奪うわけにはいかない。

実力的にもなんとかなりそうなので、今回もこの5人に任せることにした形だ。

「シエラには後で〈笛〉を渡しておくから、安全第一でやってほしい」

「分かったわ。何かあったらチャットで連絡するから」

「了解。それと、俺はリーナとダンジョンで勉強会の予定だ。ラナたちは？」

「私たちは残りの女子メンバーを連れてサボテンかキノコでも狩ってくるわ！　シズがＬｖ40を超えたら中級下位のどこかに行きたいわね！」

ラナは、カルア、リカ、シズ、エステルのパーティでシズのレベル上げを行なうつもりのようだ。

シズはリーナの育成で先週レベル上げできなかったためＬｖは38で止まっている。

ボス周回すればすぐに40に届くな。中級下位の入ダンはＬｖ40以上が必要だ。

エステルがメンバーにいるので最奥まではすぐだろう。

「了解。周回中を見られないように気をつけてくれよ。しかし中級下位に行くのか？　どこに行く予定なんだ？」

「カルアがいるし大丈夫よ！　そうね、丘陵のきょりゅ、恐竜ダンジョンと〈六森の雷木ダンジョン〉両方の上層で明日の肩慣らしがしたいわね！　シズの新スキルも見てみたいわ。行けるのなら10層のＦボスも倒したいわね」

途中恐竜のところで噛んだラナだったが、あれは仕方ないな。あのダンジョンは噛みやすいのだ。別名〈早口ダンジョン〉なんて揶揄されてたからな。

ラナのパーティは肩慣らしがメインらしい。

シズには〈最強育成論〉のメモを渡してあるが、どうやらじっくりステ振りさせてはもらえないようだ。ラナの目がワクワクに燃えている。

「とりあえずこれで全員の今日の予定が決まったな」

最後に残ったセレスタンだが、今日は用事があって不参加らしい。

セレスタンも働き者だが、リーナを除いたメンバーの中でＬｖが一番低いのが心配だ。

今度レベル上げを手伝ってあげようと決める。

「では解散！」

ミーティング終了。

今日はリーナを連れ、〈ウルフ〉を相手に統率の何たるかから学ぼうか。


ダンジョンに入るための〈ダンジョン門〉には受付の他に装備へ着替えるための更衣室や、荷物を預けておくためのロッカールームなどが存在する。

〈初ダン〉に移動した俺たちは、ここに備え付けられていた更衣室で着替えて待ち合わせをしていた。

俺が最初に終わったようなので更衣室の前で待っていると、少し後にリーナが出てきた。

「お待たせいたしましたわ」

「おお、リーナその装備すごく似合ってるな」

「ありがとうございます！　やっと家から後衛向けの装備が届きましたの。ゼフィルスさんに一番にみせたかったのですわ」

そう言ってその場でくるりと回るリーナ。ラベンダー色の縦ロールもふわりと持ち上がり、とても浮かれているのが分かる。

リーナは以前【大尉】の職業(ジョブ)に就いてしまったために間に合わせの装備を着けていたのだが、〈転職〉で【姫軍師】になったことにより後衛向けの装備を家に催促していた。

それがつい先日届いたらしい。

今日が初披露だそうだ。リーナの頬が上気しているのは興奮のせいだろうか？

リーナの装備は、とても一言で言い表すことはできない。

ゲーム特有の煌びやかな白を基調とした女貴族風の〈真・姫軍師装備一式〉。

貴族風の服と将軍風の感じが合わさった装備とでも言えばいいだろうか。

かっこよくも威厳のある白の上着、所々紫と金色系の意匠が入っていて、腰は斜めに伸びたベルトがキュッと引き締めている。ズボンはラインに沿うような黒を着ており、白のブーツを履いていた。

全体的に以前の装備のパワーアップ版という見た目だ。

武器も届いたようで、これもその存在感はすさまじい。

前に使っていた間に合わせ装備とは似ても似つかない大きさ。リーナの背ほどあり、大砲というよりはビームが出そうな機械の大型砲といった感じの装備である。ショルダーベルトで腰に構えて撃つタイプのやつだ。ずいぶん奮発したな。

見事というほかない素晴らしい見た目の装備である。

正直に言う。リーナがすごくカッコイイです！

「これは使うの楽しいだろうな」

「わたくしも、早く装備の性能を確かめてみたいですわ！」

「よっし、じゃあ早速挑むとしようか！」

目指すは〈小狼の浅森ダンジョン〉。〈ウルフ〉の出るダンジョンである。


「『爆発魔砲』ですわ！」

リーナの魔砲から飛び出す砲撃、それが着弾した瞬間、着弾地点を中心に爆発が起きた。

「ウォン!?」

直撃を避けたと思われる〈ウルフ〉が爆風に呑まれてエフェクトに還ってしまった。

あれを避けきるのは難しいだろうな。南無(なむ)である。

「よっし、次行ってみよう！　今度は〈リーダーウルフ〉の動きをよく見てほしい」

「分かりましたわ！」

リーナの育成はかなり順調に進んでいる。

今回はボスを周回せず、基本的に連携や統率など集団を運用する方法について実地で学ぶことがメインだったが。

「よし、次の敵を発見した。今回リーナは攻撃せず、敵の動きをよく観察しておいてくれ。『アピール』！」

「はい！」

「ただバフを掛けるだけでは勝てるものも勝てない。連携の基本は囮(おとり)と奇襲だ。１人が狙われている隙にもう１人が攻撃する。これが基本形だな。〈リーダーウルフ〉に引き連れられた〈ウルフ〉の動きをよく見てくれ」

「はい！」

「連携は数の有利を活かすのが基本的な考え方だ。たとえ２対２の戦いでもどうにかして２対１の状況を作り出すのが指揮官の仕事、腕の見せ所だな」

「はい！」

〈小狼の浅森ダンジョン〉の下層で〈リーダーウルフ〉に率いられた〈ウルフ〉２体と戦闘しながらリーナに指導していく。

俺が『アピール』でタゲを受け持ち、高Ｌｖに任せたタンクで〈ウルフ〉たちの攻撃を受けている。

先ほどから何度か齧られているが別に翻弄されているわけではない。俺だってプレイヤースキルは上昇してきている。これくらい受け持てる、はずだ。

あ、また齧られた。

ふう。今回ここに来たのはこの〈ウルフ〉たちの動きをリーナによく観察してもらいたかったからだ。

この〈小狼の浅森ダンジョン〉の『統率』による連携はかなり手強い。初級上位ダンジョンに向かうには必ず突破しなければならない一種の壁だ。

連携させると手間なのでまず指揮官たる〈リーダーウルフ〉から屠(ほふ)るか、分断工作をするのがセオリーである。

逆に言えば、そうやって連携を崩さなければいけないほど、〈ウルフ〉たちの連携は上手く、参考になるということだな。

リーナも実家で様々な戦術、戦略を学んできたようだがほとんどが座学だったようで、実際に見たことはほぼ皆無とのことだ。まあ、モンスター相手に生身は危険だしな。

故に、実戦で連携を学ばせている。

先ほどまで爆撃しまくっていた時とは打って変わり、〈ウルフ〉たちを食い入るように見つめるリーナ。時折メモを取るリーナを背中に感じながら、しばらく〈ウルフ〉たちと遊んだ。

おかげで俺も連携された時の対処法(タンク)が掴めてきた気がする。きっと気のせいではないはずだ。

ただ連携を観察するだけではつまらないので、リーナの武器の試運転がてら時々無双して気分転換しつつ先へ進んでいったのだった。

15時を過ぎたところで最下層まで到達したので今日はここまでとなった。

最後にボスの方にお邪魔すると、数組のパーティが救済場所(セーフティエリア)で順番待ちをしていたのは驚いた。〈戦闘課1年1組(同じクラス)〉の女子も3人ほどいた、確か俺の授業に出てくれている子たちでいつも一緒にいることから仲良し3人組と呼ばれていたりする。

ノーカテゴリーで赤い装備の子がサチ、黄色い装備の子がエミ、青い装備の子がユウカだ。

この色がトレードマークらしく、毎日クラスで挨拶するときも自分色のカチューシャをしている徹底ぶりだ。

彼女たちもこちらに気がついた様子で手を振ってきたので振り返し、少し挨拶を交わす。

「ハロ〜、ゼフィルス君〜」

「よう、昨日ぶり。3人はこれから〈バトルウルフ〉か? ずいぶん早いなぁ」

「そそ。ゼフィルス先生の授業のおかげで私たちも乗りに乗ってるからね! 今日は思い切って〈バトルウルフ〉に挑んじゃおーってチャレンジするところ!」

「ゼフィルス先生には感謝しているよ」

まず手を振ってきたサチが挨拶、エミが挑戦を宣言してユウカが感謝を告げてきた。

ゼフィルス先生、とても良い響きです。

見れば他にも女子2人とパーティを組んでいるようだ。この子たちも見た事がある、俺の授業で。

なんと驚いたことに、彼女たちは俺の授業参加者で組まれたパーティだった。これから初の〈バトルウルフ〉戦に挑むとのことだ。

皆1年生なのに、あの『統率』の〈リーダーウルフ〉をもう突破してきたのか。

この子たち優秀だぞ。

よし、5人は〈エデン〉メンバー候補として名前を覚えておこう。

クラスメイトはさすがに知っていたので、残りの2人、「狸人」の子と「男爵」のカテゴリー持ちの子の名前も聞いておく。

「よければ君たちの名前も聞かせてもらっても良いか？」

「ここここ光栄です！　うち〈戦闘課1年8組〉のラクリッテって言いますです！　よろしくお願いしますです!!」

「もう、ラクリッテちゃん緊張しすぎだよ～。私はノエルって言いますよ。同じく〈戦闘課1年8組〉、覚えてくださると嬉しいです」

「おう。ラクリッテとノエル、しっかり覚えたぜ」

声を掛けるとなぜか直立不動で緊張しまくりになった女子が「狸人」のラクリッテ。

逆に冷静でゆったりとした独特の雰囲気を持っているのが「男爵」のノエル。

しっかりと心のメモ帳に記入した。

その後いくつか言葉を交わして最後に頑張ってと応援して別れ、俺とリーナも最後尾へと並ぶ。

「ずいぶん話が弾んでいるようでしたわね」

「あっとすまん。教え子たちだったんだ。蔑ろ（ないがし）にしてごめんな？」

「もう。仕方ありませんわね。今度はわたくしのこと忘れないでくださいよ」

ほったらかしにしてしまいリーナが少し拗ねてしまう場面もあったが、なんとか謝って許してもらえた。

ここでこの時期に1年生がボスの順番待ちをしているのは結構凄いことなので、つい興味が勝ってしまったんだ。

おかげで優秀そうな子をチェックできたが、次からは気をつけよう。

「ん？」

改めて周りを見渡すと、今度はまた異質な集団がいるのに気がついた。

明らかに初級装備ではないパーティがいたのだ。

全員が明らかに年上。３年か？　いやもしかしたら卒業生なのかもしれない。

ボスの列に並びもせず、少し遠くに固まっている。

しかもそのうちのリーダーっぽい女性と目が合うと気安い感じで話しかけてきた。

「やあ優秀な後輩。君も〈バトルウルフ〉狩りかい？　他のメンバーはいないのか？」

「こんにちは。失礼ですがどちら様で？」

「あははは！　いや、これは失礼した。わたしたちゃ〈救護委員会〉の者さ。ほれ、これがエンブレムな」

なんと。遠くにいた方々は学園三大ギルドの一つ、パーティが全滅した時なんかに地上に送り届けてくれるギルド〈救護委員会〉の面々だったらしい。

よく見たら〈救護委員会〉のエンブレムの付いた腕章を着けている。

ゲーム〈ダン活〉時代ではよくお世話になりました！

〈救護委員会〉とはエリート中のエリート。学生だけに留まらず、各地から非常に優秀な人材が集められ組織された、学園公式のギルドである。ちなみに〈救護委員会〉はギルドランク外という特殊な位置づけだ。

ＨＰが全損し、非常に危険な状態の学生を怪我一つ無くダンジョンから脱出させるスペシャリストたちである。

しかし、そんな人たちがどうしてここへ？

「なぜ、こんな所に〈救護委員会〉がいるのかって顔してるね」

おっと、顔に出ていたらしい。

「それはね、アレのためさ」

特に気にした様子も無く、リーダー風の彼女がボス部屋の門を指さすと、突如門が開き、挑戦していた1年生と思われる人たちがぺってされるように吐き出されてきた。

瞬間、〈救護委員会〉のメンバーたちが雄叫びを上げて立ち上がる。

「うおー！　全滅者が出たぞ！」

「無事に連れて帰るぞ！　怪我一つ負わせるんじゃねぇ！」

「まったく全滅してしまうなんて情けないわね。大丈夫、ちゃんと地上に送り届けてあげるから」

「マッスル救助！　マッスル救助！　筋肉が唸る。唸りを上げる！」

「あんたたちもう少し静かにやりな！」

リーダーを除いた4人が素早く全滅者の1年生に駆け寄ったかと思うと、これまた素早くいくつかのアイテムを使い救助を始めた。

その姿は圧巻で、とても手際が良かった。ちょっと無駄に迫力に溢れていたが。

たった10秒ほどで支度を終え、その中でも筋肉がこぼれそうなマッチョマンが全員を抱えて素早く地上に向けて走り去っていった。

あの筋肉さんやべぇな。多分【筋肉戦士】の上級職、【鋼鉄筋戦士】だぞ。裸族だ。スキルも使わず、荷物を持つかのように全員抱えて行っちまった。

「行ってしまったわ……」

リーナも今の光景に呆然としていた。

あの筋肉からはうちの〈サンダージャベリン号〉と同じ迫力を感じた。道中のモンスターはきっとあの筋肉に轢かれて光に還るのだろう。

「騒がしくしちまったね。つまり、ここのボスでやられた学生を上（地上）に連れて行くのがあたしたちの仕事ってわけさ。あ、自己紹介がまだだったね。あたしはリーネシアだ。この第39救護部隊のリーダーを務めている。1年生にとって初のダンジョン週間だからね、こうしていつでも救護出来る態勢を整えているってわけさ」

なるほど。

ゲーム時代には無かった設定だ。

ゲームでは〈救護委員会〉は全員が地上にいて、〈救難報告〉が出るとどこからともなく現れて地上に連れていってくれる部隊だった。

このように出待ちというか、救助待ちで救済場所（セーフティエリア）に待機しているなんてのも初めて見る。

これもリアルならでは、ということなんだろうな。

また、こうして救済場所（セーフティエリア）で〈救護委員会〉が見張ってるのは1学期（5月から7月）のダンジョン週間の時だけらしい。プラス初級中位（ショッチュー）までのダンジョンだけのようだ。

「初級下位（ショッカー）はソロでもなんとか勝てるレベルでしかないからね。調子に乗って初級中位（ショッチュー）のボスに挑んで全滅する1年生が後を絶たないのさ、この時期は特にね」

「大変ですね」

「お疲れ様ですわ」

「ありがとよ。んで、優秀な後輩君。君たちはたった2人でここを攻略するつもりなのかい？　正直言って〈バトルウルフ〉はかなり強い。5人で挑んだ方がいいよ」

いい人なのだろう。その忠告をするために話しかけてきてくれたようだ。

だが、〈バトルウルフ〉は余裕なんだ。心配ご無用である。

「ご忠告ありがとうございます。でも安心してください。俺はこれですから」

そう言って攻略者の証（あかし）を見せる。

するとリーネシアさんが目を見開いて驚いた。

「〈ジュラパ〉と〈六森〉の攻略者の証⁉　え？　本当かい？」

「証は嘘をつけませんよ。譲渡すると消滅してしまいますからね」

「は～。今年の1年生は質が高いとは聞くけどね。正直ここだってこの時期に到達するのは早いペースだってのに、もう中級下位（チュカ）を二つも攻略しているとか、ちょっと信じがたいね」

「ふふ、ゼフィルスさんですから」

「はは、信用されてるんだね色男。わかったよ、呼び止めて悪かったね。今後も頑張りなよ」

「ありがとうございます。頑張りますよ」

「今後お世話になることもあるかと思いますが、その時はよろしくお願いいたしますわ」

「あいよ。お嬢さんもがんばりなよ。色々とね」

そう言うとリーネシアさんは踵(きびす)を返し、手をヒラヒラさせて仲間の所へ戻っていった。

リーナがなぜか頬に手を当てて困ったような、でも嬉しそうな顔をしているのが印象的だった。

その後、リーネシアさんと話している間に俺たちの番が来たので〈バトルウルフ〉戦に突入し、少しだけ連携のおさらいをしてから屠って帰還したのだった。

ちなみに俺の教え子たちは普通に一発突破していた。攻略法教えてないのに。

優秀すぎる！


翌日、日曜日。

「おはようゼフィルス！　いよいよ今日はエクストラダンジョンね！」

「ラナ、昨日からずっと楽しみにしてた」

「それはカルアもでしょ！」

朝からギルド部屋に入るととても楽しみな顔をしたラナとカルアがやってきてそう言った。

カルアに昨日の様子を暴露されてラナの顔が少し赤くなっているのが可愛い。

「おはようラナ、カルア！　俺も初のエクストラダンジョン、楽しみにしてたぜ！」

「ルルも楽しみにしていたのですよ！」

俺も彼女たちに合わせてテンション高めに挨拶すると、俺と一緒にいたルルもぴょんぴょん跳ねながらそう言った。

「あ、ルルもおはよう。なに、２人は一緒に来たの？」

「ちょっと待て、その目はなんだ？　ちょっと下で一緒になっただけだぞ？」

ラナがとても疑わしい者を見る目つきで俺を見てきたので弁明する。

「途中までシェリアも一緒だったのですよ。でも別のギルドで少し用事があったみたいなので一旦分かれたのです。多分すぐに来ると思うのですよ」

「そういうことね。もう、ゼフィルスが変な嗜好(しこう)に目覚めたのかと思っちゃったじゃない」

「思考(しこう)なのです？」

「ルルは気にしなくていいぞ、ラナの寝言だからな」

「寝ているのですか？」

「寝てないわよ！」

そんなやりとりをしつつ和気藹々(わきあいあい)とギルドに入る。

どうやら皆、これから行くエクストラダンジョンにテンションが高くなっている様子だ。

「おはようゼフィルス。ちょうど良かったわ、昨日の戦果をやりとりしたいから少し来てくれるかしら」

「シエラおはよう。了解、ちょっと待ってな」

「おはようございますゼフィルス様」

「おはようございます」

「セレスタン、シズもおはよう」

ギルド部屋の一角でシエラとセレスタン、それにシズが書類を手に仕事をしていた。おそらくギルドの運営状況についてのあれやこれやだろう。シエラとセレスタンにはいつも世話になっている。

しかし、シズはいったいどうしたというのだろうか？

荷物を整理してそちら側に向かうとセレスタンとシズが優雅に礼をとった。

「お待たせ、これが昨日の報告書だ」

「受け取るわ」

簡単に纏めておいた書類をシエラに渡す。

これはダンジョン利用や消耗品などの使用状況、買い物などの経費に関わる報告書だ。

ギルドの運営は、将来的な業務の練習も兼ねているため結構本格的な書類のあれやこれやもやりとりしていたりする。

最初は口頭での報告だけで済ませていたのだが、ある日セレスタンが「準備が整いました」と、かなり本格的な書類を用意してからは、規模の大きさによりこうして報告書を提出する形にしていた。

これもリアルならでは、だな。ゲームではこんなものは無かった。

とはいえ、書類の方はかなり簡易的で、買い物なんかは〈学生手帳〉のキャッシュレス利用記録通り書き込めばすぐに終わるようになっているなど負担はかなり少ない。

その辺学生向けの書類、ということなんだろう。

さすがセレスタンだ。

「シズは手伝いか？」

「はい。シエラ様から相談を受けまして、雑事を行なっております」

「シズのおかげで助かっているわ。ダンジョンに行く度に仕事が溜まるから」

どうやらこちらはかなり負担があるようだ。

それなら俺に言ってくれればいいのに。

「あなたはやるべき事がたくさんあるでしょ。こんな雑事は私たちでやっておくから気にしなくて良いのよ。ゼフィルスの役目はこのギルドをSランクにすること。そのサポートや後のことは私たちに任せておきなさい」

シエラが真剣な眼差しで俺を見て言う。

その姿はとても気品に満ちていて、思わずドキッとさせられた。

「それはそうと、この装備代〇〇（びー）万ミールについて説明してもらえるかしら？　昨日、いったい何を買ったのよ？」

「お、おう」

高揚した気持ちに一瞬で冷や水を浴びせられた。

そういえば昨日は〈バトルウルフ〉を狩り終えてからリーナとC道の〈ワッペンシールステッカー〉ギルドを訪ねたんだった。

そこで〈ビリビリクマリス〉戦の〈パーフェクトビューティフォー現象〉で引き当てた、例のレアボス〈金箱〉産レシピを〈幼若竜〉で解読してもらった。

解読の結果現れたのは、〈雷光の衣鎧（ころもよろい）シリーズ〉と呼ばれるシリーズ装備だったのだ！

しかもシリーズ全装備が書かれた全集レシピである。

つまり〈頭〉〈体①〉〈体②〉〈腕〉〈足〉の五つ全ての作り方が書かれたレシピだった。

これレアボス〈金箱〉産級だぜ？

シリーズ装備とは、3種類以上装備していると〈シリーズスキル〉が付与される優秀な防具だ。

〈シリーズスキル〉はその数で効果が変わり、例えば3種類で一つ、4種類装備していれば二つ、5

種類以上を装備していれば三つのスキルが付与されるといった感じに、そのシリーズの装備を着ければ着けるほど強力な能力が付与される。最高で5種類までだ。

〈雷光の衣鎧（ころもよろい）シリーズ〉は雷属性に対して非常に高い耐性を持つ。

『小耐性』も加われば雷属性魔法は大幅にダメージが削減され、防具に付属される〈スキル〉も〈シリーズスキル〉を合わせれば10を超える。

レアボスの〈金箱〉産級ということもあり、上級下位（ジョーカー）でも活躍できるレベルの超優秀な装備である。

これが全集レシピで当たってしまったのだ。

現状〈エデン〉が持つ防具の中でピカイチの性能を持つ事は間違いない。

〈学園長クエスト〉で素材を集めていたのはこれのための可能性が高いな。

できれば5種類以上の装備でコンプリートしておきたい〈シリーズ装備〉、それが全部載った全集レシピとか、さ。

こんなのがドロップしちゃったら、分かるだろ？

そういうことである。

なお、〈ビリビリクマリス〉の素材は山ほどあったので、払ったのは作製代のみだが、やはり中級レアボス装備は高いな。○○（ぴー）万ミールもするなんてな。ハハハ！

「ちゃんとギルドの攻略に役立てるので許してください」

「ダメよ」

マジで？

シエラから特大のジト目とアウト宣言をもらった俺は必死に〈雷光の衣鎧シリーズ〉の有用性を語った。

何しろレアボス〈金箱〉産である。

しかも〈装備強化玉〉を使わなくても十分上級下位で通用するレベルの強装備だ。

有用性はいくらでもある。

そして、なぜギルドのミールで購入を決めたのかも語っていった。

「俺はこれをギルドで役立てたいんだよ。貸与品としてな。〈雷光の衣鎧シリーズ〉は〈雷属性〉に非常に強い。つまり〈雷属性〉系のダンジョンに行くときに使うのが目的の装備だ」

別に普段使いにしてもいい装備品ではあるんだが、それはともかくだ。

上級ダンジョンに行くと対策防具なるものが必要になってくる。

環境対策、属性対策、状態異常対策、その他もろもろだ。

そんな対策装備をはたして全員が自腹で買う必要ってあるのか？

現在〈エデン〉では「基本的に自分で使う装備は自腹で購入すること」というルールがある。

しかしである。５着だけ作ってギルドで使い回すほうが懐に優しいじゃん。

というのがＲＰＧの考え方である。

まあ、そんなわけで。

「この〈雷光の衣鎧シリーズ〉はギルドの共有財産にしたい。必要なときに誰でも使うことのできる貸与品としたいんだ。もちろんタダでとは言わない。レンタル料はきちんとギルドに支払う形でな」

マリー先輩だって〈幼若竜〉をギルドの共有財産として使っていた。

そして使用料をお客さんからもらってギルドに入れていたんだ。

なら装備品でも同じようなことをしてもいいだろう。

サイズの問題はあるが、それも〈ワッペンシールステッカー〉に任せれば問題ない。

今回、ゲーム時代のクセで思わずはっちゃけて衝動買いしてしまった感は否めないが、ギルドメンバーに貸与できる装備というのは作っておいた方がいいとは前々から思っていたんだ。

と、シエラに熱心に説明した。

「理解したわ」

「ふう。分かってくれたか」

シエラの言葉に俺は安堵の溜め息を吐きながら汗を拭う仕草をする。

しかし、ジト目は終わらなかった。

シエラの口から判決が下される。

「でもはっちゃけた分は別よ。事前の連絡不足で減点、ギルドマスターなのだからうやむやにするのもダメよ。貸し一つが妥当かしら」

「オゥ……、〈笛〉の貸し出しでチャラって事には……」

「何か言ったかしら?」

「なんでもないです……」

ギルドのミールで衝動買いしてごめんなさい。

シエラの静かな微笑みが恐ろしい。

しかし、有用性は認めてくれたと思うのでそこまで大変なことは言われないだろう、と信じたい。

うん。切り替えていこう。

その後色々と昨日の件について情報交換を済ませて朝のミーティングを行う。

「シエラたちのパーティは〈学園長クエスト〉達成分の素材を、無事確保できたそうだ」

「「「おー」」」

先ほどシエラに聞いた話を皆に伝えると、小さい歓声と共に疎（まば）らに拍手が鳴り響いた。

昨日〈陰陽次太郎〉を狩りに行ったシエラ、ハンナ、ルル、シェリア、パメラのパーティは、貸し出した〈笛〉8個を使いレアボスを呼び出すことに成功。32回中19回というちょっと悪い出現率だったものの無事〈最上級からくり馬車〉の素材が集まったとのことだった。

〈最上級からくり馬車〉を作るにはレアボス素材が40個ほどあればいいのだが、せっかくの機会だったので大量獲得してきてもらった形だ。いつまた作るとも分からないからな。

19回レアボス撃破、レアボス素材数は190個確保できた。残りの素材はまだ使えそうなので取っておこうかな。フフフ。

「素材は、ガント先輩だったかな。あの寡黙な先輩に渡しておいたよ。月末までには間違いなく完成しているって言ってた」

ハンナが手を挙げて報告する。これで後は納品されるのを待つばかりだ。

「〈笛〉についてはシェリアに任せたのだけど」

「はい。朝一番で貰ってきました。ゼフィルス殿、お返しいたします」

「おう、確かに」

シエラは報告書やなんやらを担当し、貸した〈笛〉はシェリアが担当で爆死ギルド……こほん、

〈私と一緒に爆師しよう〉ギルドに持って行ったようだ。

しかし、〈笛〉回復に使う素材が足りなくなったとのことで、今日の朝納品になったのだそうだ。

朝シェリアがルルと分かれていたのは〈笛〉を取りに行っていたかららしい。

しっかり残り回数が5回になっている〈笛〉6本を確認して受け取った。学園から貸与された2本はセレスタンに任せておく。

それから俺とラナの報告も済ませ、いよいよ今日の話題に移った。

「待ちに待ったエクストラダンジョンの日だ！　今日はこれからエクストラダンジョンへ入ダンし、夕方まで狩って採って採りまくる！　何か意見のある者は挙手を！」

しかし、誰も手を挙げる者はいなかった。

とはならず、シエラやシズから手が挙がる。

「エクストラダンジョンのＱＰについてよ。あと入ダン手続きは済ませているの？」

なるほどと納得する。

エクストラダンジョンは資源の宝庫、特に人類を支える非常に重要なダンジョンなため入ダンするには許可がいる。

ちゃんと許可が取れていないと、当たり前だが入れない。

シエラはそこを確認しておきたかったようだ。

「その話か。セレスタン、頼む」

その辺は全てセレスタンが済ませておいてくれたはずなので、話を引き継ぐ。

「かしこまりました。入ダン手続きは先週のうちに済ませておきました。本日1日間〈食材と畜産ダンジョン〉の入ダンが可能となっております。また、これに使用したQPは1万QPとなります」

「1万QP……、いいお値段ね……」

セレスタンの言葉を聞いてシエラが思わずといった様子で呟いた。

QPのレートは1QP＝1000ミールだ。

1万QPなら1000万ミールである。

確かにちょっと値が張るかもしれない。

しかし、美味しい物には抗えない。

またEランクギルドのクエスト達成報酬の平均は1500QP程度だ。1万QP貯めるのは相当骨である。

しかし、Dランクであれば達成報酬の平均は1万QPである。

Dランク級クエストの報酬がエクストラダンジョン1日利用権だと思えばそれほど悪くはない。

それに見合うだけの報酬がエクストラダンジョンにはあるのだ。

主に食材だが。食材大好き！　ハンナのご飯大好き！

ふう。少し落ち着こう。もう1人手を挙げている方へと向き直る。

「シズはどんなことだ？」

「はい、エクストラダンジョンは基本的にモンスターが出にくいということですが、出ないわけではない、ということですよね？　どれほどの強さかと思いまして」

「ああ。強くても初級中位（ショッチュー）上層並の弱いモンスターしか出現しないから安心してくれ。万が一襲われても、まあ間違いなく撃破可能だと思うから」

「なるほど。了解いたしました」

「よし、他になければこれでミーティングは終了。出発しよう」

「「おおー！」」

俺の掛け声に合わせてルルとカルアが拳を空中に突き上げた。

〈エデン〉のメンバー全員でエクストラダンジョン門まで向かう。


「なんか、圧巻ね」

途中、俺の横にいたラナが感慨深そうに言い、エステルが頷く。

「ギルド全体として動くのは初の試みですからね。最初と比べると、ずいぶんと大所帯になってきました」

「だな。もう13人だしな」

俺も改めて〈エデン〉のメンバーを見る。

毎回パーティ単位で動いていたが、今日はギルド単位で動く団体行動だ。

エステルの言うとおり、何気に初めてである。

なんかテンション上がるなぁ。

「あ、見えてきたぞ。アレが〈エクストラダンジョン門・特伝〉、通称〈エクダン〉だ」

俺の声に全員の視線が建物に向けられる。

そこには緑色の屋根をした、〈初ダン〉や〈中下ダン〉と同じ規格の建物があった。

しかし、その大きさはざっと5倍は大きい。

中に入ると、まるでそこは市場だった。

一部では競りが行われていて、厳つい顔の大人たちが様々な食材を競り落としている姿がある。

そこは、食糧供給の中枢の一つ。

全ての資源がダンジョンから手に入るこの世界において、最も重要な施設である。

第9話　エクストラダンジョン〈食材と畜産ダンジョン〉入ダン！

「いやぁ、初めて見たけど市場は迫力あったなぁ」

「そうね。私たちの食事がどのようにして用意されているかを知ることができる、ためになる光景だったわ」

俺の感想に真面目に返すのはシエラである。

俺からすればゲームの背景がリアル化して、その迫力に驚いているだけだが、この世界の現地民であり、伯爵家の令嬢でもあるシエラからすると、まったく違う光景に見えるようだ。

この世界の各地には、こうして世界に食糧を始めとする資源を供給するエクストラダンジョンというものが存在する。

そこで働く人は国に雇われ、エクストラダンジョンで食糧を収集し、多くの人たちに供給する。この世界流の農家というポジションの方々だな。

物はまったく育ててないが。

〈採集課〉のモナも将来的にはエクストラダンジョンで働くのかもしれない。

エクストラダンジョンは非常に広大で、1層1層が中級ダンジョンよりも広い。上級ダンジョンよりもさらに広い。

ここ〈食材と畜産ダンジョン〉は最大20層あり、下層に行けば行くほど1階層が広くなる。最下層に行くには最短ルートで6日は掛かると言われている広さだ。『テント』必須だな。

その代わり下層に出現する動物や野菜、果物類は非常に美味である。

今日はこの下層の食材を確保するのがメインだな。

「でもこんなに人が居て大丈夫なの？　取り合いにならないのかしら？」

ラナが不思議そうに聞いてきた。

その疑問ももっともだ。

リソースが限られている以上取り合いは必至。と普通ならなるだろう。しかし、

「農家の人たちは国の雇われです。問題を起こせば仕事にありつけなくなってしまいますから、その辺の管理はしっかりしているはずですよ」

答えたのはシズだった。

いつの間にかラナの横にいて色々と解説している。俺の役目……。

ええい負けるか！

「補足すると、ちゃんと採取するエリアというのが各農家で決まっているんだ。そこを侵さない限り問題にはならない。また、学生とは棲み分けしていてな。お互い入ってはいけないエリアというのがちゃんと柵で囲われているから一目で分かるぞ」

シズに負けじと補足説明する。

シズの方を向いていたラナがこっちを向いた。やったぜ！

何がやったなのかよくわからなかったがちょっと気持ちよかった。

シズからは鋭利な刃物のような視線で見られて直後にひゅんとなったが……。

「んん。ほら、あそこが立ち入り禁止エリアだな。今回俺たちが入ることができるのはこの柵に囲まれていないエリアのみだ。逆に言えば柵までならどこでも採取することができるぞ」

〈エクダン〉の管理人に許可をもらいエクストラダンジョンに無事入ダンすると、すぐ右手に柵があった。

ゲームでは立ち入ることの出来なかったエリアだな。

まったく、俺の知識欲を焦らしてくれるぜ。

しかし、ここはリアル。立ち入り禁止の柵なんて有って無いようなものだ。

今度しっかり計測、もとい聞き込み調査をするとしよう。ああ、あの柵の向こうにも行ってみたい。

ちなみに、こうやってエクストラダンジョンの管理区域が分かれているのは、ここが学園にあるエクストラダンジョンだからだな。つまりはここが特殊。

普通のエクストラダンジョンは完全に農場と化しているが、ここ〈迷宮学園・本校〉が管理している五つのエクストラダンジョンはこうして学生が学ぶ場が設けてある仕様だ。

この柵よりこちら側は全て学生が自由にしてよい。どんな食材を持って帰るも、それを売りさばくも自由だ。ただし節度は守らないと学園側から目をつけられるので注意だな。価格破壊になるほど売るのはダメだ。

「わあ！　ここがエクストラダンジョンなのね――――なんだか普通ね」

「そりゃここはまだ入口だからな」

一瞬テンションが振り切れる直前まで上昇したラナだったが、すぐに戻ってきた。

入り口は普通のダンジョンとは大きな違いはない。奥に行けばまた違った風景が見られるであろう。

「とりあえず移動だな。エステル、馬車を出してくれ」

「了解いたしました」

指示を出すとエステルがキラッキキラの豪華な馬車を取り出した。

俺たちの愛用馬車、〈サンダージャベリン号〉だ。

「わあ、わたくし初めて見ましたわ。とても豪華な装飾ですのね」

「そういえばリーナは初めて見るのか。これが〈最上級からくり馬車〉。例の〈学園長クエスト〉で納品するのも同じ型だ。〈エデン〉が持つ自慢の装備の一つだな」

軽く馬車の性能についてリーナに語る。

「素晴らしいですわね。学園長先生があれほどのＱＰを用意してまで欲しがる理由がわかりますわ」

リーナよ、分かってくれるか。

この〈サンダージャベリン号〉は〈エデン〉の装備品の中で最も素晴らしいものの一つだ。

そんなわけで先日、この〈サンダージャベリン号〉は〈装備強化玉〉によって強化しておいた。

〈エデン〉の素晴らしい馬車が強化されれば、攻略がよりスムーズに行くだろう。

〈装備強化玉〉は基本的に上級装備や最上級装備に使うため取っておきたかったが、〈サンダージャベリン号〉に使うのは致し方無しだ。

その結果がこちら。


〈からくり馬車（最上級）＋3：攻撃力72。乗車人数8人。

『テントLv1』『空間収納倉庫（アイテムボックス）Lv3』『車内拡張Lv3』〉

〈からくり馬車〉は初級装備だが、アクセサリー枠を二つ使う装備なので〈装備強化玉〉で強化できる最大値は＋3までだ。


おかげで攻撃力が60から72に増え、乗車人数も7人から8人に増えた。

ちなみに〈スキル強化玉〉は使っていないのでスキルLvは変わらずだ。

強化した〈サンダージャベリン号〉の性能についてもリーナに語る。

「あれ、ですがゼフィルスさん、乗車人数8人では全員を運べませんが」

「ふっふっふ。安心してほしい。馬車はもう1台ある」

「ほえ？」

俺が目配せするとエステルがもう1台の〈からくり馬車〉を取り出した。

なんと2台目の登場である！

〈サンダージャベリン号〉の横に並ぶ、もう1台の〈からくり馬車〉に聞いていなかった面々が驚いていた。

「ちょっとゼフィルス！　これは何よ！」

「ふははは！　驚いたか！　これこそ俺の秘策、〈からくり馬車2号〉だ！」

別に秘策でも何でもなかったがサプライズでテンションが上がったので秘策ということにしておいた。

ラナがすごい笑顔で2号を指差して聞いてきたので偉そうな態度をとってみたりする。

シエラたちのパーティが予想以上に〈竹割太郎〉の素材を採ってきて、納品分を差し引いても〈からくり馬車〉を作れるだけの材料が余ってしまったのだ。それも大量に。

なら、作るしかないだろう？

ちなみに今まで黙っていたのは驚いた顔が見たかったからである。ふはは！

俺とラナのやり取りに周りが微笑ましい雰囲気になっていると、シエラが先に進まないからと解説を買って出てくれた。

「これは〈高級品からくり馬車〉よ。乗車人数は5人までだけど、二つ合わせれば全員を運べるわ。2号の操車はセレスタン、任せるわね」

「かしこまりました」

シエラとセレスタンは予算管理もしているのでもちろん2号のことは知っていた。

知らせないと酷いことになっていただろう（震え）。

補足するとセレスタンの職業（ジョブ）、【バトラー】には〈乗り物〉系アクセサリーを装備できる適性があったりする。ただし専用のスキルを取らなければ適性が付かない仕様だ。

セレスタンは今日のためにLv40までレベル上げをし、三段階目ツリーで獲得できる『馬車適性』を取得したことにより〈馬車〉に分類される〈乗り物〉系が装備できるようになった。

ただし、エステルのように『乗物攻撃の心得』や『ドライブ』系スキルなどは無いため、モンスターを轢き倒すことは出来ない。

モンスターに衝突すると大きくHPを減らしてしまうので要注意だ。

【姫騎士】の劣化版ではあるものの、〈乗り物〉装備が使えるというのは強みである。

今回だってエステルの後ろに付いて行きさえすれば、先頭のエステルがモンスターを全て倒してしまうため余裕で役目を果たすことが可能だ。

通常のダンジョンではなかなか使い勝手が悪かったりするが、このダンジョンのようにモンスターが少ない場所やギルドバトルでは大いに活躍が見込めるだろう。

【バトラー】はサポート系なのだ。

ということで準備は整った。

早速下層に向けて出発しよう。


「わあ！　ねえねえゼフィルス！　あれは何かしら」

「あれは畑だ。採取エリアだな。生えてるのは麦と、きゅうり？」

「へぇ、きゅうりはそのままだけど麦は全然形が違うのね」

ラナが指差す畑を答えると、シエラが妙な感想を言う。

おそらくドロップ品と比べていると思われる。

採取したらなぜか加工済みになるからな。きゅうりはそのままだが。というかなぜこの二つのチョイス？　時期が違くない？

しかし、たとえ時期が違っても、365日採取できるのがダンジョンである。素晴らしい。

現在馬車2台で進みつつ、俺は先頭を走るエステルの横に座って途中でちょこちょこ現れる採取ポイントの説明役をしていた。

またエステルに指示を出し、最短ルートで最奥まで向かう。

途中の採取ポイントにメンバーが目移りしそうになっているが、「最奥のほうが美味い」「ここで時間を消費しては最奥にたどりつけないぞ」と言って何とか宥(なだ)めた。

「目の前に食べ物がたくさんあるのに、食べられない……」

「カルア、今は腹をすかせておくんだ。お昼にはきっと美味しい料理が待ってる」

「うん。がんばる……」

そんな会話が聞こえて車内を見てみると、長い尻尾と耳をへんにゃりさせたカルアをリカが抱きしめながら励ましていた。

優しく頭を撫でるリカはまるで聖母のようだ。ただ、だんだん表情は緩くなっていくが……。可愛いものを愛でているとリカはこうなる。

そうこうしているうちにやっと下層にたどり着いた。11層だ。

やはり馬車だと速いな。障害物なども特に無かったので2時間弱でここまで来てしまった。モンスターもほんの少し出たが、エステルの前に飛び出したやつは全て光に還った。

「よし。エステル、その広場に停めてくれ」

「了解しました」

11層の中間地点辺りにあったやや広めの広場、そこに停車する。

今日の予定ではまずこの辺りで休憩と探索を挟む。

目指すは最下層ではあるが、ずっと馬車で移動ではつまらないからな。

　それに下層に入れれば食材もかなり良い品質の物が採れる。

　そこら辺では売っていない、売っていてもお値段を見てパスする類いのお高い食材たちが採れるのだ。

　というわけで、午前の部はここを到達ポイントとして採取を楽しみつつ、採った物で昼食を食べよう！　という計画だった。

「よーし、各自好きなように食材を集めてきてくれ。バッグに入りきらなくなったら戻ってくるように。馬車の『空間収納倉庫（アイテムボックス）』はかなり容量があるからそっちに素材を移してほしい。今日のお昼はみんなが集めてきてくれた食材で作るから、各自全力で励むように。皆に貸し出した採取用アイテムは持ったな？　よし、では解散！」

「「「わー」」」

　俺が手早く注意事項を述べて宣言すると、メンバーの多くは我先にと採取ポイント（畑エリア）へと駆け出していった。先頭はラナとハンナ、そしてルルだ。はしゃいでいるな。

　今まで我慢させて悪かったと思いつつそれを見送った。

「ゼフィルスは行かないの？」

　と、後ろから声を掛けられたので振り向く。

「シエラか。いや、俺は別のものを狙おうと思ってな」

「別のものって？」

「肉だ」

　このまま採取ポイントで集めたら野菜オンリーのヘルシーなお昼になってしまう。

　それはそれで女子には好評かもしれないが、やはりガッツリしたものが食べたい。

まだ体は16歳だからな。

わりと腹が減るんだこの体。

「なるほどね。付いて行っていいかしら？」

「もちろん構わないぞ。むしろ人手が多くて助かる」

「あの、わたくしもご一緒してもよろしいでしょうか？」

「ん、一緒に行きたい」

「ん？」

後ろに振り向くと小さく手を挙げたリーナとカルアが居た。

あれ？　今畑に向かって行ったのを見たのだが……。もしかしたらスキルを使ったのか？

【姫軍師】は色々と把握する能力に長けているので俺とシエラが別の場所に行くことを素早く察知したのかもしれない。

カルアは、なんだろう？　肉に反応したのか？

こんなところで有能さを発揮しなくても……。（有能とは？）

まあいいか。

「俺は構わないぞ」

「私もいいわ。早く行きましょう。このままだと大所帯になるわよ」

「だな。リーナ、カルア、行こう」

「はい！」

「ん！」

　ということで俺、シエラ、リーナ、カルアは畑エリアから少し離れ、畜産エリアへとやってきた。

　畜産エリアはだだっ広い草原のような場所で、ここでは様々な動物や家畜が生息している。主に牛乳、お肉、卵、チーズなどの食材が手に入るのだ。しかし、

「あ、家畜がゴブリンに襲われていますわ！」

「大変！　すぐに助ける。ユニークスキル『ナンバーワン・ソニックスター』！」

「ゴビュー⁉」

「早っ⁉」

　俺たちが到着したとき、数匹のゴブリンが牛を襲っている光景に出くわした。

　モンスター同士は基本的に共闘することが多いが、動物は基本的にモンスターに襲われるのだ。なぜかは知らない。

〈食材と畜産ダンジョン〉では、ゴブリンがそこそこな数徘徊している。

　所謂お邪魔モンスターだが、たまに跡をつけてみると思わぬレア食材にたどり着けることもあるので倒すかの判断が難しい。

　しかし、とりあえず家畜を襲っているゴブリンは倒して良しだ。

　ユニークスキルを発動した瞬間、カルアが一瞬で消え、直後に断末魔の叫びが聞こえて消えた。

「ん、終わった」

「一瞬でしたわね。さすが〈エデン〉一(いち)のスピードマスター。わたくしが出る暇がありませんでしたわ」

　何がそうさせるのか、いつもより本気度マシマシでカルアが飛び出して行ったかと思うとほとんど一瞬のうちにゴブリンは光に還っていたからな。文字通りの瞬殺だ。

「ゴブリンは敵。気がついたら増えていて、畑は荒らすし家畜は襲うし女の子にイタズラするし男の子には蹴りを入れてくる。団ではゴブリンは見つけたら狩れと教わった」

珍しく饒舌なカルア。

今の光景はカルアの癇に触れたらしい。

リーナがなにやら熱心にカルアの言うことをメモっているのが気になる。

そんな光景を尻目にシエラが尋ねてきた。

「邪魔者は消えたわ。それでゼフィルス、お肉はどうやって手に入れるの？」

「え、普通にこうやって、『ソニックソード』！」

「モー⁉」

俺は助かった～とばかりに油断して近寄ってきた牛を斬った。

一瞬でエフェクトに還った牛の跡には生肉ブロックが鎮座していたのであった。

「ダンジョンに登場する動物は倒せば肉や牛乳や卵をドロップするんだ」

「あ、あ、あ、牛さんが……」

カルアが生肉ブロックを見つめて呆然としていた。どうしたのだろうか？

しかし、シエラとリーナはあっさりと頷く。

「なるほど、倒せばいいのね」

「ちょっと可哀想ではありますが、お肉のためですもの、仕方ありませんわ」

「牛さん……」

「ちなみに倒し方によって変わった物がドロップすることもある。こうやって『属性剣・火』！　せいっ！」

「モー!?」

「牛さん!?」

俺は〈火属性〉にした〈天空の剣〉を使って近くに居た牛を再び斬った。

カルアが珍しく悲痛な声を上げた気がしたがきっと気のせいに違いない。

そしてエフェクトの跡に残っていたのは、〈上手に焼けたビーフステーキ〉という料理アイテムだった。

「牛は〈火属性〉で倒すとこうしてステーキになる。鶏なら〈目玉焼き〉がドロップしたりするから色々試してみるといいぞ」

「牛さん……」

びっくりではあるがこれが〈ダン活〉の食糧事情の実態である。

カルアの目が〈上手に焼けたステーキ〉に釘付けだったのが妙に気になった。

それから各自で食材、というかお肉集めを決行した。牛にとっては悲劇だ。

「ごめんね、牛さん。お肉のためなの……」

「モー!?」

カルアが寂しそうな声と共に〈氷属性〉の短剣、〈アイスミー〉を一閃する。

牛がエフェクトに還った跡にはパッケージ済みの〈安心安全ユッケ〉が鎮座していた。〈氷属性〉で斬ると〈ユッケ〉をドロップするのだ。

すでに何度も繰り返している光景だが、未だにカルアの表情は晴れない。

どうやらモンスターと違い、ゴブリンから助け出した牛という存在に感情移入してしまったようだ。

「大切に食べる」

すごく食べにくくなりそうだ。カルアは本当にあのユッケを食べられるのだろうか？

そしてカルアは、次の牛へと向かっていった。たくさん狩る気らしい。

頑張ってほしい。

ちなみに先ほどの牛からドロップした〈上手に焼けたビーフステーキ〉はカルアの〈空間収納鞄（アイテムバッグ）〉の中だ。

なんか、物欲しそうにしていたのであげた。お昼に食べるらしい。

とそこへシエラが寄ってきた。

「ゼフィルス。結構集まったし、そろそろ戻りましょう。食事を作る時間も加味すれば、いい時間のはずよ」

「そうだな。肉類も十分集まったし、戻ろうか」

ここはまだ下層に入りたて、ここで採れる食材もすでに贅沢な品質ではあるがまだまだ先がある。品質がこれ以上の物も下層にはたくさん眠っているのだ。

このエリアでこれ以上確保に時間を掛ける理由はない。勿体ないし。

というより早くお昼が食べたい。

「じゃあ、リーナとカルアにも伝えに行くか」

「待って。食事を作るにも時間が掛かるから2人にはまだ狩りをしていてもらいましょう。食事が出

来そうなころチャットで呼べばいいわ」

「確かに効率的ではあるが……」

俺はカルアを見る。

なんだか無駄に決意した表情で牛を狩りまくっていた。

ピカイチのスピードを持つカルアなら短時間ですさまじい数の肉が採れるだろう。

しかし、このまま狩りをさせるのは、なぜか不安だ。

できればカルアも連れて帰りたい。しかしそうなるとリーナ１人にさせるのも可哀想だしなぁ。

「じゃあ、皆で戻りましょう。向こうで野菜の採取をお願いしましょうか」

俺の視線に気が付いたシエラが一つ息を吐いてそう提案してくれる。

さすがサブマスターだ。そんなシエラが好きです。

「悪いな」

「いいわよ別に、効率の良いことだけさせるのもダメ、なのよね？」

「おうよ。ダンジョンは楽しまなくちゃいけない」

効率を重視するやり方も悪いわけじゃないが、楽しくないことをさせれば気持ちが冷めてしまう。

ゲームする時の基本は楽しむこと。

俺のこだわりだ。

「おーい。２人ともそろそろ戻るぞー」

「ん。わかった。ゼフィルス、たくさん狩った」

「あ、ああ。すごいなカルア。よく頑張ったな」

「頑張った。すごく」

俺の声に素早く戻ってきたカルアだが、その表情がものすごく硬かったので頭を撫でて解(ほぐ)してあげた。

「カルアだけ撫でてもらえるのはちょっとずるくないかしら」

「ん、なんか言ったかシエラ」

「別に……。それよりヘカテリーナはどこまで行ったのかしら？」

「なんか遠くの牛まで砲撃しちまったみたいでドロップを回収して回っているみたいだな。リーナの砲撃って軽く100メートル以上飛ぶから、回収も大変みたいだ」

シエラがキョロキョロするので俺が指差すと、そこにはパタパタと走り回っているリーナの姿があった。

正直言って、とても走るのが遅い。そして女の子走りだった。

さすがお嬢様、走る姿がとても慣れていなさそうである。そこがまたお嬢様という印象を強く抱かせていて、ちょっと、いやかなり萌える。

女の子の走る姿っていいよな。

「ゼフィルス、見惚(みと)れてる？」

「あれはいいものなんだよ……」

「……」

頭を撫でられながらも上目遣いで窺うようにするカルアに、うむっと頷いて答える。

しかし、横からのシエラの無言の圧力がすごい。でもジト目は歓迎したい。

カルアの頭を撫でながら、萌えるリーナを見て、シエラにジト目される……。

なんだろう、ちょっと幸せな気分になった。

「お待たせいたしましたわ。終わりました」

もうしばらく見ていたい気もしたのだが、〈ミンチ肉〉を始めとする色々な肉を大量に拾っていたリーナが戻ってきてしまった。

大砲でしとめられた牛は〈ミンチ肉〉をドロップするのです。

「終わっちゃったか」

始まりがあれば終わりもある。

なんて儚いんだろうか。

また見せてもらいたいと思う。

「終わっちゃった、ですか？」

「いや、こっちの話だなんでもない。戻ろうか」

いい加減、シエラの目つきが剣呑な雰囲気を纏い始めているからな。

美少女なリーナから視線を切り、先導して畑エリアに戻った。

「あ、ゼフィルス君帰ってきたよ！」

「もうゼフィルス！　どこ行ってたのよ！　私を置いていくなんてとんでもないことだわ！」

戻るとすでにハンナたちが昼食の準備に取り掛かっているところだった。

集中していたはずなのにすぐに俺に気がついたハンナが手を振り、それに反応してラナがプリプリしだす。こっちもほっこりするなぁ。

「お肉たくさん狩ってきたから許してくれ。そっちはどうだった？」

「この辺りは大体採りつくしたかも。今はセレスタンさんたちが隣の森林エリアでキノコ系の食材を探しているはずだよ」

見れば残っているのはハンナ、ラナ、エステル、シズの４人だけだった。

セレスタン、ルル、シェリア、パメラ、リカはどうやら採取の続きをしているらしい。

「ゼフィルス殿、お肉を頂いてもよろしいでしょうか。こちらで下ごしらえをしておきます」

「オーケー、頼むエステル。えっと10キログラムくらいあればいいか？」

生肉２キログラムのブロックを五つ取り出して渡しておく。

いくら成長期で食べ盛りな学生たち10人以上とはいえ、この中の半分は姫だ。そんなに量はいらない、とは思うが念のため。

とりあえずと考えてこれだけの量を渡しておいた。

「十分です。では早速取り掛かります」

「ああ。俺も手伝うよ」

「わたくしたちは戦力外ですわね。カルアさん、今度はお野菜を採りましょうか」

「ん。行く」

俺はお昼の準備の手伝いを申し出るが、リーナとカルアは料理が出来ないようで早々に離脱して行った。

役割分担は大事だな。うん。

ちなみに今日のお昼は贅沢にＢＢＱ（バーベキュー）となった。

ただ切って焼いてタレつけて食べるだけなのに、どうしてこんなに美味く感じるのか。

食材が良いだけが理由ではない。こうした雰囲気が何よりも大事なのだと感じる。

ああ。仲間とダンジョンに来てBBQするって最高だな！


お昼を贅沢にBBQで済ませて再び移動。

どう見ても法定速度を破っているレベルのスピードで馬車は走る。

さすが〈からくり馬車〉だ。普通の馬ならちゃんと法定速度を守るだろう。

無機物の馬はそんなことは関係ないねとばかりに脚を動かし続けた。

後続のセレスタンが操車する馬車もピタリと後ろに付いてくる。

すでに操車にも慣れた様子だ。さすがセレスタン。万能執事。

「やっと到着だな。この先が最奥だ」

「大きな門ですね。しかし最奥ということは救済場所（セーフティエリア）とボス部屋があるのでは？」

最奥に続く階層門を前にしてエステルが鋭いことに気付く。

「ご明察だ。エクストラダンジョンといえどダンジョンであることには変わりない。ちゃんと最奥にはボスが居るし、倒せば転移陣で帰れる。帰りの心配をしなくていいのは楽だな」

何しろ〈食材と畜産ダンジョン〉はとんでもなく広い。

最下層まで結構な速度で飛ばして来たのにも拘わらずもう15時だ。

帰りのことを考えれば転移陣を使ったほうが効率的だが、ここの転移陣は最奥にしかないのがネックなんだ。

また、1泊するごとにQPが1万加算されていくため〈乗り物〉持ちでもない限りこのやり方は使えない。

徒歩なら最短で6日は掛かるらしいからな。つまり6万QP（6000万ミール）、さすがに1回のダンジョンにそこまで出すのは躊躇(ためら)われる額だ。

故にほとんどの学生は上層の、さらに浅いところでしか採取しないらしい。

それって意味あるの？　と思ってしまうが、ちゃんとそれなりの数を確保できるようなので、直接市場に出ている食材を買うよりギルド全員で採り放題に参加したほうが安く済むとのことだ。

なお情報源(ソース)は〈味とバフの深みを求めて〉ギルドのミリアス先輩。いつも〈エデン〉の打ち上げに美味しい料理を用意してくださる方だ。

最奥の食材を大量に卸(おろ)したらどんなリアクションが返ってくるか、ちょっと見てみたい気もする。

「ゼフィルス殿、ボスを倒しますか？」

「そうだな。5人にはボス周回をしてもらって残りのメンバーはこの階層で食材採取をしてもらいたい」

エステルの言葉に頷き計画を話す。

エクストラダンジョンボスの推奨Lvは45。高位職ならもっと低い。

まあ余裕である。ボスドロップは全て食材関係、しかも高級食材が多いのでこれからの時間は全て周回したいところだ。途切れさせず周回するぞ。

そして周回していないメンバーは周辺の食材集めだな。

「業者などは入っていないのですか？　農家の方が休まず狩っていそうですが」

「普通はここまで来るのに最短で6日掛かるからな。しかもボスは普通、倒したら転移陣を利用されるまで復活しない。ボスを倒したら転移陣に乗ると決まっている。わざわざここまで来たのに1度回収しただけで強制的に帰らされるんだ、割に合わないのさ。それに6日もあればわざわざここに来るまでもなくバッグいっぱいに採取できるし、そうやって地上に持って帰ったほうが1度のボスより利益が出る。ボスを狩るのは依頼があったときくらいだそうだ」

という設定で、ゲーム〈ダン活〉時代は人とまったく出くわさなかった。人の出入りが普通より多いダンジョンのはずなのに最下層のボス部屋はいつでもウェルカム状態だ。

ここはリアルだが、情報収集した限り、同じような理由で最奥のボスを好んで討伐しに来る人は少ないらしい。特に学園のダンジョン週間中はここまで来る農家は皆無だそうだ。学生の邪魔をするのはここで働く農家にとってマイナス以外の何物でもないからな。

〈迷宮学園・本校〉は公爵家のお膝元、その辺の管理は行き届いているようだ。

「ということで、ボスを狩りたい人は挙手！」

「「「「はい！」」」」

「さて、どうやって決めようか」

「考えてなかったの!?」

「はっはっは。とりあえずボスの挑戦レベルに達していないメンバーは周辺採取で我慢してくれ」

「残念ですわ」

全員馬車を降りたところで聞いてみたら予想外に多くの手が挙がった。というか全員だった。いやリーナはLv的に無理だからな？

ここからどう決めるか考えてなかったことを漏らすとラナが驚愕の視線でツッコミを入れてくる。

「まずはチームを分けるか。どうせ今日は遅くまでダンジョンに居る予定だし、採取だけじゃ飽きそうだしな」

人数を絞るのもなんなのでチームを分けることにする。

「賛成よ。3チームに分けるの？」

「いや、どうせなら何戦か毎にクジかなんかでメンバーを入れ替えてみよう。固定メンバーの括りは無しで、いろんなメンバーと組んでみてもらいたい」

「いいわね！　面白そうだわ！」

賛成が過半数出たのでササッと紙でクジを作って、赤いクジを引いた5人が先に挑むことにする。

「これよ！　王女の私が選んだクジなのだから当然――赤い印が無いですって!?」

「ふえ、私も無いよー」

「ルルは赤を引いたのです！」

「私も赤を引いたデース！」

ラナ、ハンナ、ルル、パメラとクジの結果を言い合う。

ラナが信じられないというように何度も確認してきたが、残念ながらそれが現実です。

印有りを引いた人は、1回だと物足りないので3周回ボス戦を行なうルールとした。

ちなみに印無しを引いた人はボスが3戦ほど終わるまで採取担当である。

結局、俺、ルル、シェリア、パメラ、リカで挑むことに決まった。

役割は、
アタッカー：ルル、シェリア。

タンク：パメラ、リカ。

ヒーラー：ゼフィルス。

である。

俺は回復担当か。〈エデン〉はヒーラー不足なので仕方ない。

ミサトの返事はまだだろうか。月末が待ち遠しいな。

そういえばルル、シェリア、パメラと一緒にボス戦をするのは久しぶりだな、ひょっとしたら先月以来かもしれない。

3人ともLv40を超え三段階目ツリーが開放されていると聞くし。

ボス戦で見られるのがとても楽しみである。

なお、その後のクジで第二陣となるメンバーにはラナはしっかり食い込むことが出来たようである。よかったな。

ちなみにハンナは第三陣だった。ドンマイだ。

またリーナだけはLv不足のため採取担当となった。

こうしてまず第一陣がボス戦に挑み、二陣以降は採取を担当することになったのであった。

まずは俺からだな。さて、一先ずここのボスのことを教えておこう。

「ここ、〈食材と畜産ダンジョン〉のボスは特殊で、3体のボスがいる。鶏型の〈ボスコッコ〉、豚型の〈ボスプビィ〉、そして牛型の〈ボスモーギュ〉だ。それぞれが初級上位並(ショッコー)の強さを持つ」

まずボスについてを語る。

何度も語るのは非効率なため全員が集まっている今、通達しておく。

「今回初めての複数ボスだが、複数ボスというのは非常に厄介だ。タンクは複数のボスを受け持たなくちゃいけない。タンクが崩れれば当然だがパーティ全体が崩壊する。ヒーラーもいつもよりタンクを気に掛けてほしい」

そこまで説明すると、若干だがメンバーがざわめいた。

今回は複数ボスだ。同じエリアに3体のボスがいる。

3体のボスと同時に戦わなければいけないのだ。中々に手強(てごわ)いだろう。

その代わりドロップは「ボスドロップ」枠が3倍貰えるけどな。つまり15個だ。これは美味しい。

食材も最高級品なので美味しいが2倍だ！　素晴らしい。

ちなみに「通常モンスタードロップ」枠は無く、宝箱は1個が報酬となる。

これはエクストラダンジョンのボス特有の現象だ。

エクストラダンジョンの報酬はそのダンジョンごとに変わるのである。

おっと脱線した。ボスの話に戻ろう。

今までボス戦はお供がいる場合はあれど、複数のボスがいたことは無い。

〈エデン〉のメンバーだって初挑戦だ。

しかも2体ではなく、初の複数ボスなのに3体が相手だからな。

パーティに2人タンクがいたとして、どっちかは2体を受け持たなくちゃいけない。

ざわめく気持ちも解る。

しかし、ここで質問してくるメンバーはいない。俺が、あらかじめ全部聞いてから質問してくれと言ったからだ。

ざわめきが落ち着いてきた辺りで説明を続ける。

「ではボスの行動パターンを説明していくぞ、しっかりと覚えてくれ、タンク担当は特にだ」

全員が真剣に聞いていた。さすが〈エデン〉のメンバー。

ボスの情報がどれだけ大事か、みんなとてもよく分かっているな。

「ボスは3体とも初級上位並の強さだが、中級ボスのように〈スキル〉を使ってくる。特に豚の〈ボスプビィ〉は二足歩行なうえに動きがやたら速いから注意してほしい。ただの豚だと舐めて掛かったら痛い目に遭うからな――」

3体のボスを順番に説明していく。

ボスの行動パターンの説明が終わると、そのまま攻略の手順に移っていく。

「基本的にボスでも弱い奴から屠るのが常道だ。3体の中では〈ボスコッコ〉と豚の〈ボスプビィ〉が弱いな。牛の〈ボスモーギュ〉だけはやたら硬いから後回しにした方がいい。タンクを2人以上は確定でパーティに入れ、1人が牛を抑えている隙に、まず鶏か豚を狩るのがセオリーだ。そうすればだいぶ楽になるからな」

その後も端的に注意事項、アドバイスなどを送り、説明を終了する。

次は質問会だ。

あまり情報をバラしすぎるとボスの攻略が面白くなくなってしまうかもしれないので、俺はいつも、いくらか情報をセーブしている。

何でも説明すればいいってものじゃない。時に楽しさが半減してしまうからだ。

ただ、全滅するのは絶対遠慮したいので注意事項だけは必ず周知するが。

それ以上の情報を知りたいのかは基本メンバー任せとしている。

そのための質問形式だな。

質問してボスの情報を引き出すも良し、情報を引き出さず自分で確かめるも良しである。

とはいえ今回のボスは初の複数ボスだ、さすがに何人かから手が挙がる。

順番に、一番手が挙がるのが早かったシエラから促した。

「じゃあ、シエラから」

「ええ。相手は魔法や遠距離攻撃は使ってくるのかしら?」

「いいや、基本的に物理攻撃による近距離だけだな。範囲攻撃はしてくるが」

「なるほど……。分かったわ」

ちょっと考える仕草をして頷くシエラ。

シエラのことだ、俺の言わなかったことも十分伝わっていそうだな。

複数ボスなので、ちゃんと弱点や攻略手段というものが用意されていたりするんだ。

そうじゃなきゃ複数ボスを初見で攻略することなんて難しい。

シエラは第二陣のリーダーなのでどうやって攻略するのか、考えているのだろう。

第二陣のタンク役はシエラとセレスタンだからな。

その代わりに遠距離が得意のラナ、シズがいて、素早いカルアもいる。

なかなか面白そうなパーティだ。

ちなみに言い忘れていたが、第三陣は当たりを引けなかったハンナとエステルが確定として参加。

残り3枠は、他のメンバーから参加者を募る。複数希望があればまたくじ引きだな。

その後もいくつかの質問に答え終わると、ここで解散だ。

役割通りに分担、ラナたちは畑エリアや畜産エリアへと向かい、俺たちは最奥の門を潜った。

救済場所（セーフティエリア）を素通りし、誰も利用者が居ないことを確認してそのままボス部屋に侵入する。

「あれがボスなのです？　大きいのです！」

「なるほど、アレは動物ではなくモンスターなのですね」

奥に鎮座していたボス達、鶏型の〈ボスコッコ〉、豚型の〈ボスプビィ〉、そして牛型の〈ボスモーギュ〉。

その大きさにルルは驚き、シェリアは何かに納得したようにその姿を観察する。

シェリアの言うとおり、ボスは確かに動物型だが動物ではなく、れっきとしたモンスターである。

見た目はそれぞれ3メートルくらいはあり、〈ボスコッコ〉は目を真っ赤に光らせ翼を拳の形にして構えているし、〈ボスプビィ〉は完全二足歩行で前足をペロペロと舐めていた。〈ボスモーギュ〉に到っては四足歩行はそのままに鎧で体を完全武装している。兜の角がカッコイイ。

端的に言って動物らしさはまったく感じなかった。完全にモンスターだぜ。

「では早速ヘイトを稼ぐデース！　リカさん、鶏さんと牛さんをお任せしてもいいデスか？　私ボス2体の受け持ちは、ちょっと自信ないのデース」

「構わない。ボス2体は私が引き受けよう。パメラは〈ボスプビィ〉を頼む」

パメラとリカが素早く前に出るが、パメラが自信の無さを吐露する。まあパメラは避けタンクだからな。これは仕方ない。

リカもその辺を分かっているのですぐに了承し、役割を分担した。

戦闘開始だな。

「ふふふ、三段階目ツリーが解放され、真の女忍者になった実力をとくとご覧あれデース！　『暗闇の術』！」

「おお！」

まずパメラが豚型の〈ボスプビィ〉に躍りかかったかと思うと、初手に選んだスキルは相手を〈暗闇〉状態と命中率ダウンのデバフを付与する『暗闇の術』だった。

その選択は大正解だ。思わずパメラの成長に唸る。

〈暗闇〉の状態異常を受けた敵は命中率がガクンと落ちる。状態異常の付着に失敗したとしても命中率ダウンのデバフは通る。二つ共通れば万々歳だ。

回避盾、つまり避けタンクにとって非常に重要な一手と言えるだろう。

初手に挑発系スキルを使うと狙われてしまうため、続く『暗闇の術』などにスキルを繋げることが難しくなる場合がある。

攻撃すれば自然とモンスターのヘイトを稼げ、タゲも取れるので、まず初手に選ぶのはデバフ、状態異常を引き起こす『暗闇の術』というのは【女忍者】メインタンクのセオリーだった。

確かまだパメラにはその辺を教えていなかったはずだが、自力でたどり着いていたらしい。真の女忍者。言うだけのことはある。

しかし今回は〈暗闇〉は付着しなかったようだな。残念。

〈ボスプビィ〉がパメラに向く。

「ブア？」

「怖いデスこの豚さん！　ガンくれてるデス⁉　ええい、続いて『お命頂戴』！　『軽業』！」

「ブアアッ‼」

「ふふふ、どこを攻撃しているデース！」

パメラが背中の刀で突きを入れ『お命頂戴』でヘイトを稼ぎ、すぐにアウェイして『軽業』を使用。

〈ボスプビィ〉が腕を振るうがすでにパメラは離脱済みだった。

『お命頂戴』は単体挑発攻撃スキル。三段階目ツリーのスキルなのでがっつりヘイトを稼げるスキルだ。

もう一つのヘイトを稼ぐスキル『目立つ』は範囲型なので〈ボスコッコ〉と〈ボスモーギュ〉のタゲまで取ってしまう。使わなくて正解。

さらに『軽業』により自分の回避率をアップさせ、万全の態勢となる。

〈ボスプビィ〉が、お前モンクか？　という拳（蹄）捌きで『蹄のワン・ツー』や『豚の蹄チョップ』を繰り出すがパメラは余裕の回避である。

腕を上げたなぁパメラ。

〈ボスプビィ〉は素早い攻撃を繰り出すため回避盾との相性はそんなに良くない。

しかしパメラはしっかりと〈ボスプビィ〉の相手が出来ていた。攻撃をどんどん回避していき被弾は今のところ一つも無い。成長を感じる。

さあ、続いての手は？

「ふふふ、これを使う時がやってきたのデース！　ユニークスキル『必殺忍法・分身の術』！」

パメラがそう言った瞬間、ユニークスキルによりパメラが４人現れた。

おお！　こ、これがリアル分身！　生の分身の術！

パメラが５人居るぞ！

「四方から切り刻むのデース！　行くのデース！」

「「「「行くのデース！」」」」

「ブギャァ⁉　ブアァァァ‼」

１体のパメラ（？）がまず正面から突っ込み、側面から２体、後方に１体のパメラが回り込んで刀で連続攻撃を放つ。四方からの連続攻撃である。

分身体の攻撃力は〈スキルＬｖ１〉の時でも本体の６割もあるため、四方からの連続攻撃は相当なダメージとなるだろう。

一瞬ノックバックをする〈ボスプビィ〉だったがすぐに『豚暴れ』の周囲範囲攻撃で一掃しようとタメをつくった。しかし、

「そうはさせないのデース！　『暗闇の術』！　『忍法・幻影』！」

パメラは再度命中率ダウンの『暗闇の術』、そして幻影を作り相手の攻撃を〈ＭＩＳＳ（ミス）〉させる事がある『忍法・幻影』を使い、分身体を守らんとする。

〈ボスプビィ〉の顔面に煙幕のような物を浴びせ、そして分身体が陽炎（かげろう）のように揺らめいた。

「ブアァア‼」

「「「「〈ＭＩＳＳ（ミス）〉‼」」」」

〈ボスプビィ〉の攻撃が周囲にむちゃくちゃに飛ぶが、全て〈ＭＩＳＳ（ミス）〉する。

分身体は４体とも健在だ。

マジ？

見れば〈ボスプビィ〉のＨＰバーに〈暗闇〉のアイコンが付いていた。

「大チャンスデース！　斬って斬って斬りまくるのデース！」

「「「斬るのデース！」」」

「ブア、ア、アァァ!!」

やばい。完全に【女忍者】の戦法がぶっ刺さってる。

誰も援護なんてしていないのに一方的にどんどん減っていく〈ボスプビィ〉のＨＰ。

これが【女忍者】の力。三段階目ツリーが解放された今、初級上位並（ショッコー）のボスなんてソロでもなんとかなるってか！

いやぁ、しかしゲーム〈ダン活〉時代も思っていたが、【女忍者】はぶっ刺さると本当に強いな。

ユニークスキル『必殺忍法・分身の術』。

敵の攻撃を受けなければ2分間存在し続ける分身体が、延々と攻撃し続ける強力なスキルである。〈スキルＬｖ〉がカンストしていれば本体の１・２倍の攻撃力を持つ分身体が４体、２分間ずっと攻撃し続けるのだ。これがぶっ刺さればとんでもないダメージになる。

【女忍者】のメインタンク戦法としては、初手『暗闇の術』、二手挑発系、三手『軽業』と続き、大体六手目か七手目という早い段階で『必殺忍法・分身の術』とする事が多い。仲間のサポートがあれば二手目で発動することもある。

これは【女忍者】の挑発スキルが『目立つ』と『お命頂戴』しか無いのが起因しており、他のアタッカーにヘイト稼ぎで負けるからだ。

そのため【女忍者】も早い段階で『必殺忍法・分身の術』を発動し、ダメージを与えまくってヘイトを稼ぐ必要があるのである。

パメラはその辺、よく分かっているようだ。

しっかり分身体を守ることは、攻撃だけではなく、ヘイト稼ぎにも重要な意味を持つ。

とはいえ、分身体が全て生存するのは結構運が良い。今回のパメラは乗りに乗っているな。と思ったのも束の間。

「あ！　私1号がやられたデース⁉」

パメラの叫びに前を見れば、正面を担当していた分身体が運悪く『蹄ストレート』を食らってエフェクトに消えていた。たとえ〈暗闇〉状態で命中率がダウンしていたとしても、食らう時は食らう。

分身体の装甲は紙なのでスキルが直撃すると消えてしまうのだ。

「ならば正面は私が相手デース！　『お命頂戴』！」

「ブアアア!!」

パメラ自身が空いた正面を担当するようだ。

ボスの側面と後ろにいる分身体が攻撃し続ける中、パメラは『忍法・空蝉』や『忍法・身代わり』などを使い冷静に回避していく。

その姿は安定力があり、どこか安心出来る力強さがあった。

未だ被弾はゼロ。

ヒーラーの俺の立場よ。

まあいい。そのまま〈ボスプビィ〉の足止めをお願いしよう。

俺はパメラから視線を外して2体のボスを受け持っているリカに向けた。

少し時間は巻き戻り、もう一つの戦場ではリカが〈ボスコッコ〉、〈ボスモーギュ〉をパメラたちから鮮やかに引き離していた。

「ここまで来ればいいだろう。お互いが干渉することもない。『戦意高揚』！　我が名はリカ、いざ尋常に勝負、『名乗り』！」

「コッケーーーーーー!!」

「ブォォ！」

「『上段受け』！　『受け払い』！」

リカはボスが2体にも拘わらず前に出る。

2本の刀を構え、『戦意高揚』で自分にバフを掛け、挑発スキルを使ってヘイトを稼ぐ。

先に動いたのは〈ボスコッコ〉。『鶏拳（にわとりけん）』を発動し鋭い拳（?）を放つがリカは冷静に『上段受け』で相殺する。

続いて〈ボスモーギュ〉の『猛牛の角』で突進攻撃をしてくるが、こちらも『受け払い』で見事に捌いていた。

『受け』系の防御スキルは、パリィなどの防御勝ちが非常にシビアな分、相殺は起こしやすい。リカは序盤でこの『受け』系をよく使い、ボスの行動パターンを見極め、そして『切り』系の防御スキルで防御勝ち、パリィを狙うのだ。

リカは冷静にボスの動きに対処し、2体に挟撃されないよう立ち位置を変えていく。

「コッケーー!!」

「それはさっき見た。『切り返し』！」

「コキャ!?」

「そこにルル登場なのです！　『ロリータタックル』！」

再び『鶏拳』を使ってしまった〈ボスコッコ〉にリカはチャンスとばかりに寸分の狂いなくパリィを決めた、防御勝ちだ。

そこにルルが登場し、『ロリータタックル』を使って突撃した。

パリィでノックバックした〈ボスコッコ〉に避ける暇は無く、直撃。

「コッ!?」

ロリによる『ロリータタックル』は所謂頭突き。

マンガならちょうど主人公の鳩尾(みぞおち)か大事な部分にロリのおでこが直撃し、主人公を悶絶させる、恐ろしい技だ。

鶏に鳩尾があるかは知らないが。

しかし苦悶の声を出しながら〈ボスコッコ〉の赤く光る目が白目になり、その場に崩れ落ちる。クリティカルダウンだ。ヤバい。いきなりの大チャンスである。

「今なのです！　『ジャスティスヒーローソード』！　『チャームポイントソード』！　『ヒーロースペシャルインパクト』！　『セイクリッドエクスプロード』！」

「続きます。『精霊召喚』！　『エレメントブースト』！　『エレメントジャベリン』！　『エレメントランス』！　『エレメントアロー』！」

「コケッ!?」

「むう、私も参加したいが、無理か」

「ギリギリ行けそうだ！　『ライトニングバースト』！」

ダウンした〈ボスコッコ〉にルル、シェリア、そして俺から総攻撃が入る。

アタッカーの狙いは鶏型の〈ボスコッコ〉。

3体のうち1体をパメラがほぼ単体で受け持ち、残り2体をリカがタンクで押さえ、その内鶏型を最優先で倒す作戦だ。

俺が振り向いたときには〈ボスコッコ〉から見事にリカとルルのコンビネーションでダウンを取り、大きくHPを削ったところだった。

すげぇ。

今の流れは良かった。凄く良かった。

リカがパリィしルルがダウンを奪い、総攻撃を叩き込む。

理想的な戦術だった。

俺の指示が無くても、皆すでに戦術は身についているようだ。

リカは〈ボスモーギュ〉からの攻撃で総攻撃に参加できなかったようだが、その代わりしっかり1体を受け持っている。

連携も良い感じだ。皆が目覚ましい成長をしている。

ルルは三段階目ツリーもかなり使いこなせている様子だ。

ルルはデバフに拘(こだわ)りすぎず、三段階目ツリーで解放される強力な攻撃スキルを臨機応変に叩き付けられるようになっていた。

【ロリータヒーロー】の三段階目ツリーで解放される攻撃スキルはどれも強力だ。

シェリアもブーストしてからの精霊魔法を叩き込んだし、俺も遠距離から『ライトニングバースト』を飛ばして参加したが、〈ボスコッコ〉に入ったダメージの多くはルルのものだった。

「おっと、よそ見している場合じゃ無かった。『オーラヒール』！」

俺は今回ヒーラーなのでリカとパメラの中間の位置で待機なのが口惜しい。俺も総攻撃に全力で参加したかったぜ。

徐々にダメージを受けているリカに回復を送る。

パメラは、まだ大丈夫そうだな。

状況確認が終わると共に〈ボスコッコ〉のダウンが終わる。

「コ、コケーー!!」

ダウンから復帰した〈ボスコッコ〉が狙ったのは、ルル。

ダウンを取ったことによりタンクのリカのヘイトを超えてしまったのだ。

大きく腕（翼）を振り上げ、再び『鶏拳』をルルに振り下ろさんとする。

――しかし、

「『片手ヒーロー』！」

「コ……ケ……？」

気がつけば『鶏拳』はルルの左手に受け止められていた。どう見ても小学校低学年のルルに片手で受け止められて困惑する〈ボスコッコ〉。

端から見ると体格差がマジでヤバいな。そしてほぼ真上からの攻撃に左手を上げる形で受け止めるルルの絵が超カッコイイ件！

「捕まえたのですよー！　『ロリータオブヒーロー――――』」

左手で〈ボスコッコ〉の腕を捕らえながら右手の剣を振りかぶってエフェクトを宿すルル。

これは！　大技が、来る！

〈ボスコッコ〉も危険と判断したのか残った左拳で追撃しようとするが、

――ルルのほうが、速い。

「コッ！」

「――スマッシュ』！」

「――――!?」

ズドンッ、と衝撃。

ルルから繰り出されたのは剣の突きだった。

【ロリータヒーロー】の大技『ロリータオブヒーロー・スマッシュ』が見事に決まったのだ。

まるで細剣を振り抜いたような形で制止するルルと――――悲鳴も発せず放物線を描いて吹っ飛ぶ〈ボスコッコ〉。

少年漫画の必殺技みたいなシーンがそこにあった。

ヤバい。何故俺は今スクショが撮れないのかと3回自問自答を繰り返す。

仕方ないので網膜に焼き付ける。

ルルが超カッコイイ!!

もう一度言う。

ルルが超カッコイイんだ!!

思わず拍手を送りたくなった。

いや送る！

「やったのです！」

「素晴らしい！　素晴らしいよルル！　ルルは世界一のヒーローだ！」

俺は大きな拍手でルルを褒め称えた。

そして俺の隣では、シェリアも同じくルルに猛烈な拍手を送っていた。

「さすがルルです！　後は任せてください！　『古式精霊術』！　ユニークスキル発動『大精霊降臨』！」

隣からユニークスキル発動の知らせが届いた！

シェリアが自分の体に立てかけていた両手杖を握りしめるとそのまま天に掲げる。

「火の大精霊様、私にお力をお貸しください！　『イグニス』！」

『――――』

シェリアが唱えると、『精霊召喚』で呼び出されていた〈火精霊〉が金色の光で包まれる。

おおお！

ゲームの画面上とは全然違うぞこれ、神秘的な光景だ！

金色の光が玉状に変わり、一気に大きく育って2メートル級まで成長する。

そして一瞬強く光ったかと思うと、光が霧散し、その中央には髪や体の一部がメラメラと燃えている人型の精霊が浮いていた。

火の大精霊イグニス。

全身赤い鎧を着込み、腰まである赤く燃える髪に炎より赤い目を持ち、片手に2メートルを超える大槍を持っている。そして鎧の隙間という隙間から常に炎を吐き出し続けていた。

こ、これが生イグニス！

おお！　近いのに熱くない！

そしてカッコイイ！

カッコイイなイグニス！

シェリアのユニークスキル『大精霊降臨』は〈○精霊〉と入れ替える形で、大精霊を一定時間召喚することが可能になるスキルだ。

そして次に使用する魔法によりなんの大精霊を呼ぶかを選べる。

シェリアは火の大精霊イグニスを選んだ形だ。

また、大精霊召喚前に『古式精霊術』を使うのがテクニックで、これを使うと次に召喚した精霊の能力値を底上げしてくれる。

大精霊を降臨させるだけで『精霊召喚』『古式精霊術』『大精霊降臨』『○○○○（大精霊の名称）』の四つの魔法を使用しなくてはいけないため時間と手間が掛かるが、その分大精霊の力は非常に強力だ。

「イグニス様、狙いはあの〈ボスコッコ〉です。お願いします！」

『――――』

「コ、コキャ⁉」

ルルに吹っ飛ばされて大きくダメージを負っていた〈ボスコッコ〉が立ち直り、再びルルに向かって走り出すと、そこに立ちはだかる形でイグニスが現れる。

体中から炎を荒らげ、〈ボスコッコ〉と一瞬だけ睨み合うと、右手を向けて火炎を放った。

「コケッコー！」

『――――』

軽快なフットワークで横に避ける〈ボスコッコ〉。

しかし、避けた先にはイグニスが大槍を構えて突撃していた。

「コケッ⁉」

『――――』

「コケッコー‼」

大槍が〈ボスコッコ〉に突き刺さり、そこから振るわれる槍捌き。

最初はまともに食らった〈ボスコッコ〉だったが、負けるかよと言わんばかりに『鶏拳』で徐々に反撃していく。

それは、端から見ればモンスター同士の大バトルだった。

「シェリア、オールとゾーンを使っておいた方がいいぞ」

「はい！　『オール』！　『ゾーン』！」

俺の指示にシェリアが魔法をイグニスに掛ける。

『オール』は回復魔法だ。大精霊限定だが、ダメージを回復する。

大精霊は見ての通り自立行動型のユニークスキルで召喚中は勝手に戦ってくれる。

パメラの『必殺忍法・分身の術』に似ているな。

遠距離攻撃が得意な大精霊もいるが、イグニスは近距離型だ。

HPバーを見てしっかり回復してあげないと、HPがゼロになれば大精霊は消えてしまうので要注意だ。

また『ゾーン』は大精霊の滞在時間を延長する魔法だ。

大精霊はユニークスキルのLvによって滞在時間が変化する。時間が来れば消滅してしまうので、ずっと呼び出しておきたいなら『ゾーン』で滞在時間を延長するべしだな。

【精霊術師】の三段階目ツリーは大精霊を中心とした戦術となる。

しかし、あまりに攻撃しすぎると術者が狙われるので注意が必要だ。

大精霊が稼いだヘイトは術者に向けられるからだ。大精霊を無視して術者のいる後衛に突っ込まれたら堪らない。

シェリアのINTだと、大精霊の一撃は一般学生の一段階目ツリーから二段階目ツリーのスキル威力に匹敵する。

ダメージが高い分、ヘイトも高く稼いでしまう。その辺、シェリアに伝授していこう。

「『オーラヒール』！　ルル！〈ボスコッコ〉のヘイトを頼めるか！」

「！　任せてほしいのです！　とう！『ヒーロー登場』です！」

リカを回復しつつ、大精霊イグニスの出現でほわーっとしていたルルに〈ボスコッコ〉のヘイトを稼いでもらうよう指示を出した。

ルルが『ヒーロー登場』を使いシャキンとカッコイイポーズをとってヘイトを稼ぐ。

『ヒーロー登場』は俺の『アピール』のように注目度アップ系の挑発スキルだ。

く～、ルルのシャキンポーズがグッとクルぜ！

〈ボスコッコ〉のタゲはルルに任せる。

当初はリカが〈ボスコッコ〉〈ボスモーギュ〉を受け持ち、アタッカーが〈ボスコッコ〉を粉砕する予定だったが、ルルが思っていたより大きく成長していたために〈ボスコッコ〉のヘイトをダウンで完全に奪ってしまった。

リカは相殺でヘイトを稼ぐので、一度狙われていない状態になってしまうとタゲを取り返すのが難しい。

こうなっては予定を変更だ。

ルルをサブタンクにして〈ボスコッコ〉はルル担当。

臨機応変に対処する！

「コ、コケー!!」

「『ハートチャーム』！『チャームポイントソード』！」

「イグニス様、頑張ってください！」

『――――』

「『ライトニングバースト』！」

少々予定は崩れたが、その後ルル、シェリア、ついでに俺も援護して〈ボスコッコ〉を光に還す。

「コ……ケー……」

「よし、続いて〈ボスプビィ〉だ！　ルル、シェリア、頼むぞ」

「あい！」

「了解です」

続いてルルとシェリアはパメラが担当する〈ボスプビィ〉の相手をした。

「ブア⁉」

「トドメなのです！　『セイクリッドエクスプロード』！」

ルルの聖属性高威力スキルの直撃を受け、エフェクトの海に沈んでいく〈ボスプビィ〉。

〈ボスプビィ〉はパメラのぶっ刺さり攻撃によりHPを3分の2にまで減らしていたため、短時間で屠ってしまった。

これはパメラがたっぷりヘイトを稼いでいたため、シェリアがヘイトを気にせず全力攻撃できたのが大きいな。

大精霊の他に普通の『精霊召喚』もしてエレメント系のスキルをぶっ放しまくっていた。

シェリアは現在、大精霊1体と通常の属性精霊を1体ずつ召喚することが可能なのだ。

〈エデン〉の魔法アタッカーはシェリアがダントツでトップだな。

ルルも魔防力デバフの『ロリータマインド』を使ってボスの魔防力を下げ、シェリアのダメージを底上げしていたので簡単に削りきってしまった。

「モーー‼」

「さて、ではラスト、〈ボスモーギュ〉を全員で叩くぞ！」

「おーなのです！」

「イグニス様、お願いいたします」

「アタッカーに転向するのデース！」

俺の指示にルル、シェリア、パメラがやる気を見せる。

残り1体となり、パメラもアタッカーに転向して〈ボスモーギュ〉を相手にした。

そしたら、数分もしない間にリカが帰ってきた。

「あれ、もう終わっちゃったのか⁉」

「ああ。鎧を着ていたから硬かったが、ルルもシェリアもパメラもすごい張り切ってな。私が防御スキルを使う暇も無いくらいだった」

「哀れモーギュ、良いとこ無しか」

俺はヒーラーに徹しようと後ろから見ていたら回復魔法を使うまでもなく〈ボスモーギュ〉がエフェクトに消えてしまった。フルボッコにされた模様だ。

あまり記憶に残らないうちに消えた〈ボスモーギュ〉を哀れむ。

〈ボスコッコ〉も何もできずにボコボコにされて消えていたが、ルルとシェリアの活躍の、いい引き出し役になってくれたのだからまだ報われるだろう。

哀れ〈ボスモーギュ〉。

「周回なのです！　ルルがあっという間に倒してやるのです！」

「頼もしい！」

今日のルルは耀き具合が違うな。

見ればシェリアもパメラもイキイキしている。

三段階目ツリーが使えるようになってまだ間もない。

3人とも三段階目ツリーの〈スキル〉〈魔法〉〈ユニーク〉が使えるようになってボス戦が楽しいのだろう。

俺はうむと頷く。

「よっし、もう1周行くぞ！」

「とう！『ローリングソード』なのです！」

「――――ブア!?」

2周目は作戦を変え、〈ボスプビィ〉を最初に屠ることにした。

ルルがくるりとでんぐり回避してからの斬撃が耀く！

相変わらずの格好良さよ。

ルルたちの動きはどんどん良くなっていき、2周目、3周目とどんどんタイムが短くなっていった。

3周目なんて7分を切った。1体2分ちょいで倒した計算になる。

俺もヒーラーが暇でそれなりに参加したのもタイムが短くなった理由だ。

皆凄く強くなったなぁ。

エフェクトに沈む3体目の〈ボスモーギュ〉を見て、俺はそう思った。

「〈金箱〉が出たのです！」

ルルの声がボス部屋に響く。

「なにぃ！〈金箱〉だとぉ!!」

最後の1体、〈ボスモーギュ〉が倒されると、その場に大量の食材と一つの宝箱が鎮座していた。

宝箱は、キラッキラに耀く金色、見間違いようも無い、アレは〈金箱〉だ！

「2個あるのデース！」

パメラからの指差し報告にギュインと音が鳴る勢いで首を捻り向く。

「おおお!!」

2体目に倒した〈ボスプビィ〉の消えた辺りに2個目の〈金箱〉が鎮座していた。

思わず感動の震え声が口から漏れる。

瞬間俺の脳細胞が閃きを放った。

〈ボスモーギュ〉後に1個、〈ボスプビィ〉後に1個、〈金箱〉がドロップしている。

ならば！　ならばならば！

まさかと思い1体目に消えた〈ボスコッコ〉の場所にも目を向ける。この期待は大きい！

しかしそこには何も無かった。

「知ってた！」

俺の脳細胞は空回りしただけだった。

通常ボスの宝箱は1個。〈幸猫様〉の恩恵で倍になって2個だ。これ〈ダン活〉プレイヤーの常識。

3個目の宝箱は無いのだ。

知っていたはずなのに何故か悲しくなった。

「ルル、この宝箱さん凄く開けたいのです！　ゼフィルスお兄様、開けても良いですか？」

「がはっ!?」

「ゼフィルスお兄様？」

「ルル、気にしなくていいのです。ゼフィルス殿は敗北したのですよ」

「??」

ルルの言葉に心臓を打ち抜かれたポーズを取る俺。危うく「うん。いいよ」と言ってしまいそうになった。ルルのお兄様呼びが油断した俺のハートを撃ち抜きに来るのです。

そんな俺を見て、分かります分かりますと言うように頷くのはシェリアだった。

ルルは俺とシェリアを見て首を傾げている。なんて可愛いポーズだろう。

シェリアの顔面がやや緩んで見えるのは気のせいだろうか？　多分気のせいではないだろう。

俺も緩んでそうだ。シエラがこの場に居れば溜め息を吐かれてしまうかもしれない。気を引き締めなければ。

「こほん。では改めて、宝箱を誰が開けるのか決めようではないか！」

気を引き締めすぎて偉そうな口ぶりになってしまった。

まあいい。

今回、〈金箱〉が2個。〈金箱〉が2個もドロップした。

実はエクストラダンジョンはQPを多く支払う必要があるためか〈金箱〉のドロップ率が通常ダンジョンよりも高い。

大体5％くらいの確率で〈金箱〉をドロップするのだ。

ここに〈幸猫様〉の恩恵が加わればもっと確率は上昇する。

素晴らしい。素晴らしいよ！　ふはは！

おかげでたったの3周で〈金箱〉がドロップだ！　しかも倍率ドンである。

俺たちには〈幸猫様〉がついてる！　中身もきっと良い物が入っているに違いない！

「さて、問題は誰が開けるかだが」

「「「はい！」」」

三つの手が挙がる。

希望者は３人のようだ。

１人目はルル。小さなお手々を一生懸命挙げてアピールしている。

もうこれだけで決めてしまっても良いんじゃないのかと俺の脳が囁(ささや)くんだ。

いや待て、焦るな俺よ。まだ決める時間では無い。

そう自分に言い聞かせてなんとか落ち着く。

２人目はパメラ。まったく忍(しの)ぶ気が無いピンク色の装備を見る。なんかこの装備を見る度に「女忍者！」と少し興奮する。なんで忍者装備ってこう、テンションが上がるんだろうな？　普通の装備とは違う魅力があるぜ。

手を挙げるパメラ。その目はとっても耀いていた。今回パメラが凄く成長しているのを見させてもらった。一ヶ月前とは雲泥の差だった。頑張ったで賞を贈りたいくらいだ。

３人目はシェリア。その視線はガッチリルルをロックオンしている。

宝箱じゃないんだ、と一瞬思った。

シェリアはルル大好き。〈金箱〉を開けられるか開けられないかの瀬戸際なのにルルの方が一番らしい。逆にすがすがしいな。

ちなみに４人目に俺もいるぞ。俺も開けたい。

「リカはいいのか？」

「2周目の〈銀箱〉を開けさせてもらったからな。今回は辞退しよう」

確認するとリカは辞退を告げて大量に散らばる食材ボスドロップを集め始めた。

〈金箱〉イベントが終わればすぐに戻れるようにというリカの配慮だろう。

次はラナたちだ。早く後続にこの部屋を明け渡さないと俺が怒られてしまう。

あまり時間は無い。

ちなみに1周目の宝箱は〈木箱〉で開けたのはルルだ。

ドロップは〈料理器具3点セット〉。

次にリカが開けた〈銀箱〉からは〈熟成箱〉というお肉などを熟成させるアイテムが入っていた。

ここ〈食材と畜産ダンジョン〉では調理系のドロップが中心なんだ。

もちろん武器などもドロップするぞ。

「さて、早速決めてしまいたいが」

「ゼフィルス殿、私はルルと一緒に開けたいのですが、よろしいでしょうか？」

今回はどうやって決めるかと思っていた所にシェリアから共同作業の提案が届く。

「ルルもシェリアお姉ちゃんと一緒に開けたいのです！」

「許可しよう」

即行で許可した。

なんか前にもこんなことあった気がする。

仲の良い2人で一緒に宝箱を開けるのだ。

共同作業が〈エデン〉では流行っているのだろうか？

いや、なんにしてもすぐに決まるのは良いことだ。

これで残る1箱はパメラか俺になるわけで。

と、思っていたのだが、猛烈なハプニングが起こった。

「では残りの1個は私が開けるデース！　この宝箱はもらいマース！」

「あっれぇっ⁉　ちょっと待ってパメラ⁉」

気がついたらいつの間にか〈金箱〉の一つを確保していたパメラが蓋に手を当てていた。

宝箱を開ける1秒前というやつだ。

「じゃーん！」

「あああ⁉」

1秒後、宝箱を開けるパメラ、崩れ落ちる俺。

「こ、これはお宝デース！　高級カレー自動調理器の〈カレーのテツジン〉デース！　カルアがすごく欲しがっていたやつデース！」

パメラが宝箱に入っていたアイテムを見てはしゃいでいたが、俺は茫然自失だった。

後で知ったことだが、これは俺が手を挙げていなかったかららしい。

そういえば、手を挙げるのを忘れていた。

ラナとハンナがいなかったから、油断してた⁉

〈金箱〉回は苦い思いで終わった。無念。

ちなみにルルとシェリアが共同作業で開けた〈金箱〉からは〈お肉ブラスター〉というフライパン

がドロップしていた。

火が無くても焼き料理ができるうえに、お肉系の食材の味とバフと品質を上昇させ、ついでに何故か個数(量)も増加する素敵アイテムだ。

このフライパンで作った料理アイテムは通常3個手に入るところ、何故か5個入手出来たりする。

超ありがたい！

これ、ひょっとして〈幸猫様〉に催促されている？

いや、きっと気のせいだろう。

こうして俺は第2陣であるラナたちと交代した。


時刻は夕方。

「ゼフィルス、見て見て、夜にこれ食べたいわ！」

「ん。見事な肉」

「じゃ、これも入れるか」

すでに全員ボスの周回が終わりまったりとした空気が漂っていた。

周囲の採取はかなり進みたくさんの贅沢な食材が集まっている。

そろそろ日も暮れそうなので散策と狩りとボス周回は一旦止め、最下層の救済場所(セーフティエリア)にテーブルや椅子を設置し、豪華な夕食としゃれ込もうという魂胆だ。

しかし、問題が一つあった。とても大きな問題だ。

あまりに高級品ばかりの食材の山にどれをチョイスすればいいのかとても悩むのだ。

そしてあまり悩みの少なそうなラナとカルアに助力を願い、今に至る。

ラナとカルアが選び出した〈モーギュのミスジ肉〉をラインナップに加える。

すげえ美味そうだ。ハンナの特製ダレに漬けて焼肉で食いたい。

「ゼフィルス、夕食もバーベキュー？　カレーも食べたい」

「知らないで選んでたのかぁ」

カルアがそういえばという顔で聞いてきた。

さっき説明したはずなんだけど、多分忘れちゃったんだなぁ。カルアは忘れっぽい子なのだ。

もう一度説明しよう。

「すでに〈カレーのテツジン〉は起動済みだ。後10分もすれば美味しいカレーが食べられるぞ。今選んでいるのはＢＢＱ用の肉だな」

「ん。素敵」

俺の回答にカルアの目がすごく輝いている。

実は夕食は昼と同じくＢＢＱにしようかと思っていたのだが、なんと運良く高級カレー自動調理器〈カレーのテツジン〉がドロップしたため急遽カレーがラインナップに加わった形だ。

やっぱこういうときってカレーが食いたくなるよな！

作る時間がネックで、カレーは下ごしらえに時間が掛かる。

エクストラダンジョンは利用に制限時間があるので今回は見送ろうと思っていた。

しかし、〈カレーのテツジン〉がドロップしたなら話は変わる。

自動調理器である〈カレーのテツジン〉は調理系の職業(ジョブ)持ちでなくてもバフの付くカレーを量産し

てくれる素敵アイテムだ。

素材を入れておけば勝手に出来上がるため、野菜の皮むきすらいらない。いつの間にか皮はむかれ、手ごろな大きさにカットされ、じっくりコトコト作られたカレーが15分くらいで完成するのだ。（皮なんかがどこに消えたかは知らない）

俺はライスだけを用意しておけばいい。

ちなみにゲームの時はスキップできたのだが、リアルはスキップ機能がないので普通に待った。なんかみんなといるとこういう待ち時間も楽しいな。

食材はカレーのスパイスも含めて〈食材と畜産ダンジョン〉でドロップするので、それを〈テッジン〉に放り込んでおいた。全て19層で手に入る高級素材ばかりだ。肉は贅沢に〈ボスモーギュ〉のビーフ肉を使用。ちなみにブロック肉で投下した。

後は完成を待つばかり。なんかすげぇ楽しみだ。どんだけ美味いものが出来るんだろうか？

「というわけだ」

「すごくよくわかった」

それを告げると、カルアは珍しくキリッとした顔で頷いた。

食いしん坊なんだよなカルアって。食いしん坊な猫。いいじゃないか。

「良い匂いね。食欲をそそるわ」

ラナが漂ってきたＢＢＱとカレーの香りに微笑む。

「こちらももうすぐ野菜に火が通ります。もう少々お待ちください」

そう言ってトングを片手に野菜を焼いているのはエステルだ。

バーベキューコンロは3台あり、それぞれエステル、セレスタン、シズが担当して野菜や肉を焼いている。

また、〈ミスジ肉〉の担当はハンナだ。

先ほど〈金箱〉からドロップした〈お肉ブラスター〉を贅沢に使い、〈ミスジ肉〉を焼き上げている。

「待ち遠しいわ。一瞬で焼けるアイテムとかないのかしら？」

「残念ながらスキップ機能はないんだ。スキルならあるけどな。とはいえ料理スキルを持っているメンバーはいないから出来上がるのを待とう」

「スキップ機能って何よ？」

「……こっちの話だ」

ちなみに、一瞬で出来上がるアイテムはあるにはあるが、【調理師】系の職業(ジョブ)持ちが使うことが前提となっているので俺たちが持っていても使うことができなかったりする。スキップ機能はないのだ。

とそこでボス部屋の門が開いた。

中から今ボスに挑戦していた5人が出てくる。

「ゼフィルス、今戻ったわ。〈笛〉ありがとうね」

代表してこちらに来たのはシエラだった。貸していた〈笛〉を受け取る。

〈笛〉の回復は経費で落ちることになっていた。後で回復しに行こう。

続いてルル、シェリア、パメラ、リカが現れる。

ヒーラーがいない構成でのレアボスチャレンジだったが、上手くいったようだ。

タンクも出来るメンバーばかりだったからな。楽勝か。

ちなみにここのレアボスは〈ボスミノタウロス〉〈ボスオーク〉〈ボスコカトリス〉という構成で、全員が二足歩行に加え何かしらの武器や装備をしているためかなり手強い。

レアボスなので先ほどのボスと比べ一段上のスペック、つまり一体一体が中級下位クラスのボスだった。

ユニークスキルも――威力だけ見れば強力で、名称は『圧倒的1位と、2位3位争い』というなんだかよくわからない名のスキルなのだが。ボス同士の大暴れの争いに巻き込まれるととんでもないダメージを負う。

あれは多分、己の肉について争っているものと思われる。ちなみに1位はミノタウロス（ビーフ）だ。2位と3位は争っている。たまに2体（ポークとチキン）が手を取って下剋上するがミノタウロスが勝って終わる。ビーフは永遠の1位だ！　と、そんなスキルである。

また、3体の中で〈ボスミノタウロス〉が一番強いのだが、こいつを先に倒してしまうとユニークスキルが変化し『醜い1位争い』というより強力なものになってしまう罠が仕掛けられている。気をつけろ。あれなぜか初見殺し並みに強いんだ。

俺はゲーム時代に全滅させられたことがある。あれは悲しかった。

エクストラダンジョンは一度全滅するとその日は入れなくなってしまうのだ。

ああQP勿体無い。あれ絶対開発陣が仕掛けた罠だよ。

そんなことを思い出しているとトテテテーッと走って小さな影がやって来た。ルルだ。

しかし、その横にはなぜかシェリアがルルを見つめながら併走していた。

どんな状況？

「たくさんお肉採ってきたですよ！　褒めてくださいです！」

「もちろんです。ルルは偉いですね」

「シェリアお姉ちゃんじゃないですよ！　ルルはゼフィルスお兄様に褒めてもらいたいのです！」

「そ、そんな！」

なぜかルルに違うと言われたシェリアが愕然としていた。

「シェリアは一緒に戦ったでしょう。何を言っているのですか」

エステルにも呆れた視線を向けられている。

最近のシェリアはルルに夢中である。最初の賢そうな印象とは逆転している気がする。

何が彼女をそうさせてしまったのか。ルルの魅力は魔性である。

とりあえず俺もルルを褒めよう。

「ルルありがとう。こんなに採ってきてくれて嬉しいよ。頑張ったな」

「むっふー」

おお！　ルルのドヤ顔だ。

思わず頭もなでなでしてしまう。

「な！　ルルの頭を撫でるなんて、なんて羨ましいのでしょう」

「そ、そうだな。私はシェリアの方が少し怖いが」

シェリアがハンカチでも噛みそうな勢いで俺を見つめ、共に来ていたリカが少し引いていた。

はて？　羨ましいとか言っているがシェリアは普段からルルの頭を撫でていた気がするのは気のせいだっただろうか？

「ゼフィルス。これ、お土産よ」

「っておお！　これレアボス〈金箱〉産の〈解体大刀〉じゃん！　〈金箱〉出たの⁉」

「やっぱりあなたはこれが分かるのね」

さらっとシエラが手渡してきたのは刃渡り１メートルを超える刀に分類されるレアボス〈金箱〉産武器だった。

見た目は刀というより包丁に近い。直刀なので渡すならパメラか。いやしかしリカに渡すのもいい。

「こいつは動物型モンスターに特効を持った武器なんだ。しかも動物型にトドメを刺した時、一定確率でドロップを倍にする効果も持つ。動物型っていうのは中級ダンジョンでは結構多いから使える機会は多いぜ」

「ふむ。ならば私よりパメラの方が良いだろう。私はタンク寄りだからな」

「リカ、いいのデース？」

「ああ。私にはカルアに貰ったこれがあるからな」

リカが腰に差している〈六雷刀・獣封〉を見る。

リカがいいと言うなら、これはパメラに進呈しよう。

「じゃ、これはパメラに貸与する」

「やったデース！　あったらしい武器デース！」

〈解体大刀〉を渡してやると、それを両手に持ってパメラがピョンピョン跳ねる。

全身で喜びを表現しているかのようだ。

「リカもシエラもルルもシェリアもありがとうデース！　大切に使うのデース！」

こうして〈解体大刀〉はパメラが主武器として使うことになった。

ちなみにレアボスの宝箱は2個出る。もう1個はなんだったのかというと、巨大なフライパンハンマーの〈フライデスパンチ〉という武器だった。

見た目は完全にネタ武器だが、性能はとんでもなく強い。

ただ〈エデン〉にハンマー使いがいないのが残念だった。シズに装備させてみたかったが、拒否された。無念だ。フライパンで戦うメイドさんが……。

これは料理専門ギルド〈味とバフの深みを求めて〉に売りに行こう。もしかしたらいい値段で買い取ってくれるかもしれない。

「とりあえず皆お疲れ様。そろそろ肉も焼けるから皿を持って取りに行ってくれ」

「わかったわ」

「あ、おかえりシエラ、このミスジ肉オススメよ。すごく美味しかったわ」

「もう食べてんのかよ！」

皿に焼肉を乗せたラナが満面の笑顔で告げてきた。

まったく油断も隙も無い王女である。

俺も食うぞ！　ハンナからミスジ肉をもらい一口……。

「はぐっ！　ふおおお！　美味ーーい！」

噛んだ瞬間あまりの柔らかさに肉が溶けた。いや蕩けるほど美味かった。

ハンナ特製のタレがしっかり染み込んでいて、もう咀嚼する以外のことを起こせる気がしなかった。

これが〈ダン活〉の贅沢な肉。高級な肉！

美味すぎる！

「おお、おおお」

ついに語彙力まで失ってしまった。素晴らしい肉だ。これはみんなにも是非食べてもらいたい！

後で〈幸猫様〉にもお供えしよう！　絶対だ！

ああ、本当に美味しいな。目と口からビームを出したい気分だ。

俺、〈ダン活〉の世界に来れて本当によかった。

「ほらみて、ゼフィルスがこんな反応をするのよ。是非皆食べてみて頂戴！」

「頂くわ」

「どんどん焼くね！」

ラナが俺を指差して皿の肉を勧め、シエラがまず受け取った。

ハンナも気合を入れて焼いていく。

こうしてエクストラダンジョン、〈食材と家畜ダンジョン〉での楽しい一時（ひととき）は瞬く間にすぎていったのだった。


エクストラダンジョンからは21時を過ぎたあたりで帰還した。

いつもなら夕食までには帰るのだが、今日はダンジョンで夕食を食べたからな、その分長く居座ってしまった。

個人的には日付が変わるギリギリまでダンジョンに居たいのだが、女の子もいるし。

高校生は22時門限が原則なのはこの世界でも変わらない。

本気で捕まるのは24時からだが。

というわけで、名残惜しくも帰還した。

しかし初のギルド遠征の成果はかなり上々だ。メンバー総出でかき集めたことにより、なんだコレってくらいゲットできたからな。

〈サンダージャベリン号〉に設置してある『空間収納倉庫（アイテムボックス）Ｌｖ３』が一杯になるってどういうことだ？

夕方まではまだ半分も埋まっていなかったのに夕食を食い終わった頃からみんなの顔が変わったぞ。

俺もだが。

あれは美味かった。みんなが本気になるほどに。

「とりあえずこれだけあればしばらくは持つわね！」

ラナが『空間収納倉庫（アイテムボックス）』をパカリと開いてそう言った。

完全に同意だが、あまり開けないでくれ。なんか溢れそうで怖い。というかもう入れようとするな。

本当に溢れるぞ。

「ラナ様、そろそろ馬車を仕舞いますので出てきていただけますか？」

「わかったわ」

馬車からラナが出ると中を入念に確認してエステルが〈空間収納鞄（アイテムバッグ）〉に入れる。

コンロなんかも全部片付けてあるのでこれで準備完了だ。

俺たちは最下層の転移陣から〈エクダン〉へ移動後、転移門の前で全員に宣言する。

「みんなお疲れ様！　また明日ギルド部屋で会おう！　では解散！」

「「「お疲れ様（でした）～」」」

エクストラダンジョン遠征はこうして終わった。


しかし、ちょっと採りすぎた。

食材は〈からくり馬車２号〉の『空間収納倉庫（アイテムボックス）Ｌｖ２』に移して保管しておこう、２号はしばらく出番は無いだろうしな。

ただ〈サンダージャベリン号〉の『空間収納倉庫（アイテムボックス）Ｌｖ３』は３分の１が食材で埋まってしまったな。

これを売るか、自分たちで食べるかはまた後で相談しよう。

ゲーム時代は結構良い値段で売れたため、食材は全部売り払っていたので収納倉庫を圧迫することも無かった。この３分の１はしばらくこのままかもしれない。

リアルは倉庫問題があるな。

ＱＰ使ってギルド部屋設置型の『空間収納倉庫（アイテムボックス）』を取り付けてもらうか？　あれすごいＱＰ取られるが今は結構潤沢にあるし、案外悪くない案かもしれない。

一応検討しておこう。

あと忘れてはいけない重要なことがある。

もちろん〈幸猫様〉へのお供えだ。

今回はすごいぞ。

〈食材と畜産ダンジョン〉の〈ボスモーギュ〉からドロップする〈モーギュのミスジ肉〉を〈金箱〉産の〈お肉ブラスター〉でハンナが超美味しく焼き上げた〈最高のミスジ焼肉〉だ。

俺も食べたが、思わず目と口からビームが出るかと思ったほど美味かった。

あまりのガツンと来る暴力的な香りに、人前でお供えできないくらいのスペシャルメニューである。

みんなが帰った後、俺は1人ギルド部屋に入り、〈幸猫様〉にこれをお供えする。

「〈幸猫様〉〈幸猫様〉！　今日も素晴らしいドロップをありがとうございます！　こちら今日の成果です！　是非〈幸猫様〉もご賞味ください！　そしてこれからも良いドロップをよろしくお願いします！」

神棚に〈最高のミスジ焼肉〉をお供えして、俺は真剣にお願いする。

これだけの美食だ。きっと〈幸猫様〉も良い物を授けてくれるに違いない。

しっかりと祈ると俺はその場を後にし、帰宅した。

翌日、〈最高のミスジ焼肉〉は神棚からなくなっていた。きっとお気に召したのだろう。

ゲームの時も〈幸猫様〉のお供えはいつの間にか消えていたが、その後のドロップは良い物が当たりやすくなる気がするんだ。次のダンジョン攻略が楽しみである。


エクストラダンジョン以降のダンジョン週間は瞬く間に過ぎていった。

みんなエクストラダンジョンで美味しいお肉を食べて、野菜も食べて、カレーライスも食べて、入れ替わりで夜までボス周回をやりまくったからな。

目的だった英気は十分養えただろう。

月曜日からのみんなの気合は一味も二味も違った。

おかげでダンジョンがすごく捗るんだ。

この週は本当にいろんなダンジョンに行った。

いよいよ中級下位三つ目となるダンジョンにも挑むことにした。

そろそろ中級中位に行っておきたい気持ちもある。

というか早くＤランクになりたい。

なりたいんだ。うん。まだまだ先は長いが。

また、ギルドメンバーも順番に中級ダンジョンに慣らしていった。

目標は全メンバーのＬｖ50超えと、中級下位の三つを攻略し、中級中位に進出することだ。

まあ、ダンジョン週間はあと7日しかない。7日で全メンバーが中級中位まで行くことは無理だ。

なのでできる所まで頑張ることにする。

俺もパーティを分け、このパーティならどこのダンジョンを攻略できるかを教えて送り出したり、また共に参加したりしてメンバーの中級下位の攻略を助けたりした。

俺、エステル、ラナはすでに中級下位を二つ攻略しているのでノルマ達成は早かった。

しかし、3人では中級中位の攻略は不可能なので、それぞれで他のパーティに参加し、メンバーを助けていくことになった。

あとは攻略が行き詰まったときには相談に乗ったり、フィールドボスをギルドメンバー10人で倒すなんて事もした。

あれは楽しかった。フィールドボスは参加人数が増えれば増えるほどステータスが上がるのだ。ハンディだな。

ただ報酬は変わらないのであまりやりたくはないが、最上級ダンジョンなんかに行けば普通にやることになるので教えておいた。これも経験だ。

また、最下層では上級生と会う機会が増えた。

特に人気と言われるダンジョン、〈楠玉の遺跡ダンジョン〉や〈三本の木橋ダンジョン〉、〈盗鼠の根城ダンジョン〉の最奥はすごい人だかりで、とてもボス周回はできなかった。上級生たちもダンジョン週間中はずっとダンジョンに明け暮れているみたいなので遭遇率も高いらしい。

ボス周回はほとんど上級生が来ない、人気の無いダンジョンですることになった。今のところ〈ジュラパ〉が優秀だ。

木曜日には大体の効率化が済み。

最終的には2パーティに分けて、片方に俺が入ってダンジョン攻略。

もう片方は人気の無いダンジョン、〈丘陵の恐竜ダンジョン〉でボス周回、レベル上げを行なう形に落ち着いた。

俺はダンジョンの道順を知っているので、エステルがいなくても中級下位(チュカ)なら2日で攻略可能だ。

エステルも〈丘陵の恐竜ダンジョン〉を何度も行き来することで道順を覚えたらしく最奥までキャリーできるようになった。

これで〈エデン〉のメンバーはリーナを除いて全員が〈丘陵の恐竜ダンジョン〉を攻略することに成功。

他にも一つどこかしらのダンジョンを攻略して、中級下位(チュカ)卒業にリーチをかけるメンバーが大半、というところでダンジョン週間は終了した。

俺はLv65まで上がった。カンストまであと少しだ。

5月末には最後の〈学園長クエスト〉である〈最上級からくり馬車〉の納品も済み、大量のQPをゲットできた。

「学園長、こちらをお納めくださいませ」

「ほう。これは見事じゃな。作ったのはガント君か？」

「そういうことはお聞きにならないお約束ですわ」

「ほっほ、すまんすまん。これだけの見事な品じゃ。我が学園の生徒が作ったことが誇らしくての」

「ご心配しなくても、レシピをドロップしたのもこちらの〈最上級からくり馬車〉を作ったのもみんな学園の生徒ですわ」

「そうじゃの。いや、素晴らしいわい。これなら攻略が捗るやもしれん。おお、そうじゃったお礼をしておらなかったの。〈総商会〉から振り込んであるから受け取ってほしい」

「畏まりましたわ。ではこちらにサインを」

「うむ。今回急遽依頼した厳しいものじゃったのに達成してもらえて言葉もないわい。ありがとう。助かったぞ」

「また何かあれば言ってください。金額次第ではありますが、お受けいたしますわ」

「あまり無いことを祈るのぉ」

そんなリーナと学園長のやり取りがあったとか。

うむ。とても充実したダンジョン週間だったな。

第10話
学園・情報発信端末・誰でもチャット掲示板18

852 ：名無しの支援3年生
　ついにこの時が来たな。

　〈キングアブソリュート〉が本日、上級下位（ジョーカー）に挑むぞ。

　すでに〈ダンジョン門・上級下伝〉通称：〈上下（じょか）ダン〉には多くの人が詰めかけている。

---

853 ：名無しの神官2年生
　6月1日、予定通りだったな。

　さすがだ。

　俺もすぐ到着する。

　やっぱり、生で見ときたいからな。

---

854 ：名無しの剣士2年生
　ぼくはすでに到着してるっすけど、すでに人が満員状態っすよ！

　身動きが取れないっす！

---

855 ：名無しの調査3年生
　学園の外からも人が入っているものね、当然の結果だわ。

　〈キングアブソリュート〉は20年来の上級下位（ジョーカー）攻略者になるかもしれないと、世界中が注目しているもの。

---

856 ：名無しの神官2年生
　え？　もしかして入れない？

857 ：名無しの支援3年生
入れんな。

だが外にも見られるスペースを確保しているとのことだ。

今学園の指示で大急ぎで交通規制と〈キングアブソリュート〉の通行道を確保しているところだぞ。

多くの1年生がこの緊急クエストを受けて動いているな。

858 ：名無しの盾士1年生
えー、こちら交通規制A班でーす。

緊急クエストなのでQPが美味しいでーす。

859 ：名無しの商人1年生
こちら商売繁盛、臨時移動販売B班です。

思ったよりも大規模な催しに商品がどんどん売れていきます。

860 ：名無しの神官2年生
まるでパレードだな!?

マジかよ。

到着したけど外見(そとみ)するわ。

861 ：名無しの調査3年生
まるで、というより本物のパレードね。

いえ、セレモニーかしら？

ちなみに、今回の緊急クエストは1年生が主な対象よ。

5月の初めは2年生と3年生が中心だったからバランスをとっていると思われるわ。

862 ：名無しの盾士1年生
初の緊急クエスト参加ですが、Fランクがこんなに QP稼いでいいのかと心配になりますね。

863 ：名無しの商人1年生

遠慮は無用よ。

稼げる時に稼ぐ。それが商人魂。

864 ：名無しの調査3年生

今年の1年生は本当に逞しいわ。

と、そろそろ時間ね。

神官後輩、外にいるならちょうど良いわ。

実況をお願いしてもいいかしら？

865 ：名無しの神官2年生

おう。任されたぜ。

こちらも見えてきた。

〈キングアブソリュート〉の到着だ。

1年生が交通規制で道を空ける中を堂々と歩いてくるな。

人数は、ちょっとぱっと見じゃ分からない。

だが50人近いんじゃないか？

みんな豪華な装備に身を包んで格好よすぎるぜ。

俺も向こう側に参加したい。

866 ：名無しの調査3年生

誰があなたの願望を言えと言ったのよ。

でも50人はいるのね。サポートも含めるとやはりそれくらいになるかしら。

〈キングアブソリュート〉の現在の本隊は37名。

下部組織（ギルド）が10名だったはずだけど。

867 ：名無しの支援3年生

こちらでも捉えた！

先頭は王太子ユーリ殿下だ。

その横には【守硬戦斧士（しゅこうせんふし）】バルガス、【ソードマスター】のアリナリナ、【アークビショップ】のソトナ、【戦乙女（いくさのおとめ）】のアマテスが居るな！

全員上級職、〈キングアブソリュート〉の主力メンバーだぞ。
おそらく、この5人が最奥のボスを倒すメンバーだろう！

868 ：名無しの神官2年生
おお、支援先輩が再び熱くなられている。
いや、気持ちは分かる。なんかアレ見ると心の内から熱くなるんだ。
周りも凄い歓声だぞ！

869 ：名無しの支援3年生
後ろに控えるメンバーも豪華な顔ぶれだ。
〈ダンジョン馬車〉も確認できるな。
む？　あれは〈秩序風紀委員会〉サブマスターのアオ？
あそこには〈救護委員会〉のリーネシア隊長も見えるな。
ぬ！　〈生徒会〉のムファサ生産隊長もいるのか！
学園公式ギルドのメンバーが多数確認できるぞ！

870 ：名無しの調査3年生
支援、ちょっと落ち着きなさい。
こちらも見えてきたわ。
錚々(そうそう)たる顔ぶれね。
見たところ下部組織(ギルド)は居ないわね。
本隊は37名、全員が確認出来たわ。
そして〈秩序風紀委員会〉〈救護委員会〉〈生徒会〉のメンバーが
5人ずつ。
計52人ね。
事前情報に学園公式ギルドが参加するという話があったけど、
本当だったのね。
これは再調査が必要だわ。

871 ：名無しの剣士2年生
おしくらまんじゅうが過激化してまったく見えないっす！
支援先輩も調査先輩もどうやって見てるっすか!?

872 ：名無しの支援3年生
装備も非常に豪華だな。
この2週間、大量のミールとQPを動かしていたからな、
しっかり整えてきたか。
俺は今、歴史に残る渦中にいるのかもしれない。

873 ：名無しの神官2年生
支援先輩が熱が上がるあまり黒い歴史を残している気がする。
このスレって削除できないんだが、いいのか？
とりあえずだ、俺の所からはもう見えなくなったな。
すでに〈上下ダン〉に入っちまって外の皆は解散の雰囲気だ。
〈上下ダン〉の出入り口付近に大勢が押しかけているな。
交通規制する1年生、頑張れとしか言えん。

874 ：名無しの調査3年生
ご苦労様。
こちら中では〈キングアブソリュート〉が転移門の前に立ち止まって
声援に応えているわね。
王太子ユーリ様がマイクを持って攻略を宣言されているわ。
やっぱり、学園公式ギルドもサポートとして一緒に入ダンするみたい。
万が一のための撤退班、といった感じね。

875 ：名無しの剣士2年生
声は聞こえるっす！
でもまったく見えないっす！

876 ：名無しの支援3年生
素晴らしい。
フィールドボスは参加人数が50を超えると急激に強くなる。
基本は37名による攻略とし、手助けするサポート撤退班は15名。
2部隊に分けるという判断だな。
安全を重視している。

877 ：名無しの神官2年生

前回の〈キングヴィクトリー〉の時は撤退用の部隊は無かったと聞いたけど、今回は違うんだな。

878 ：名無しの支援3年生

前回と今回は色々と違うからな。

前回は諸事情から〈キングヴィクトリー〉のみで達成する必要があった。

難癖をつけられないための都合だな。

それに対して今回、ユーリ殿下はすでに王太子にほぼ内定している。

そこまで無理をする必要は無い。

また、前回に比べ準備時間が短かったり、Lvが足りなかったりと色々不足している〈キングアブソリュート〉だ。その分サポートを厚めにしているのだろう。

また、学園側もサポートした実績が欲しいと思われる。

879 ：名無しの神官2年生

なるほどなぁ。

確かに学園側もタダで手助けする理由は無いのか。

880 ：名無しの調査3年生

それはそうでしょ。そんな事をすれば他の学生からも不満が出るわ。

それにしても、本当に豪華なメンバーね。

上級職だけでも18名。

現在最高クラスの戦力であることは間違いないわ。

あ、とうとう挑むみたいね。

〈キングアブソリュート〉が門を潜っていくわよ。

881 ：名無しの支援3年生

〈キングアブソリュート〉、どうか頑張ってほしい。

陰ながら応援しているぞ。

いや、後で支援物資を送っておこう。

882 ：名無しの神官2年生
全然陰ながらじゃないぞ支援先輩！
支援先輩にこんな一面があったとは。

883 ：名無しの剣士2年生
結局何も見えなかったっす……。

268 ：名無しの神官2年生
いやぁ、壮観、だ……。
日に日に筋肉が増えていっている。
もうこの道は使えないな。

269 ：名無しの魔法使い2年生
ああ、あの最近有名な筋肉ロードね。
筋肉になりたい希望者が殺到していると聞くのだわ。

270 ：名無しの大槍1年生
筋肉ロード、実は俺、参加してるんだぜ！

271 ：名無しの闘士1年生
参加者いたー！
かくいう俺も参加者だ。
筋肉は素晴らしいぜ。

272 ：名無しの筋肉1年生
そうだ！　筋肉は素晴らしい。
筋肉を育てれば全ての悩みは解決される。
筋肉に不安や悩みを抱える者たちよ、筋肉ロードに来るのだ、
一緒に筋肉を育てよう！

273 ：名無しの神官2年生

布教してる!?
やばい、筋肉の汚染が止まらないぞ、
誰か押さえられる奴はいないのか!?

---

274 ：名無し剣士2年生

し、質問っす！
筋肉ロードってなんすか!?
筋肉になりたいってどういうことっすか!?

---

275 ：名無しの筋肉1年生

ふはははははは、教えよう！
筋肉ロードっていうのは学園の南にある、とある脇道のことだ。
そこは山状の起伏になっていてな。
筋肉をいじめたい俺たちにぴったりな地形なんだ。
一緒に筋肉を育てようぜ？

---

276 ：名無しの剣士2年生

ひっ！
え、遠慮しておくっす！

---

277 ：名無しの神官2年生

流れるような勧誘にビックリしたわ！
まあ補足するとだな。
ダンジョン週間に突入してからというもの、
その場所で筋肉を育てる者が急増したんだ。
今では道も通れないほど筋肉に溢れていてな、
いつの間にか筋肉ロードと呼ばれるようになっていたんだ。
なんでこうなったんだろうな？

---

278 ：名無しの魔法使い2年生

〈デブブ〉に勝てなかった時にも行われた兎跳びの集団を思い出す

のだわ。
あれ、今でもたまに夢に見るのよ。

---

279 ：名無しの支援3年生
起因となったのは勇者による授業だ。
〈転職〉についてが語られてからだな。

---

280 ：名無しの剣士2年生
あ、支援先輩っす！
〈転職〉と筋肉にどんな因果（いんが）があったんすか!?

---

281 ：名無しの支援3年生
考えてみてほしい。
もし〈転職〉したら何になりたいかを。
もし例の実験を受け、それでも高位職が発現しなかった場合、
中位職にしか〈転職〉できない者たちが何になりたいかを。

---

282 ：名無しの神官2年生
あ（察し）。

---

283 ：名無しの魔法使い2年生
納得したのだわ。
それで今、空前の筋肉ブームが到来しているのね。
マッスラーズと〈マッチョーズ〉が中心となって熱心に指導している
と聞くわ。

---

284 ：名無しの支援3年生
そういうことだ。
【筋肉戦士】の発現条件はすでに判明している。
ただ一つ〈マッチョであれ〉、これだけだ。
そのため筋肉に走る者は多い。

285 ：名無しの筋肉1年生
筋肉はいいぞ。
鍛えれば鍛えるだけ付いてくる。
さあ、君たちも俺と筋肉を育てよう！
みんなで【筋肉戦士】になろう！

286 ：名無しの神官2年生
ぐ！　ちょっといいかもと思ってしまう自分がいる！

287 ：名無しの筋肉1年生
筋肉は全てを拒まない。
筋肉を育てたかったら筋肉ロードまで来るがいいぞ。
いつでも歓迎だ！

288 ：名無しの神官2年生
い、いいかも。

289 ：名無しの魔法使い2年生
また1人、汚染されたのだわ。

500 ：名無しの神官2年生
最近、至る所で不穏な動きがあるな。

501 ：名無しの剣士2年生
ちょ、どうしたっすか神官さん。
もしかして、厨二っすか？

502 ：名無しの神官2年生
違うわ！　誰が厨二か！
勇者の周りのことだよ、なんか変な輩がいないか、って話だ！

503 ：名無しの剣士2年生

す、すみませんっす。
えっと、勇者の周りに不審者っすか？
なんか心当たりがあるような気がするのは気のせいっすか？

504 ：名無しの錬金2年生

え!?
ちょっと剣士、心当たりがあるの？
さっさと教えなさいよ！
勇者君の危機なのよ！

505 ：名無しの剣士2年生

あ、ご本人来たっす。

506 ：名無しの神官2年生

あ（察し）。

507 ：名無しの錬金2年生

察してんじゃないわよ！
違うから。
私は勇者君のギルドに入りたいだけの善良な一般人だから！

508 ：名無しの神官2年生

普段の行ないがとても一般人とは……。
まあ、冗談はここまでにしよう。
俺が言っているのは錬金の事じゃ無いんだ。
なんか変な集団が勇者を監視しているのを最近よく見るんだよ。
あれは調査先輩の同業者なのか？

509 ：名無しの調査3年生

いいえ。まったく違う集団ね。〈調査課〉ですらないわ。
実は私も気になって調べていたのよ。

510 ：名無しの剣士2年生

調査先輩こんにちはっす！
さすがのタイミングっす！

511 ：名無しの錬金2年生

調査先輩！
勇者をストーカーする不審者って誰なの!?

512 ：名無しの調査3年生

……そうね。

513 ：名無しの剣士2年生

調査先輩が話に詰まってるっす!?

514 ：名無しの調査3年生

まずは最近の勇者君の動向から話しましょうか。
不審者の話はその後でも。

515 ：名無しの盾士1年生

待ってました！

516 ：名無しの商人1年生

勇者君の話、是非聞きたいです！
お恵みください！

517 ：名無しの女兵1年生

ダンジョン週間中の勇者君。
もう1週間も勇者君成分を取れていないの。
早く、早く聞かせて調査先輩。

518 ：名無しの剣士2年生

一気に勇者ファンが湧いて出たっす!?

519 ：名無しの錬金2年生

ちょっと剣士、大人しくしていなさい！
調査先輩のありがたいお話が聞けないじゃない！

520 ：名無しの調査3年生

どうどう。少し落ち着いてみんな。
それではダンジョン週間中の勇者君の動きを説明していくわね。
まず初日、【姫軍師】という希有な高位職を所持する
メンバー（女子）と2人でダンジョンに潜ったみたいね。

521 ：名無しの盾士1年生

ふ、2人で!?

522 ：名無しの商人1年生

ちょっと、そんなこと許されるの!?

533 ：名無しの調査3年生

2日目はギルドメンバー全員でエクストラダンジョン
〈食材と畜産ダンジョン〉、通称〈食ダン〉に行ったみたいよ。
目的は慰労とのことだけど。
実際はピクニックね。
前日、勇者君はBBQセットをたくさんレンタルした記録が残っているわ。
きっと楽しんだのでしょうね。

534 ：名無しの女兵1年生

う、うらやましい！
そ、そんなリア充なこと、私は訓練三昧だったのに！

535 ：名無しの錬金2年生

お、落ち着きなさい。

勇者君とリア充にBBQだなんてうらやましいのはよく分かるけど落ち着きなさい。
わ、私だって勇者君とBBQがしたいわ！

536 ：名無しの剣士2年生
落ち着きなさいと言った本人が全然落ち着いていないっす!?

685 ：名無しの調査3年生
と、こんなところかしらね。

686 ：名無しの剣士2年生
長いっす！　スレの数字を見るっす！

687 ：名無しの盾士1年生
うう、〈エデン〉の女子が羨ましい。
羨ましすぎて前が見えない。

688 ：名無しの商人1年生
私も、ちょっと目にゴミが入ったようだわ。
勇者君のリアルが充実し過ぎている気がするの。

689 ：名無しの神官2年生
お、終わったのか？
な、なあ、話戻ってもいいか？
勇者に付きまとう不審者の話なんだが……。

690 ：名無しの調査3年生
そういえば、あったわねそんな話。

691 ：名無しの神官2年生
忘れないで調査先輩!?

いや、途中から絶対忘れているだろと思っていたけども!?
むっちゃノリノリで語ってたし！

---

692 ：名無しの調査3年生
忘れたわけじゃないわ、勘違いしないでよね。
冗談は置いといて、本題よ。

---

693 ：名無しの神官2年生
なぜツンデレ風に!?

---

694 ：名無しの剣士2年生
やっと続きが聞けるんっすね。
そういえば錬金さんはどこに行ったっすか？

---

695 ：名無しの盾士1年生
〈エデン〉のメンバーのあまりのうらやましさに、
話の途中で突撃していったわ。

---

696 ：名無しの商人1年生
いつものあれよ。
きっと強制送還されてそのうち戻ってくるわ。
調査先輩。続けてください。

---

697 ：名無しの調査3年生
そうね。
実は、単刀直入に言うと、今とあるギルドが勢力を強めているの。
上級生、下級生問わず、多くの強力な人材を募集しているわ。
そして、そのギルドの目的がね、
〈打倒勇者〉なのよ。

---

698 ：名無しの剣士2年生
なんか前にも出なかったっすかこんな話？

第11話　校庭での一幕。こいつら、狂ってやがる。

「今日からまた学園か。嬉しいような、残念なような」

「ふふ、ゼフィルス君、ダンジョン週間中張り切ってたもんね」

ダンジョン週間が明け、今日は月曜日だ。

いつもと同じくハンナが手料理を持って部屋に来たので一緒に朝食を取り、そのまま一緒に登校する。

正直ハンナの負担になっていないか心配なのだが、

「いいんだよ。私は好きでゼフィルス君と一緒に居たいんだもん」

そんな事を言われてしまえば、よろしくお願いしますと頭が下がるわけで。

もうがっちりハンナに胃袋を押さえられてるなぁ。朝食、美味しいです。いつでもウェルカムです。

通学路に出ると、また多くの視線がこちらを向くのを感じた。

しかし、この世界に来てからは見られるのも日常の一部と化しているので今更気にならない。慣れって怖い。

ただ、いつもは女子の視線の方が圧倒的に多いのに、最近はやたらと男子の視線を集めているのが少し気になった。とはいえ少しなので特に気にならない。

「今日から中級ダンジョンはしばらくお預けだと思うとな。ちょっとだけ残念に思うんだ。いや、学園の授業も面白いとは思うんだけどな」

「ゼフィルス君がダンジョン大好きなのは知っているよ。少し残念になる気持ちも分かるなぁ。私も名残惜しいもん。大変だったけど」

「それだけ濃いダンジョン週間だったというわけだな。ハンナは楽しかったか？」

「もちろんだよ。特にエクストラダンジョン、凄かったよね～。あんなに高級食材がたくさんあって、帰ってからお値段調べてみてびっくりしちゃったよ。もっとたくさん料理の練習しなくっちゃ。それにね――」

これ以上料理の腕を磨くつもりなのか？　すでに胃袋を掴まれている俺は今後も逃げられないのではなかろうか……。まあ、逃げる気は今のところないけれどな！

しかし、ハンナにはこのダンジョン週間、楽しんでもらえたようでよかった。

自分がいかにダンジョンを楽しめたのかを語るハンナは耀いていた。とても楽しかったのだと感じる。

俺もダンジョン週間を振り返った。楽しかったなぁ。

やっぱり終わってしまったのは寂しい。次はまた1ヶ月後……いや2週間後だな。

意外に短い。5月は最後の週で、6月は第4週が休みだからだな。

ちなみに今日は6月3日月曜日。次のダンジョン週間は6月15日土曜からスタートだ。

再来週からまたダンジョン週間。楽しみにしておこう！

さて、今回は1年生にとって初となるダンジョン週間だった。

スタダを決め、他のライバルたちとの差を広げる大チャンスということもあってとてもダンジョンが活気づいていた。

まあ、ここでおサボりしたら落ちこぼれに転落コースだからな。それが分かっている学生はダンジヨンで鋭意(えいい)努力しただろう。

たまにクラスの子とも会ったがみんな頑張っていたな。

……あれ？　何か忘れているような。……なんだっけ？

まあ、いいか。

俺たちもダンジョン週間中はギルド全体のレベル上げに努めた。

しかし、それに伴い問題点や改善点が結構出てきた。特に装備。

〈姫職組〉はまだ初期装備でもやっていけるが、カルアやハンナ、シズ、パメラなどのメンバーはやはり装備が足りていない。

中級中位(チュウチュウ)に行く前に耐えられるくらいの装備を調えておかないといけないな。

ダンジョン週間中にマリー先輩のところに依頼して〈雷光の衣鎧(ころもよろい)シリーズ〉を受け取ったので装備が足りていないメンバーにはこれを貸与しようと思う。

素材はまだあるので、ミールをギルドに入れるのなら素材を使って良いとしたが、今度は装備を作るためのミールが足りないらしい。

無い無い尽くしである。次はミール稼ぎに行くか？

「QPはあるから、次はエクストラダンジョン〈鉱石と貴金ダンジョン〉に……、いやあそこの下層に行くにはまだLvが全然足りないんだよなぁ。でも上層なら……うーむ」

「ゼフィルス君、考え事？」

「ああ、悪い。せっかくQPがたんまり手に入ったことだしその使い道を考えてた」

上目遣いで見てくる幼馴染に頷いて答える。

だが、ミールを稼ぐ手段を考えていたとそのまま言うのは、ちょっと品に欠けるので少し方向性を変えて伝える。

先日、予定通り〈最上級からくり馬車〉の納品が終わったのだ。

学園長クエスト達成である。

報酬は78万QPだ。もうがっぽがっぽである。

〈エデン〉の残りクエストポイントは合わせて129万QPになった……。

ミールに換算すると12億9千万ミールだ。やっべぇな！

もうちょっとメンバーに還元してあげないと……。

さすがに〈食材と畜産ダンジョン〉だけだと足りないよな。

「エクストラダンジョンの一つに〈鉱石と貴金ダンジョン〉というのがあってな。下層は格上だからまだ入れないが、上層くらいなら俺たちでも問題無い。そこで『発掘』できた物は加工して良し、売って良しな資源ばかり。入るためのクエストポイントは5万QPと高額だが、それに見合うリターンがある。今度またギルドメンバー全員で行こうかと思うんだが」

要はギルド全体でミールを稼ぎに行きたいと婉曲に伝えてみた。

「それいいね！　また皆でエクストラダンジョン行くの楽しみだなぁ」

ハンナは一見、純粋にまたギルドメンバー全員でエクストラダンジョンに遠征するのが楽しみな様子に見える。しかし、その目がミールのマークになるのを、俺は見逃さない。

よし、喜んでるな。

後でシエラにも相談してみよう。

そんなことを考えていると、いつの間にかいつもの分かれ道に着いていた。

ハンナとは校舎が違うのでここでお別れだ。

「また後でねゼフィルス君～」

「ああ。ハンナも気をつけてな」

なんだか幼馴染というより家族みたいなやりとりだな、と頭の片隅でそう思いつつハンナと分かれて戦闘課へと足を進めた。

しかし、俺の足は戦闘課の校庭に入ったところで止まることになった。

複数の、それも20人近い男子たちに行く手を阻まれたことによって。

「時は来た」

その中で1人、前に出てくる男子。

とても覚えのある顔だ。というかサターンだった。

「えっと？　これはなんのまねだ？」

サターンに問いつつ俺は20人近い男子たちを見渡した。

なんだか、無駄に迫力のある連中だ。

全員が血走った目をしている。あと、なんだか筋肉が……。

そう思っていると、くわっと目を見開いたサターンが吠えた。

「とぼけるなゼフィルス！　我らをあんな脳まで筋肉に汚染された連中に押しつけ、さらにそのことを忘れただろう！　見ろ、この後ろの3人を！」

サターンが横に退くと、後ろには見覚えのある3人、ジーロン、トマ、ヘルクの姿があった。

でもどこかいつもと雰囲気が違った。

「ふふ、やあゼフィルス。今日はどこの筋肉を痛めつけるんだい？」

「今日は上腕二頭筋がオススメだ。筋肉が膨らんで行くのを実感できるぜ。おっと、今日もだったか？」

「俺様の筋肉も忘れてもらっては困るな。最近、日に日に腹筋が綺麗に割れていくんだ。見るか？」

「いや見ないが……」

ジーロン、トマと続き、あと何故か腹筋を見るかと誘ってくるヘルク。

断った俺は悪くない。

俺は困惑を隠せずサターンを見る。サターンはワナワナと震えながら言った。

「こいつらは、変わっちまった。先週までまともだったのに！」

「まとも……だったっけ？　ん？」

おかしいな。俺の記憶と齟齬があるぞ？

そこで思い出した。そういえば先週、ダンジョン週間中は面倒見られないからと、サターンたちを〈マッチョーズ〉に預けていたんだった。

さっきからなんか忘れているような気がしていた正体はこれだったのか。ちょっとスッキリした。

あれ？　じゃあこれは俺が原因なのか？　いや、きっと気のせいだろう。まだわからない。

そんなことを考えているとサターンは再び、ワナワナと震え出す。

「それだけではない！　き、聞いたぞゼフィルス貴様！　み、ミサトを。我らのミサトを〈天下一大星〉から引き抜いたな！　3日前だ！　ミサトが〈天下一大星〉を脱退したんだぞ！」

そういえばミサトは5月末で〈天下一大星〉を脱退すると言っていたが、無事脱退できたようだ。良かった良かった。

しかし、それと俺は無関係である。〈エデン〉に誘いはしたけど引き抜いてはいない。あとでミサトをスカウトしに行かないと！

「ゆ、許せん！　それをバネに我らは結束した！　打倒勇者のために！　ここに集う者たちは何かしらの目的で打倒勇者を誓った者たちだ！　今こそ〈エデン〉にギルドバトル〈決闘戦〉を申し込む！地形は〈六芒星〉フィールド、参加人数は、〈15人戦〉だ！」

前より若干迫力が増したサターンが、そう高らかに宣言した。

ほう？

それは、〈エデン〉にとって〈総力戦〉ギルドバトルの申し込みだった。

――〈15人戦〉。

つまり15人ずつギルドがメンバーを出し合ってギルドバトルするというルールだ。

15人、それはEランクギルドの上限人数と同じであり、本来なら〈15人戦〉というのはDランク以上のギルドで行われるのが常道だ。

これは、Eランクギルドの上限人数が15人なので総力戦になるためだ。

戦闘職ギルド同士のギルドバトルならば、まず戦闘ができるメンバーの人数が多い方が勝つと決まっている。生産職などの戦闘が出来ないメンバーがいたら負けるのだ。

生産職に普通攻撃力なんて無いからな。うん、普通は無いんだよ。

城も落とせず、防衛も出来ず、対人戦もできないとなれば、ただの足手まといにしかならないのだ。

普通の生産職は。

つまり人数が生産職の数だけ欠けていると言っていい。ギルドに生産職が３人在籍していたならば、実質12人でギルドバトルをすることになる。

故に、〈総力戦〉は戦闘職が多いギルドが勝つ。大体そう決まっている。

俺はチラリとサターンの後ろに並ぶ人たちを見る。

全員制服姿なのでよく分からないが、ここにいるということは戦闘課所属の学生なのだろう。

１年生の校舎のはずなのに制服には２年生や３年生を示す緑と赤の帯が見えるぞ？

全員男子のようだ。

はて？

先ほどのサターンの言葉を反芻してみる。確か結束したとか言っていただろうか？

なぜこの男子たちはサターンに協力しているのだろう？

不思議だ、実に不思議である。ギルドバトルをする前にまずそっちが気になって仕方がない。

「そこの男子たちはなんでサターンたちに協力しているんだ？」

ということで聞いてみた。だって気になってこの先絶対集中できないと思うし。

なんで上級生がサターン側に付いてるの？

「おーいゼフィルス！　我を、我らを無視するな！　ギルドバトルを申し込むと言っているのだ！」

「ふふ、トマは腕の筋肉中心ですか。よく育ってきてますね」

「そうだろう？　これで攻撃力も増すというものよ。今日はまだ戦斧を振り回してないからな、昨日からどれだけ育ったのか、試すのが楽しみなんだ」

「俺様の腹筋もだいぶ割れてきたと思わないか？　ガッチガチに割れれば防御力も城塞並になるぜ」

俺に無視されたサターンが吠えるが、我らと言っているわりには他の3人は筋肉談義に花を咲かせているようだ。空回っている感が半端ない。

あのサターン以外の3人、いつの間にかプライドが筋肉に置き換わってしまったようだ。

………逆に良い傾向な気がするのは気のせいだろうか？　悪くない気がするんだ。

とりあえずサターンは話の邪魔なので放っておく。

「良いだろう。我らの総意を伝える」

そう言って端に居た男子の1人が前へ出てきた。彼が代表かな？

あれ？　でもこの人は確か。

「【ホーリー】の人か？」

「……覚えていたのか。そうだミサトさんの紹介で〈天下一大星〉に席を置いた。〈戦闘課1年7組〉、名をポリスという」

一度しか会ったことはなかったが、【ホーリー】、つまり回復職だったためよく覚えている。

うちにも欲しいと思ってしまった人材だ。

それともう1人、確か【密偵】の人が居たはずだが、彼は残念ながら顔をよく覚えていない。フード被ってたし、無口だったからな。あ、でもフードを被っている人が居るな。あれが【密偵】の人か？　出てくる気は無さそうなので【ホーリー】のポリスが代表ということでいいみたいだ。

十数日前、この2人が加入したことにより〈天下一大星〉はミサトが抜けても存続できるようになった。ハイめでたしめでたし、となったわけなのだが。

え？　ということはもしかして、このメンバー全員〈天下一大星〉のメンバーなのか？

サターンたちを入れて20人近くいるぞ？

「彼らが気になるか。彼らは志を共にする勇士だ。俺たちは同じ思いで集まった。〈天下一大星〉はダンジョン週間中にEランクに昇格し、さらに下部組織を結成。最終的に22人の同志が集まってくれた」

「集まったのは分かった。それでなんで〈天下一大星〉に結束したんだ？」

言ってはなんだが、サターンたちにそんな人望があるとは、とても思えないのだが……。

するとポリスは語り始めた。何故か悔しそうな顔をして。

「彼らは正直、強い。おそらく〈エデン〉、〈マッチョーズ〉、そして〈天下一大星〉こそが、1年生ギルドの三強だと、思う」

「なんか言いづらそうだな？」

なんとか言い切ったといった様子のポリス。

反対にサターンは口には出さないが鼻が伸びまくっているのを幻視するほど自慢げにしていた。何だあれ、鼻がどんどん伸びていくぞ。

「ふ、それほどでもある」

ついにサターンが口に出し始めた！

ポリスが言いたくなさそうにするわけである。

「ということはつまり、強いから彼らのギルドに集まった、いや結束した、ということか？」

「そういうことに、なるな」

ポリスが頷く。サターンの鼻が伸びる。

おおうサターンの鼻が……へし折ってやりたくなるな。

サターンを見ていると本当に折ってしまいそうなのでポリスの話に集中する。

「改めて俺からも言おう！　下部組織も合わせて22人。〈エデン〉に〈決闘戦〉を申し込む！　逃げることは許さないぞ！」

「その心は？」

ギルドバトルを受けるか否かは置いといてとりあえず理由が気になった。

さっき総意を述べるとか言っていたからな。

話の流れからすると、1年生のトップギルドになりたいとかその辺りだろうか？

いや、またミサトの事かもしれない。

他は、ちょっと思い浮かばないな。サターンたちのようにプライドが高すぎて下に見られるのが耐えられないということでもなさそうだし。というかサターンのような人が22人もいたら堪らない。違うよな？　もしそうだったら〈マッチョーズ〉に応援を頼もう。

しかし、そんな俺の心境とは、まったく予想外な事が彼の口から放たれる。

「俺たちは、勇者が羨ましい！」

「…………どういうこと？」

おかしいな、予想の範囲外すぎてよく理解できなかったぞ？

「羨ましいと言ったのだ！　なんだ〈エデン〉は、ほとんどハーレムギルドではないか！　しかもその中でギルドマスターが勇者だと？　俺は見た、何度も見た！　勇者が女子4人を引き連れてダンジョンに潜るのを！」

ポリスが吠えた！

続いて我慢できないというように他の男子たちからも声が上がる。

「俺は見たんだ！　勇者がハンナ様と一緒に部屋から出てきたんだ！　俺は自分の目を初めて疑った！」

「俺もだ！　ハンナ様と2人、仲睦まじい姿で登校しているのを見た！　血を吐きそうだった！」

「毎朝だ！　毎朝ハンナ様が勇者の部屋に行くのを見るんだ。俺は早朝ランニングの度に目撃した！最初は幻覚を見たのかと疑ったくらいだ！」

「ま、毎朝ハンナ様が迎えに行く生活に、ハーレムギルドのギルドマスターだと……。——俺はもう我慢できない！」

「そうだ！　勇者が羨ま憎い!!」

「「「勇者が憎い！　勇者が憎い！」」」

「「羨ましい！　男の敵め！」」

「「俺と立場を交換しろ！」」

叫ぶ叫ぶ。さっきまで黙っていたのが嘘のように血走った目をした上級生たちが校庭でギャンギャン吠えていた。こんな往来でそんな事を叫ぶとか、正気か？　周りの女子が引いてるぞ。

…………なるほど。

理由は、分かった。なるほど。分かった。

要するにあれだ。

――こいつら、嫉妬に狂ってる。

「静まれいぃ!!」

サターンの声が校庭に響いた。

白熱する嫉妬の声に耐えかね、〈天下一大星〉のギルドマスター、サターンがギルドマスターらしいことをする。

おお！　俺はちょっとサターンのことを見直した。

Ｌｖが一番高いからという理由でギルドマスターの座を攫ったサターン。

ただＬｖが一番高かったという理由だけでギルドマスターの座にいたサターン。

しかし、ギルドメンバーが暴走したらちゃんと抑えるという、ギルドマスターの心構えはしっかりできているようだ。だが、

――ポリスと男子たちは、サターンの言葉をスルーした。

「俺は聞いた！　勇者の野郎はハンナ様の手作り料理を毎日食べているんだと！」

「なんだと!?　羨ましい！　勇者が許せない！」

「俺だって聞いた！　勇者の奴は王女殿下と婚約したって、騒がれてた！　デマだったようだが」

「「「勇者が憎い！　勇者が憎い！」」」

「俺も聞いたんだ！　〈エデン〉の美少女たちは皆勇者狙いなんだって！」

「爆発してしまえ！　勇者なんて爆発してしまえ！　このリア充が！」

ギルドメンバーを抑えようと片手を広げたポーズで固まるサターンがピエロに見えた。

どうやら効果が無かったようだ。人望が足りていない。無念サターン。

とりあえず、だんだん身に覚えのないことまで口走り始めたこいつらを止めねば話が進まない。

どうしようか。

あちらのギルドマスターは役に立たんし。

俺はサブマスターのジーロンを見る。

「ふふ。先週買った服がもう入らなくなってきているのですよ」

「俺もだ。特に腕周りがキツくてな。参っちまうぜ。はは」

「俺様は逆に引き締まりすぎて服がスカスカになったぞ。見てくれこの腹回り」

……あいつらは役に立たん。

こんな時も筋肉を語ってやがる。

誰も止める者のいなくなった熱は収まらない。

「〈決闘戦〉だ！　勇者を〈エデン〉から引き剥がすのだ！」

「それだけじゃ足りん！　女子と関わり合いになれないように隔離するのだ！　男子しかいないギルドに入れてしまおう！」

「そうだ！　勇者は危険だ！　女子がいるギルドに入れれば全ての女子が掻っ攫われるぞ！」

「むしろ〈天下一大星〉に入れれば良いのでは？」

「悲しいこと言うんじゃねぇ！　〈天下一大星〉が、女子が1人も入っていないギルドだってバレるだろうがよ！」

「ミサトさん！　なぜ抜けてしまったんだミサトさん！」

なんだか雲行きが怪しくなってきたな。

ちなみに〈決闘戦〉で他のギルドのメンバーを脱退させることは同意があれば可能だったりする。ただそれに見合うだけの報酬を賭けなくてはいけないので、やる人はほとんどいないらしいが。まあ、対岸の火事みたいなものだしな。普通他のギルドの人事には関わらない。

ミサトは凄い人気だな。何故か多くの上級生から嘆きの言葉が聞こえる。いったいミサトは何者なんだ？

多分残っていたら1年生の三強ギルドの一つから姫扱いを受けられただろうに、ミサトは脱退したの失敗だったんじゃないか？

チラッと嫉妬に狂う男子たちを見る。

いや、抜けて正解だったかもしれないな。

そんなことを思っていると固まっていたサターンが復活した。

「ちょっと待とうか！　勇者を〈天下一大星〉に入れる？　我の下に、あの勇者が？　賛成だ！　我は賛成だ！　〈エデン〉の〈決闘戦〉の報酬は勇者にしよう！」

どうやら俺を下扱いできるという言葉がサターンの琴線に触れたらしい。

ああ、サターンもあちらに加わってしまった。

サターンの言葉に他の男子たちが荒れる。

「はぁ!?　ちょ、お前正気か!?」

「いや待て、案外良い案かもしれないぞ？　勇者に女子を落とすノウハウを教えてもらうのだ」

「何だと!?　そうか、確かに勇者は1年生一の女誑しだ。味方にすればこれほど心強い者はいない？」

「有り寄りの有りか！　お、俺、実家から学園で嫁を見つけて来いって言われてて」

「実は俺もだ」

「〈天下一大星〉は確かに三強だが、こんなむさ苦しいギルドでは女子と仲良くダンジョンに行く機会は少ない」

「確かに。やはりお互いが通じ合うにはダンジョンが一番だ。日常とは真剣度が違うからな。女子と共にダンジョンに行った者のカップル成立率は目を見張るものがある」

「なぜ、〈天下一大星〉には女子がいない！　これでは出会いの場がクラスしかないぞ！」

「だからこその勇者だ。勇者は顔が広いと聞く。噂の選択授業では受講する大半が女子だというではないか。紹介してもらおう」

「ごくり。た、確かに美味しい話だな」

どんどん雲行きが怪しくなっていく男子たち。

多分それが成功しても下剋上して俺がギルドマスターになるから下につくということは無いと思うぞ。おそらくギルドが乗っ取られると思われ。

しかし、女子と仲良くなれるチャンスという餌を垂らされた男子たちにそんな考えは浮かばないようだ。

もはや誰も止める者がいなくなった暴走列車は止まらない。

これ、どうするんだろうか？

そろそろスルーして校舎に入ろうかと本気で思っていたところで男子たちの話し合いは終わったらしい。

全員、欲望に汚れきった目をしていた。

「話は決まったぞゼフィルス！」

サターンの掛け声があがった瞬間、男子たちが一糸乱れぬ動きで俺を囲った。

さっきまでギルドマスターを居ないような者として扱っていた連中とはとても思えない連携だ。

この数分間でメンバーの心を掴んだとでもいうのか。

サターン、恐ろしい子。

「我ら〈天下一大星〉はギルド〈エデン〉に対し〈決闘戦〉を申し込む。こちらが希望するのは勇者の身柄だ！」

「嫌だ断る！」

「…………なぬ？」

上手くいくことを疑っていなかったのだろう、俺の答えにサターンが間抜けな声を出した。

逆に聞こう。なぜ了承すると思ったのかと。

しかし、周囲を囲っている男子たちの圧が上がった。

そういえば逃げ場が無いな。どうどう。

どうしよっかこれ？

どうしようかと思い悩んでいたその時、囲いの向こうから救いの声が聞こえた。

「何をしているのかな？」

それは澄んだ水を思わせるような美しい声だった。

「――な！　あ、あなたたちは、まさか」

ポリスが声の方に振り向き、掠れるような声で言った。

かなり動揺した声だ。

俺の方からだとその人物が囲まれて見えない、誰だ？

「ははは、どうやら僕たちを知っているようだね？　じゃあ君たちがどうなるかも当然知っているよね？」

声は女子のものだった。

しかしその声は、何というか男装の麗人を思わせる。

「いや、その、これは何かの間違いでして。ほ、ほらギルドマスター、あなたからも何か言ってください！」

ポリスがサターンに振った。その声は、とても耐えられないとでもいうように感じた。

しかし、頼りにするにはサターンはあまりにも場違いで間違いだった。

「誰かは知らないが邪魔をしないでもらおうか。我らは今勇者の引き抜きで忙しいのだ」

「ギルドマスター⁉」

ポリスが悲鳴を上げた。と同時に囲まれた向こうから複数の圧が上がったように感じた。

なんだ？　集団なのか？

しかし、その正体はすぐに分かることとなる。

「あははは。勇者の引き抜きかぁ。それを見逃すことはできないんだよね。絶対王女様が悲しむから。

――ということで、捕まえて」

「「「ヤー‼」」」

一瞬だった。

彼女が号令を出した瞬間、その後ろに控えていたであろう黒装束の人たちが一気に〈天下一大星〉に躍りかかる。

「おわー!?」

「な、何だー!?」

「ちょ、ちょっと待っギャーー!?」

「え、この人女の子だぞ、あの是非自分とお近づきに」

「フンッ!」

「アビャビャビャアア!?」

「痺れるぅぅぅ……」

俺を囲っていた男子が1人、また1人と制圧されていく。

黒装束の手に握られている黒い警棒が当たると、それだけで上級生たちが麻痺を起こして崩れ落ちていくんだ。

あれは〈スタンロッドアウト〉か。

確か学園の衛兵しか持つ事ができない専用武器で、プレイヤーが手に入れることはできない暴徒鎮圧用の装備だったはずだ。あれを食らうと『耐性Lv10』を持っていても麻痺になるという恐ろしい性能を持っている。

そんな物を持っているということは、もしかしてこの人たち……。

いや、というよりも〈スタンロッドアウト〉が凄く欲しいんだけど。

「大丈夫だったかい勇者君」

と制圧中であるにも拘わらず場違いに澄んだ水の声が聞こえた。

見るとこちらに歩いてくる、イメージしたとおり男装の麗人といった格好の女子がいた。

ハニーブロンドの髪をサイドテールに纏め、学園の制服はぴっちりと着ている。が、なぜか男子の物だった。しかし、それを自然に着こなしていて違和感の無い姿をしている。

制服にある刺繍は赤色、つまり3年生か。

どうやら彼女がこの黒装束集団のリーダーらしい。

とりあえず助けてもらったようなのでお礼を言おう。

「ありがとう。助かったよ」

「はは、どういたしまして」

改めて彼女と、周囲を見渡してみる。

ああ、〈天下一大星〉はほとんど制圧されてしまって、残っているのはサターンたちだけのようだ。

あいつらしぶといな。もしかして俺が鍛えた成果だろうか？

「ぐ、貴様ら、このサターンにこんなことをして、許さんぞ！」

「うるさい」

「あばばばばば!?」

ああ、ついにサターンまで制圧されてしまった。

「ふふ、ギルドマスターがサブマスターより先に退場ですか。情けないであびょびょびょびょびょ!?」

「くそう、なんなんだこいつらは！　そんな武器を使うなんて、筋肉で勝負しろ！　おぼぼぼぼぼぼ⁉」

「ジーロン、トマ⁉　だから俺様の後ろに居ろと言ったのに、タンクより先にやられるアタッカーなんて嘆かわしいどどどどどどど⁉」

ついにジーロン、トマ、ヘルクもやられてしまったか。

「……制圧、完了しました。連行します」

「連行連行」

「王女様を悲しませるような奴は根性を叩き直すのです」

「人数が多いね。授業が始まるし、時間無いよ？」

「とりあえず、学生指導室に放り込みましょう。煮るのは放課後でもいいでしょう」

「煮るだけじゃ不十分。焼かないと」

「美味しく無さそうですけどね」

「ボス〜、一足先に戻ってるから〜」

「はは、ボスはやめてくれないか」

黒装束たちは何やら打ち合わせるとスムーズに彼らを連れ去っていった。

見事な手際に見学していた学生たちには拍手を送っている者もいる。

拍手をしているのは女子ばっかりで、逆に男子は震えているのが気になったが……。

「さて、終わったようだ。僕たちはこれで失礼するよ」

「いや、ちょっと待ってくれ」

「ん？」

なぜか何も告げずに立ち去ろうとしたので思わず呼び止めてしまった。

えっと、ここからどうしようか。正体が知りたいだけなんだが。

とりあえず名乗ろう。

「とりあえず改めて、だ。俺は〈戦闘課1年1組〉ゼフィルス。助けてもらってありがとう。名前を聞かせてもらっても良いだろうか？」

「はは。本当は名乗るのもどうかなぁと思っていたんだけど、求められちゃ仕方ないね。僕は〈戦闘課3年1組〉、名をメシリア。ちょっと聞きたいんだけどいいだろうか？」

「メシリア先輩。ちょっと聞きたいんだけどいいだろうか？」

「どうぞ」

「あの〈スタンロッドアウト〉って俺でも手に入れられるだろうか？」

おっと俺よ、もっと聞かなくちゃいけないことがあるはずだろう。

なぜ〈スタンロッドアウト〉についてなんだい？

自分の口が勝手に喋ってしまったんだ。間違えた。

「あははは。僕たちよりこの杖が気になるかい？　勇者君は面白いねぇ。答えると、僕たちのギルドは治安維持組織の下部組織(ギルド)に所属していてね。治安が乱れた時、僕たちのギルドの裁量で乱れを鎮める権限が与えられている。この杖はその手段の一つさ。僕たちも鍛えているけれど、さすがに上位のギルドや上級職が相手なら敵わないからね」

俺の質問にメシリア先輩は心底可笑しそうに笑った後、丁寧に答えてくれた。いい人だ。

それに、俺が気になっていたことを知ることができたぞ。あの質問で間違いではなかったらしい。

（間違いです）

治安維持組織の下部組織(ギルド)というと、学園公式ギルドの一つ〈秩序風紀委員会〉だろう。

なるほど、それなら納得だな。

また〈スタンロッドアウト〉は学園からの貸与品らしい。

俺はリアルでも〈スタンロッドアウト〉はゲットできないようだ。メシリア先輩のギルドに入れば手に入れることができるだろうが、それだけのために加入することはできないので諦めるしかない。残念。

「そろそろ授業が始まる時間だ。これで失礼するよ。あ、そうだゼフィルス君。ラナ殿下を頼むよ、大変だとは思うけど君には期待しているんだ。頑張ってほしい。それじゃあね」

「え、ラナ？」

最後にメシリア先輩はそう言い残して去っていった。

何を期待されたのかいまいち分からなかったので呼び止めようとしたのだが、予鈴が鳴る。

時間を見れば、あと5分でホームルームが始まる時間だった。

今日は余裕をもって来たが、あいつらのせいでずいぶん時間を取られてしまった。

しかたない。また機会がある時にでも聞こう。

すでにあの黒装束の人たちもいない。見事な引き際だったな。

俺は感心しつつ、1人教室に向かう。

その日、サターンたちが戻ってくることは無かった。

第12話　ミサトから提案。〈天下一大星〉をへし折ろう！

「ごめんねゼフィルス君、大丈夫だった？　怪我は無い？」

「ミサトが謝ることなんてないから大丈夫だ。怪我もしてないし。それに親切な人たちに助けてもらったから」

今朝の話はすぐに学園中に広まった。

すごいんだ。教室に入ったらすでに全員が知っていて、〈エデン〉メンバーから問い詰められたりもした。

プンスコ怒ったラナとルルに、静かにどこかへ連絡しようとするセレスタンやシズを抑えるのが大変だった。ギルドバトルで叩きのめそうなんて案が出たときは焦ったよ。

あと、シエラがサターンたちの席を冷たい目で見ていたのが妙に気になった。

ふう。なんか朝からすっごい疲れた。誰か元気を分けてくれ。

そしてミサトの耳にも話が入ってきたのだろう。

先日まで在籍していたギルドがやらかした、その責任の一端を感じているようで俺の席まで謝りに来ていた。

ミサト良い子だなぁ。

本当に、あれは男子たちの暴走であってミサトに非は一切ない。

もちろん俺にも無い。無いよな？　うん。無いな。

「本当？　それならよかったけど……」

「というかミサト、〈天下一大星〉から抜けたんだな」

「うん。元々一時加入の予定だったしね。いつまでもお世話になるのも不義理だし」

凹んでいるのか、声に元気のないミサト。視線を上にあげれば、うさ耳もへコッと曲がっている。

あの耳はいったいどうなっているんだろうか。

ミサトは義理堅い。

元々一時加入の約束で入ったギルドのために、自分が抜けた後の代わりの人材を探してくるくらいだ。

しかもヒーラー高位職の【ホーリー】に斥候高位職の【密偵】まで見つけてきてギルドの強化につなげたのである。

それだけではない、驚いたことにあの今朝いた上級生の人たちの一部はミサトが〈天下一大星〉にスカウトしたらしい。

実力主義のこの世界で上級生が1年生の下につくギルドは珍しい。

どういうからくりかと思ったら裏にミサトの活躍があった模様だ。

だからこそ俺に謝りに来ているわけなのだが。

別に責任を感じる必要もないのに。とても良い子である。

「でも抜けるの勿体無かったんじゃないか？　上級生がいるギルドだろ？」

上級生は1年以上ダンジョン生活を送ってきたため、その実力は初心者の1年生とは雲泥の差がある。正直、ミサトはあのまま在籍していてもよかったのではないかと思う時もある。

だが、それを言うとミサトは困った顔になるのだ。

「お姫様扱いみたいにされちゃって、その、周囲の目がよろしくないと言うか」

「あー、なるほど」

「他の女の子にも声を掛けたんだけどね。断られちゃって」

ミサトはその辺気にするタイプだったようだ。

例の男子たちの姿を思い出す。

なんというか、熱狂的な信者を思わせる光景だった。

上級生たちがミサトが抜けたことを嘆いていたのはそういうことだったらしい。

ミサトは絶対チヤホヤされていたであろうことは間違いない。

そして、ギルドに紅一点だと周囲の目がよろしくないというのもわかる。

ならば女子をスカウトすればいいじゃないか、と思うが、ミサトの手腕をもってしても女子の加入者は見つけられなかったらしい。

紅一点はミサトとしても困ったことだろう。

俺も男子たちから憎いだの羨ましいだの爆発しろだの言われたしな。

「しかし、驚いたぜ。いつの間に〈天下一大星〉のメンバーはあんなに膨れ上がったんだ?」

〈天下一大星〉総勢22人。

Eランクギルドは上限人数15人なので下部組織(ギルド)までできている。

次のDランクを見越して合流する人材を集めていたのだとしても2名も溢れる人数だ。Dランクは上限人数20人だからな。

相当人望がないとここまでの数は揃わないと思う。

ミサトがスカウトしてきたのは8人という話なので残り10人はサターンたちが集めたようだ。

正直、よくこの短期間に集められたと感心する人数だった。

確か最初サターンたちだけでクラスを回ったときは誰一人として付いてきてくれる人がいないと嘆いていたのに、サターンたちも成長したものである。ほんの少しだけ見直した……いや、やっぱり見直さない。

「あ〜、あれね。うん。なんだかね。〈天下一大星〉の掲げる目標みたいなのに同調する人が増えちゃった、みたいなのね」

なんだか歯切れの悪い言い方でミサトが言う。

〈天下一大星〉の目標？　そういえばあいつらは何を掲げてたんだ？

ちなみに〈エデン〉の目標はSランク到達である。裏目標にダンジョン全制覇もあるがまだ秘密だ。

「えっとね〈天下一大星〉の目標って、〈打倒勇者〉なの」

「あ〜」

すっごい納得した。

えっとそれってつまり。

「〈打倒勇者〉が目的の男子たちが集まってきたと？」

「うん。まあそんな感じ」

なんで目標が俺やねん。ダンジョン攻略目指せや！

思わずエセが入ってしまった。

「多分、また絡まれると思う」

「ああ、やっぱりそう思うか？」

「〈天下一大星〉って諦めが悪くて有名な部分があるからね。たぶん帰ってきたら申し込まれると思うよ」

げんなりした。だけどすごく納得する。

あれでサターンが引き下がるわけがないな。

そんな俺を見てミサトはなぜか決意するように言う。

「ゼフィルス君、よければ私を〈エデン〉に入れてくれないかな？　私が〈天下一大星〉を抑えてみせるよ」

「んん？」

思わずミサトを見た。

ミサトが〈エデン〉に加入する？　それは嬉しいが……。

「それって火に油を注いでないか？」

絶対男子たちが爆発するものと思われる。

ドッカンってなるんじゃないか？

「うん。でもね、私が元いたギルドだし、何とかしたいんだけど。今の私って部外者だから筋を通したいなって」

ミサトは義理堅い。

つまりミサトが説得するということか？

「無理じゃないか？」

むしろ怒りメーターが振り切れて発狂すると思う。

「ぐっ、はっきり言われた……。でもさ、どっちみちゼフィルス君との衝突は避けられないと思うんだよ」

「まあ、確かに。なぜか〈打倒勇者〉を目標にしているからな」

「なら、今更私が加わったところで変わらないでしょ？」

「ミサトが加わったところで〈天下一大星〉が抑えられないなら意味無くね？　いや入ってくれるのは嬉しいけど」

むしろミサトが〈エデン〉に加入すると激化すると思われる。終わらない戦争の幕開けだ。

何それちょっとかっこいいと思ったのは内緒。

「だからこそ叩き潰すのに意味があるんだよ」

「…………ほう、その心は？」

「人の迷惑になる人たちはね、怒られても文句は言えないんだよ。だから圧倒的に勝とう！　〈天下一大星〉をへし折ろう！」

「とんでもないこと言いやがった！」

俺だって口には出さなかったのに！

というかさっき〈エデン〉の一部女子からも同じようなこと言われたよ。

抑えるのが大変だったんだよ。

しかし、ずっと絡み続けられるのも、ちょっと迷惑だしなぁ。〈エデン〉のメンバー（主に女子）

もなぜか〈天下一大星〉をはっ倒す気満々だし。

いっそのことギルドバトルで勝って絡むのをやめさせるのは、良い案かもしれない。

目標を失ったギルドが空中分解する未来も見えるが、それは仕方ないのだ。うん。

「ということで私も〈エデン〉に入れてください！　ギルドバトルなら〈総力戦〉になるでしょ？

〈エデン〉のメンバーって13人じゃん。私、役に立つよ！　ギルドバトルの間だけだから。ね！」

ほう？

少し考えてみる。

ミサトが加わると〈天下一大星〉を怒らせる。

しかし、本気の本気になり、何の言い訳もできないようにして勝つ、というのは悪くない。

そこでミサトから「めっ」ってしてもらえば彼らはもう絡んでこられなくなるだろう。

そういえばハンナもなぜか様付けで呼ばれていた気がする。ハンナからも「めっ」てしてもらおう。

……なんでハンナは様付けされてたんだ？　……後で聞いておこう。

それとミサトは【セージ】だ。結界と回復に特化した強力な高位職である。

今の〈エデン〉はヒーラー不足。【セージ】は喉から手が出るほど欲しい。

しかし、〈天下一大星〉との溝は決定的になると思われる。

あれ？　わりとどうでもいいな。

うーむ。他にミサトを入れるデメリットか……。

特に思いつかない？

俺が悩んでいるとミサトがさらにメリットを上乗せした。

「私なら他の高位職仲間を〈エデン〉に加入させられるよ！　【賢者】なんてどうかな？」

「採用！」

あ、と思ったが俺は悪くない。

【セージ】と【賢者】、欲しいです。


――【賢者】。

〈ダン活〉の多くの職業群(ジョブ)中でも【賢者】というのは異彩を放つ。

【賢者】のもっとも変わっている点は、発現することができるその人種カテゴリーにある。

なんと【賢者】に就けるのは「貴人」系。

貴人とは王族貴族、「王族」「公爵」「侯爵」「伯爵」「子爵」「男爵」「騎士爵」の意味。

つまり王族貴族であれば誰でも就くことが可能な職業(ジョブ)なんだ。

びっくりである。

他の職業(ジョブ)では「王族」であれば王族専用の職業(ジョブ)があるし、「子爵」であれば子爵専用の職業(ジョブ)がある。

〈ダン活〉はそうやって人種と職業(ジョブ)の役目を分けていた。

しかし、中には【賢者】のようにどんな王族貴族のカテゴリーでも就くことができる職業(ジョブ)というのが存在する。

ちなみに、名声値が低い「男爵」や「騎士爵」で【賢者】に就いた方がお得である。「王族」なら名声値が２００必要なのは変わらないからだ。とても割に合わないが、「男爵」ならば名声値はたったの20だからな。

まあ王冠やティアラを被ったキャラクターが【賢者】しているのはロマンではあるが、「王族」は1名までしかギルドに在籍できないので、すごく勿体無い。

ではなぜこんな、どんなカテゴリーでも就くことができる職業(ジョブ)が存在していたのかというと、上限人数のためである。

「貴人」系のカテゴリーは名声値さえ確保すれば加入させることができる。

しかし、その人数には上限があり、「王族」なら1人まで、「公爵」「侯爵」「伯爵」「子爵」「男爵」は2人まで、「騎士爵」は5人までと決まっている。

故に上限が埋まってしまうカテゴリーを避け、空いている枠に【賢者】を入れるのだ。

例えば「騎士爵」は5人に【ナイト】系を入れたい。

「子爵」は【ヒーロー】が強いからダメ。【ヒーロー】系を入れたい。

「王族」は名声値が高いからダメ。【聖女】か【英雄】を入れたい。

などの理由で省き「この「男爵」カテゴリーなら空きがあるから、この枠を使おう」と、そんな感じでカテゴリーの枠を使い分けることができるわけだ。

しかし、当たり前だが専用職業(ジョブ)の方が強い。

【賢者】は、どの「貴人」カテゴリーでも就ける代わりに、その性能は高の中と若干低かった。

まあ〈姫職〉ではないので仕方ない。男でも就けるしな。

だが、〈育成論〉によってはその実力は素晴らしいものになる。

ポジションは後衛オールマイティ。

魔法アタッカー&ヒーラー&バッファー&デバッファーである。

【聖女】がヒーラー寄りのオールマイティなら、【賢者】はアタッカー寄りのオールマイティである。強いぞ。

ちなみに、同じ賢者の意味を持つ【セージ】は回復と結界特化である。

〈ダン活〉では同じ意味の職業(ジョブ)でも、こうしてまったく違うポジションや使い方をされることがままあった。

有名処だと【勇者】【英雄】【ヒーロー】なんかがそれにあたるな。

開発陣から言わせれば「言葉の意味は同じでもイメージは異なる」とのことだ。

俺も同意見である。英雄とヒーローって意味は同じでも全然イメージ違うからな。

おっと気がそれた。

俺は改めてミサトの話に集中する。

「こほん。じゃあまず面接するか。ちなみにどこの子どもだ？」

さすがにどのカテゴリーだ？　では話が通じないのでそう問いかける。

「さっすがゼフィルス君。【賢者】だけでそこまでわかるんだ。うん、うちの部族が仕えている「伯爵」の子息なんだけどね」

ふむ、「伯爵」か。

それに子息ということは男子か！

〈エデン〉には男子が少ない。

それで絡まれているので男子の加入は嬉しい。是非歓迎したい。

これはいよいよもって気が抜けなくなってきたな。

「学年とクラスは？　できれば同級生がいいんだが」

「うん。同級生だよ。〈戦闘課1年8組〉」

ほう。〈8組〉か。

こりゃ、期待値高いかもしれないぞ。

前にも話したが〈戦闘課〉というのは〈127組〉まである。

そのうち〈戦闘課7組〉までと〈戦闘課8組〉以降の間には明確な差があるのだ。

それは初期の時点のLv差である。

〈8組〉以降のクラスの子はその全てがLvゼロスタートだった。

つまり5月1日頃に〈覚職〉した学生たちである。

逆に言えば〈7組〉まで210人の子は5月1日までに〈覚職〉した学生たちだ。4月中に〈覚職〉し、レベル上げを行なった者たちが〈7組〉までに在籍している。レベル優先だ。

これがどういうことかわかるだろうか？

つまり、〈7組〉までのクラス分けは明確な能力で分けられたわけではないんだ。

ただスタートダッシュに成功し、レベルを上げることができたからこそ〈7組〉以内に在籍できている。

おそらく全学年がLvゼロ、つまり同じ条件でクラス分けされていたらもっと違う結果になっていたはずなんだ。

サターンなんて絶対1組に在籍できなかっただろう。

では〈8組〉は？

ここで考えてほしいのは〈8組〉から〈50組〉はLvゼロの高位職で全員成績は同じという点だ。

では〈8組〉の学生は、なぜ8組に選ばれたのか、基準はなんだったのか?

それは職業と学力と実技である。

Lvで測れないから、その他全てで能力の強さを測ったわけだ。

つまりだ。5月1日に高位職に〈覚職〉した1290人のうち、本当の意味で成績優秀者が在籍するクラスこそ、この〈8組〉なのだ。

みんな勘違いしているんだ。

例年だと〈1組〉に成績優秀者が集まる。それは間違いない。

だって例年なら入学計測で高位職になれなかった者は、ほぼ高位職になれないから。

高位職の条件が分からない。だからこそ5月1日までにダークホースが出てくることはほとんどない。故に1ヶ月も経てば実力はLvに反映され、明確なクラス分けとして現れる。

しかし、今年は違う。

新しい高位職が1290人。この集団に、本当に〈7組〉までの学生たちは勝っているのか?

絶対そんなことはないと言い切れる。

むしろ〈7組〉の学生がLvで追いつかれたなら、大きく転落するだろう未来がありありと見える。

〈戦闘課1年8組〉。

このクラスは、実は隠されたエリートクラスなんだ。

第13話　新しいメンバー？　ショタ【賢者】登場。【セージ】と共に面接開始！

授業が終わり放課後、今日は前の席が全て空席で静かだった。

勉強がすごく捗った。

また、ミサトの紹介で8組に在籍している【賢者】を加入させるチャンスが巡ってきた。

ツキが巡ってきているのかもしれないな。ふはは！

――〈戦闘課1年8組〉。

1年生には『隠されたエリートクラス』が存在する。俺がそのことを知ったのは、実は最近だった。

まさか俺が高位職をリークしたせいで隠された、なんかカッコイイ名前のクラスが出来上がっていたとは夢にも思っていなかったんだ。

今は6月。

すでに8組の学生は自力であらかたどこかしらのギルドに在籍し終わっていた。俺が気がついた時には、残念ながら遅かったんだ。スカウトするには引き抜くしかないが、引き抜きを掛けるには〈エデン〉はまだ力不足と言わざるを得ないだろう。Eランクだしな。

というわけで、〈エデン〉が育つまで8組は諦めようと思っていた矢先の紹介だ。

もう、ミサトには大感謝である。しかも【賢者】って……。超優秀職じゃん！

やったぜ！

そんなわけで少しいい気分でラウンジに向かう。

そこで例の「伯爵」の子息と待ち合わせだ。

ちなみにミサトは一足早く子息の許へ向かっている。

さすがに紹介するにしても面接するにしても本人の意志を確認しなくちゃいけないからな。

「セレスタン、そういうわけだからよろしく頼むな」

「任せてくださいませ。こちらでも資料を作っておきました。面接の前にごらんください」

「え？　ああ、ありがとう？」

なんの資料だろうか？

軽い気持ちで読んでみたが、そこにはなぜか件の【賢者】君の詳しいプロフィールが書かれていた。

なんでだよ！

セレスタン、いつの間に調べたんだこれ？

面接が決まったのは今日の朝だよ？　今まで授業があっただろ？　どこに調べる時間があった！

「〈エデン〉にはラナ殿下がおります故、男子学生はたとえ伯爵の子息といえど調べさせてもらっています」

あ、察し。

なんか、ラナのお父さんの匂いがするぞ。「男子学生は」と付いている部分が特に。

いや、だからどこにその時間が……。

こほん。まあいいか。知らないほうが良いこともあるのかもしれない。

とりあえずプロフィールを読んでおく。

完全に個人情報漏洩だと思うが、そこは「伯爵」子息だからだろう、そこまで深いところまで書かれていない。

どちらかといえば採点に近いなこれ、上に『合格』のスタンプが押してあるんだけど……。

俺以外に合否を出す人物がいるのか。目の前に居るな。

「ゼフィルス様、到着いたしました」

「ああ。そうだな」

そんなことを考えているうちにラウンジに着いてしまった。

セレスタンが確保してくれた個室に入り、場所をミサトにチャットで教えると、すぐに返事が来る。

『了解。こっちも準備出来たから今から向かうね』

仕事が早いなミサトは。

チャットから少し経ったところで個室のドアがノックされた。

「どうぞ」

「失礼しまーす」

セレスタンがドアを開けると、片手を上げながらまずミサトが入室してきた。

「ほらメル君も入ってー入ってー」

「メル君はやめろと言っといたはずだが……。ふう。失礼する」

そう言ってミサトの後に続いて来たのは、銀髪の少年。

第一印象は、小さい、だった。

身長が、ハンナと同じか、もしかしたらさらに低いかもしれない。

「あ～、ゼフィルス君一つお願いなんだけど、メル君に背のことは触れないであげてね。メル君は背が低いことをすごく気にしてるから」

「まずは自分の言動を振り返ってみてくれないかミサト？　あとそれを本人の目の前でお願いするのもやめようか？」

背が小さくて気にしていることをバラされた少年のこめかみに青筋が浮かぶ。

セレスタンからのプロフィールによれば、ミサトとは同郷で小さい頃から知り合いだったらしい。かなり親しげだ。

「メル君のことですから！　私、メル君が傷つくところなんて見たくないんです！」

「頼むから自分の言動を振り返ってみてくれ。さもなくばそのうっとうしい兎耳をはがして頭の中を見るぞ」

「ずいぶん仲がいいんだな」

2人のやり取りは、何と言うか熟練の気安さを感じさせた。

しかし、さすがに話が前に進まないので声を掛ける。

「失礼した。謝罪する」

「いや、謝罪まではいらないよ。じゃあ、面接を始めてもいいかな？」

「お願いする」

緊張しているのかな？　ミサトに話しかけるときより言葉が硬い。

ミサトがさっきからからかい気味の紹介をしているのは少年の緊張をほぐすためかもしれない。

改めて彼をよく見てみる。小さい。

まるでマリー先輩と同い年に見えるほどだ。いや、マリー先輩は実年齢が見た目より5歳上だったな。ふう。

さすがに「子爵」のショタほど幼くはないが、少なくとも高校生にはまったく見えないほど背が低い。確かに男なら背は気にするよな。ミサトよ、触れないであげてくれ。

しかし、顔はイケメンだ。かなり整っている。

胸ポケットには「伯爵」のシンボル〈白の羽根飾り〉を差しているのが確認できた。

立ち姿も品があり、高貴な身分を感じさせる。なんというか、只者ではないという雰囲気を出しているのだ。

さすがは【賢者】。只者ではないな。

お姉さま方にはちょっと人気が出そうな外見と思ったのは内緒だ。

和服とか似合いそう。

「まずは自己紹介をしよう。〈戦闘課1年1組〉【勇者】のゼフィルスだ。よろしく」

「〈戦闘課1年8組〉【賢者】のメルトという。今日はよろしく頼む」

まっすぐ背筋を伸ばして発言する彼の姿に、さすが「伯爵」家の子息という印象を抱く。凛々しい。

名前はメルトか。だからメル君なのか。ミサトよ、愛称を君付けで呼ぶのもやめてあげてくれ。男子には沽券(こけん)にかかわるのだ。

「ではメルトと呼ばせてもらおう。メルトは今在籍しているギルドはあるのか？」

実はセレスタンが持ってきたプロフィールを読んで知っているが、さすがに俺が知っていると、ちょっと気持ち悪いのでそう聞いた。

「そうだな。現在はBランクギルドの〈金色ビースト〉というところに世話になっている」

そう、彼は今すでに他のギルドに在籍している。しかも600人しか在籍出来ないBランクギルドというエリート枠にだ。

「ふむ。〈エデン〉に加入するにはその〈金色ビースト〉を脱退してもらう必要があるが、大丈夫か？」

「構わない。〈金色ビースト〉に未来は無い。俺はもっと上を目指したい」

ほう？　Bランクギルドの地位をあっさりと手放すのか。

そんな簡単に見限られる〈金色ビースト〉、いったいどんなギルドなんだ？

「〈エデン〉なら未来はあるということか？」

「無論、あると思っている。Sランクすら超えるというのが俺の認識だ。だからこそ〈エデン〉に加入させてもらいたい。絶対役に立ってみせよう」

メルトの視線がまっすぐ俺を見た。

その瞳に陰り無し。嘘偽りの無い決意を思わせた。

そこに今まで黙っていたミサトが口を挟む。

「メル君はいい子なんだけど運がなくてさ。〈金色ビースト〉がやらかしちゃって路頭に迷いそうなの。大丈夫、メル君は生粋の実力主義だから、役に立つよ」

「ミサトは黙っていてくれ。縁を結んでくれたのは感謝しているが、ここからは俺の決意を認めてもらう場だ。口添えは無用だ」

なるほど。

プロフィールの通り生粋の実力主義というのは本当らしい。考え方が効率を求める〈ダン活〉プレイヤーに近いなと感じた。

しかし、そうなると余計気になることがある。

「聞いていいか？　その〈金色ビースト〉というギルドについて、何があったんだ？」

Bランクギルドというのはエリートである。

学生全体の憧れであり、多くの学生がその一握りの枠を目指し、そして淘汰されていった中で最後まで生き残った者たちが輝ける、そんな頂点に近い場所だ。

普通であれば、そんな簡単に脱退なんて言えるはずがない。たとえ将来Sランクになると言われても、今はただのEランクギルドに鞍替えする理由にはならない。と思う。

だから聞いておきたい。Bランクギルド〈金色ビースト〉で何があったのかを。

俺の問いに対し、メルトは淡々と言った。

「単純だ。〈金色ビースト〉在籍30人のうち11人が〈転職〉した。それだけさ」

最近、世界中で注目を集めているニュースがある。

とんでもないビッグニュースだ。

――その名も、〈転職〉。

つい先日、高位職の発現条件に関して氷山の一角が解明されたことにより、〈転職〉が今非常に注目を集めている、らしい。

高位職が発現する条件の一つは――〈モンスターの撃破〉だった。

つまり一度低位職、中位職に就き、モンスターを倒すのが高位職に就く正規のルートであったと。

そんな事を唱えた人物が現れたのだ。誰のことだろうか？

誰かは知らないが、きっと素晴らしい青年に違いない。

そしてその事実と衝撃は、大きな波紋を呼び、瞬く間に全世界へと拡散した。

〈転職〉すれば高位職に就ける可能性がある。また高位職の新しい育成の方法も研究されている。

そんな噂が流れ出し、〈下級転職チケット〉が暴騰した。

誰の目からも分かるほど高騰し、さらに一般人では買うのに躊躇する値段まで一気にその値段が膨れ上がった。

青天の霹靂である。

そしてこんな噂が流れ出す。

『〈転職〉した者は勝ち組。〈転職〉が人生の詰みなんて真っ赤な嘘』

〈育成論〉があってこそ高位職が耀く。〈育成論〉という前提があってこそ高位職への〈転職〉によって人生の詰みと呼ばれた存在から脱却することができた。

しかし情報に疎い者や視野の狭い者は、目の前の値段や価値を信じてしまったのだ。

『〈下級転職チケット〉が凄い価値だ。これを使えばきっと良いことがあるに違いない』

そんなことを勝手に考え完結し、今後にできる制度や法案、そして〈育成論〉などの情報をまったく知らない者たちが我先に〈転職〉チケットを使う事例が多発してしまった。

まあ〈転職〉すること自体は別に問題は無い。

〈転職〉した者はみんな納得できる高位職になれたのだ。

本人は喜んでいるし、Ｌｖリセットされて苦労するのは自己責任だ。

しかし、当たり前だが生活に困窮するものが現れ始めた。

故に国は、転職に必要な重要アイテム〈竜の像〉の使用を、新たな制度が確立するまで使用禁止とする処置をした。

これにより国民の期待は一気に高まり、国は早急に制度と法案の確立に動き出し始めた。

そんな世界の動きがある中、学園ではまた違う問題が起きていた。

1年生で高位職持ちが数多く出現し、上級生たちはいつ追いつかれ、そして追い越されるのかと戦々恐々としていた。

また、『1年生ばかり高位職になってずるいぞ、俺たちだって高位職になりたい！』と思う者が多くいた。

そこに出されたのが『国が法案を決め、制度が整うまで〈竜の像〉の使用を禁止する』というルール。

しかし、大人が決めたルールに逆らうのはいつだって子どもの特権だ。

ということで『制度が整うまで待てるか！　俺は転職させてもらうぞ！』、そう言う学生が一定数出てきてしまったのだ。――抜け駆けである。

スタートダッシュが非常に重要なのは誰もが知っている常識。

〈転職〉の制度が整い、『皆せーので転職しましょうねー』と言われても、出し抜きたいと思ってしまうのが人間だ。

であれば、である。先に〈転職〉してしまえば良いじゃない、と考えてしまうのはしょうがないことなのだ。

それを禁止にしても、学園は特に数多くの〈竜の像〉が配備されている機関。

一度に全てを使用禁止にするなんて出来るわけがないので、その抜け穴から『使用禁止になる前に〈転職〉してしまえ』という学生が出てしまったのだ。

そしてメルトの話では、Bランクギルドの〈金色ビースト〉もその一つ。

このダンジョン週間中、ギルドメンバー30人のうち3分の1以上が〈転職〉してしまったのだという。

それを聞いた俺は一言。

「アホだな、その連中」

「そうだ。アホなのだあの連中は」

つい口から出てしまった失言だったが、見ればメルトも深ーく頷いていた。

まあそうだろう。〈転職〉したということはつまり、

「Lvゼロが11人在籍するBランクギルドか～。確実にランク落ちだな」

「その通りだ。すでにいくつかのギルドから〈ランク戦〉を挑まれている。〈金色ビースト〉が最後に〈ランク戦〉を行ったのが5月13日。今日が6月3日だからあと10日で防衛実績の期限が切れる」

Dランク以上から行われる、ランク入れ替わりギルドバトルこと〈ランク戦〉。

しかし〈ランク戦〉は連続で仕掛けることはできない。そんなことをすれば上位のギルドが不利になるからだ。

故に〈ランク戦〉は1度行えば1ヶ月間は受けなくても良いというルールがある。

ちなみにサターンたちが前回の〈練習ギルドバトル〉から1ヶ月経たずに再戦を申し込めたのは、〈練習〉はノーカウントだからだ。

〈練習〉が1ヶ月も出来ないというのは逆に困ってしまうからな。

話に戻る。

メルトの話では〈金色ビースト〉の期間は残り10日で切れるとのこと。

10日でBランクギルド並の実力まで取り戻せるかと言えば、否としか言えない。

出来なくはないが、かなり出費が嵩む方法なので金銭面からして出来ない。

そのためゲーム〈ダン活〉時代も〈転職〉や新規キャラクターメイキングをするタイミングには気を張ったものだ。

この期間中をフルに使って一気にレベル上げをしなければ敗北は必至。

ギルドランクを上げて安定化を図るのは、結構難しかったのだ。プレイヤーのテクニックが試される。

そして〈ダン活〉プレイヤーであった俺から言わせれば、〈金色ビースト〉は完全にタイミングを間違えているとしか思えない。

いったい何人のレギュラー勢、またはスタメンを〈転職〉させてしまったのか。

1年生はまだBランクのギルドバトルに耐えられるほどのLvではない。

つまり、〈金色ビースト〉は低レベルの1年生を抱えた状態でメンバーの3分の1が〈転職〉してしまい低レベルが溢れてしまったのだ。これではパワーレベリングをするのもままならない。

要はギルドの弱体化だ。

ただ育成をしっかりできる環境が整っているのなら話は変わる。むしろAランクも狙えるかもしれない。

しかし環境が整っていないのに〈転職〉してしまうと育成がすごく大変だ。レベル上げにすごく時間が掛かる。

しばらくは動けなくなるだろう。そして負け続ければDランクまで落ちる。

そうなると1年生のギルドも上がってくるし、ランク上げが難しくなる。

ひょっとしたら負け続けたメンバーが、ギルドに嫌気がさして引き抜かれるかもしれない。

Bランク以上に返り咲くための綿密なプランでも立てなくては、この先の〈金色ビースト〉の未来は明るくないだろう。

そしてメルトから見れば〈金色ビースト〉は〈転職〉してからのプランがすごく甘いらしい。かなり衝動的なことだったようだ。これではとてもギルドを統制(とうせい)できるとは思えない、とのことだった。

まあ、メルトがここに居る時点でお察しである。

俺があーあ、やっちまったなぁ。と思っていると、目の前に座るメルトがいきなり頭を下げた。

「どうか俺を〈エデン〉の末席に加えてほしい。〈戦闘課1年8組〉メルト、【賢者Lv18】〈最高到達層：初級中位ダンジョン一つ攻略〉。絶対に役に立つ。よろしくお願いする」

「…………」

いくつか話してみたが、メルトはかなり意識が高い。

Sランクギルド、そしてその上まで登りたいと強く思っていると感じた。

それならば〈エデン〉をおいて他のギルドはないだろう。

それに先を見通す目もある。行動力もある。

いくら先が無いとはいえBランクギルドを脱退するのはそう簡単にはできることではない。

それにこれは個人的な嗜好だが、俺は向上心が高い人が好きだ。努力をする人が好きだ。気合が入っている人が好きだ。

【賢者Ｌｖ18】なら、二段階目ツリーからは最強育成論のルートに乗せられるしタイミングも悪くない。

セレスタンの持って来たプロフィールにも合格と書いてあったので人柄にも問題は無いだろう。

ならば、決めてしまうか。

と考えたところで、我慢出来ないと言わんばかりに横から声が上がった。

「ねぇねぇねぇ！　私忘れてない⁉　この面接って一応私とメル君２人の面接なんだけど⁉　私もちゃんと面接してくれてる⁉」

………………すまんミサト、すっかり忘れてた。


「……やるなぁ」

「たはは～。実はクラスの子にゼフィルス君の授業のこと聞いてね。〈育成論〉を私なりに研究してみたんだよ！」

「嘘をつけ。俺に泣きついてきただろうが。〈育成論〉を一緒に考えてくれーと縋り付いてきたのを俺は忘れてないぞ」

面接は終了し、ミサトとメルトは〈エデン〉の加入が決まった。

そこで早速２人のステータスを見せてもらった反応がこれだった。

なんとミサトとメルトは自分たちで〈育成論〉を作り上げていたのだ。

改めて２人が作製した〈育成論〉が書かれたメモを見る。

ミサトとメルト、【セージ】と【賢者】の〈最強育成論〉も俺はしっかり作ってあった。

だが、彼らが作製した〈育成論〉、これはこれで非常に興味深いものだった。

まずクオリティが高い。よく出来ている。よく考えられている。

さすが賢者たちが考えた〈育成論〉だ。もっとも強くなる道筋がしっかり書かれていた。

「これはメルトが考えたのか？」

「いや、ミサトと2人でだ。さすがに俺1人ではこの〈育成論〉は手に余った」

「毎日のように放課後は意見交換したよね。下手にレベル上げちゃうと戻ることはできないから2人で〈大図書館〉に籠もってさ。『ダンジョンなんて後でも行ける、まずは〈育成論〉が最優先だ』ってメル君が引っ張ってくれてね」

「おいミサト、だからメル君はやめろ。せめて学園では名前を呼べ」

「え～。ダメ？」

「ダメだ。ここは実家ではないんだぞ。気を引き締めろ」

「う～ん。わかったよ。じゃあメルト様？」

「うむ。それでいい」

どうやら2人は大変仲が良いようだな。信頼関係がよく見える。

それにこのメモだ。

この世界において、〈育成論〉という考え方はまだ着地したばかりの論理。定着するにはまだまだ掛かる。

つまり研究がまだほとんどされていない分野だ。

にもかかわらずこの完成度は素晴らしい。

何しろ俺の〈最強育成論〉に、初期の頃の育成の仕方が非常に似ているのだ。

これなら少しの修正で俺の〈最強育成論〉へ向かうことも可能である。

やはり、俺が〈育成論〉の授業を公開したのは間違いではなかった。

自然と口元がニヤけるのを感じる。

とそこで視線を感じた。

前を見るとメルトとミサトがジッと俺の様子を窺っている。

「ゼフィルスさん、正直に答えてくれ。その〈育成論〉をどう思う」

「あのねゼフィルス君、メルくっ……メルト様はゼフィルス君と〈育成論〉について語り合いたくて仕方ないんだよ。メルト様はゼフィルス君のファンだから」

「ミサトは余計なことは言わなくていい！」

「キュ!?」

喋りすぎたミサトにメルトが素早く頭をグワシと掴んだ。耳の付け根を押さえる位置だ。

ミサトからなんだか首が絞まった時のような声が聞こえた気がしたが、気のせいか？

あとメルトの身長がギリギリで、ウサ耳を掴むため背伸びしているのが微笑ましい。

しかし、俺はそれより気になることがある。

「メルトは俺のファンなのか？」

「ふう。……〈育成論〉について詳しく語り合いたいと思っていたのは本当だ。この画期的な考え方をする方と、一度じっくり話してみたかった」

ミサトの頭部を未だ掴みながらメルトは言う。ミサトはなんだか顎を浮かせてプルプルしていた。

「兎人」は耳が弱点なのか？

それはともかく、〈育成論〉にこれほど興味を抱いてくれるというのは素直に嬉しく思った。

「これからいくらでも機会はあるさ。それにこのメルトとミサトが考えてきた〈育成論〉は、素晴らしい」

「本当か⁉」

「キュ‼」

メモを褒めた途端メルトが身を乗り出して言う。未だ頭掴まれ中のミサトが変な声を出していたが大丈夫だろうか？

「……とりあえずミサトを離してやってくれ。なんか苦しそうだぞ？」

「……ゼフィルスさんが言うなら仕方ない。ミサトは余計なことは言わないよう気をつけろ」

「ぜぇぜぇ。はぁい、ごめんメルト様～。だからウサ耳絞めはご勘弁を」

やっと解放されたミサトがなぜか疲労困憊だ。

ウサ耳絞めって何だろうか？　兎の耳を絞めたら何が起こるのだろうか？　気になることが多い。

しかし、それよりもメルトが〈育成論〉について語りたがっているので、そっちの方が優先だな。

それにしても、俺としても意見交換ができる人材というのは嬉しい。

〈ダン活〉プレイヤーは、自分の〈最強育成論〉がもっとも優れていると思っている。

だから、基本的に自分の〈最強育成論〉を勧めるだけで譲らない。俺の〈最強育成論〉がもっとも優れていると言って譲らない。しかし、相手の〈育成論〉を参考にすることはよくあった。

〈ダン活〉は１０２１職もの職業（ジョブ）があり、最強とは時代と共に移り変わっていくものだからだ。

〈ダン活〉には対戦機能があった。他のプレイヤーとギルドバトルする機能があった。

故に研究されて、対策されて、新しい発見があった。

俺の〈最強育成論〉だって全てのデータベースを参考にし、その果てに考え抜いた最高の結晶だ。

しかし、いつまでもこのまま最強の座に居座り続けることはできない。

だからこそ〈育成論〉について意見交換ができる相手は欲しかった。

まあ、この世界はまだまだ未発見の職業(ジョブ)すらあるのが現状なので、俺の〈最強育成論〉は当分最強の座から移動はしないと思うがな。

しかし、ここはリアル。

ゲーム時代は好きな人種を仲間に加えられたが、リアルではあまり見当たらない人種なんかもいる。というか一般人が大半だ。カテゴリー持ちを仲間に加えられないこともあるだろう。

だからこそ新しい〈最強育成論〉のデータが必要だ。俺はそう考える。

メルト、それにミサトは貴重な理解者となるだろう。

俺は休み時間にメモしておいた【賢者】と【セージ】の〈最強育成論〉を取り出し、テーブルに置いた。

語り合おうぜ！


メルトと非常に熱く【賢者】の〈最強育成論〉について議論を交わした翌日。

今日は火曜日だ。

昨日は凄かった。〈育成論〉の議論なんて久しぶりすぎて目頭が熱くなったもんな。議論も白熱して、俺も新たな発見があり【賢者】の〈最強育成論〉に新たな育成ルートが加わったほどだ。メルトとの話は非常に有意義だった。

メルトはこの後、〈金色ビースト〉の脱退の手続きが済み次第〈エデン〉に加入することになった。

加入が済んだらまた議論を交わしたいな。

同じ貴族舎に住んでいるらしいので部屋に呼ぶのもありだな。

うむ、ワクワクしてきたぜ。

さて、今日も学園に行こう。

俺がいつも通りハンナと朝ご飯を共にし、いつも通り登校していると、周囲の視線をビシビシ感じた。

昨日の嫉妬に狂いし男子たちの話を聞いて意識してみれば、確かに羨望と嫉妬の視線や、怨嗟の声が聞こえてきた。

俺とハンナはわりと注目を集めていたようだ。

「どうしたのゼフィルス君？」

「いいや。ハンナは俺と一緒に登校して大丈夫かと思ってな」

「？　どういうこと？」

どうやらハンナの所には何も影響がないらしい。

俺の所だけか！

まあ、そうか。俺も同じ立場ならハンナより俺の方に行くだろう。

いや普通行かないけどさ。

「ゼフィルス君、また放課後にね」

「ああ。ハンナ、くれぐれも気をつけろよ。できるだけ人通りの多いところを歩いたり、1人になることはないようにな」

「うん？　うん。わかったよ？　でもなんで突然？」

「ハンナが心配だからだ」

「へ？　んんもう、ゼフィルス君は心配性なんだからぁ。えへへ」

なぜか頬を赤くしてチラチラこっちを見ながら生産専攻の校舎へ向かっていくハンナを見送る。

本当に大丈夫だろうか。どう見ても気が抜けているようにしか見えない。心配だ。

誰か護衛でも雇うか？　幸いＱＰはたくさんある。

男子たちがやたらハンナ様ハンナ様言っていたのが気になるところだ。

とりあえずサターンたちに話をつけてみるか。

一応あの嫉妬に狂いし男子たちのリーダーということになっているんだし、俺は良いがハンナに手を出すつもりなら……ということをキツく言い含めておこう。

そんなことを考えながら〈戦闘課〉の校庭に着くと、なんだか見覚えのある光景があった。

「待っていたぞゼフィルス！」

サターンが代表して発言する。

そしてその後ろには昨日見た男子たちが横一列に並んでいた。

マジで昨日見た光景、そのままだった。

おかしいな。

こいつら昨日衛兵にしょっ引かれたはずなのに何故？

俺が不思議そうに彼らを見つめているとポリスまで前に出てきて言った。

「俺たちは反省しました。敵にしてはいけない方を敵に回してしまった。王女様を悲しませてはいけないのです！　でもそれとは別に勇者が憎い」

「どういうこと？」

思わず口に出た。

しかし、ポリスの話は止まらない。

「勇者を脱退させる案は、残念だが、本当に残念だが諦めざるを得ない。だが！　俺たちはもう嫉妬を勇者にぶつけなければ収まらないのだ！」

「そうだ！　俺らは止まらない。もう止まれない！」

「勇者が憎くて羨ましい！　勇者が憎くて羨ましい！」

「爆発してしまえ！　いやむしろ俺が爆発させてやる！」

「モテる男なんて世界から滅びればいいんだ！」

昨日よりも小さな声で後ろの上級生たちが叫ぶ。小さな声で叫ぶとか、器用なことをするな。

どうやら彼らは衛兵にしょっ引かれた程度では性根が正されなかったらしい。

いや、一部正されているのか？

「俺たちはさらに同志を受け入れた。ギルド〈エデン〉に勝つために！」

ん？　ちょっと聞き捨てならないことを言わなかったかこのポリス。

俺はジトッとした目を送るのをやめ、〈天下一大星〉を数えてみた。
1、2、3……結果、25人？　昨日より3人増えていた。

「なんで増えてんだよ！」

そう叫んだ俺は悪くない。こいつら本当にどうなってんだ？　昨日のあれを見たうえで、加入者が増えたのだろうか？

俺はもう何がどうなっているのかよく分からなくなってきた。

とそこへ救いの声が鳴り響く。元気ハツラツとした明るい声、その正体はミサトだった。

「おっはよーゼフィルス君。とポリスたち。何をやってるのかな？」

いや訂正しよう。全然救いは無かった。少なくとも彼らには無かった。

だってミサトが近寄って来たと思ったら徐ろに俺の前で立ちはだかったから。

その光景は、まるで俺の味方をしているように見えた。いや、むしろそうとしか見えなかった。

そのあまりの光景にポリスの言葉が崩れまくっていた。まったく力が感じられない。

「な、な、な、何をしてらっしゅるのかミシャトさん……？」

見れば他の男子たちも動揺が激しい。

そこへミサトがトドメのセリフを放った。

「みんな。私昨日〈エデン〉に加入したの。一時的な臨時加入だけどね」

「…………」

ミサトの言葉が校庭にやけに鮮明に響いた。

そして彼らは無言。脳が認識を拒否しているようだ。もしくは処理落ちか？

しかし、目の前の事実とミサトの言葉、その両方の事実を彼らは次第に認識し始め、受け入れ拒否を次第にすり抜け脳に到達。瞬間――、

――顔面が般若に進化した。

「勇者ぁぁぁぁぁぁぁぁぁぁ!!!!」

「おのれ勇者ぁぁぁぁぁ!　おのれぇぇぇぇぇ!!」

「ミサトさんを!　俺たちのアイドルをよくも奪ったなぁぁぁ!!」

「俺たちの姫を返せぇぇぇ!!」

「〈決闘戦〉だ!　勇者を千切れ!　千切って投げろ!」

「ミサトさんんんん!　ミサトさんがいないと俺はダメなんだぁぁ!!」

阿鼻叫喚だった。

うん。絶対こうなると思ったよ。昨日予想したとおりだ。なんて期待通りなリアクションをするんだ。だんだん褒めたくなってきたぞ。

それでミサトはこれからどうするつもりなんだろうか?

「みんなが悪いんだよ!　もう、みんな格好悪いよ!」

ピタリ。

ミサトが再び口を開いた瞬間、先ほどの怒声が一瞬で止んだ。え、止んだ?

まさか冷静を取り戻し――てないな、顔はまだ般若のままだ。

般若顔の集団、凄くホラーなんだけど。

「せっかく私が居なくなっても大丈夫なように駆け回ったのに!　他人様に迷惑掛けるなんてダメでしょ!」

般若たちは無言でミサトの話を聞いている。

「私が〈エデン〉に加わったのはね、みんなを止めたかったからなんだよ。確かにその、女子は〈天下一大星〉に入りたがらないから男子ばっかりになっちゃったけどね、でもだからって人に迷惑を掛けるのはダメでしょ？　このままだと私、力尽(ちからず)くでみんなを止めなくちゃいけないんだよ？」

どこからかすすり泣くような声が聞こえた。

おそらく「男子ばっかり」というところに反応したと思われる。

「みんな……。分かってくれたんだね」

しかしミサトは話が通じたと思ってしまったようだ。

違うんだミサト。そんな説得では男子の嫉妬を抑えることはできないんだ。

その証拠にサターンと思われる般若がこちらを向いた。

「ゼフィルス。我らは絶対に貴様に勝つ！」

「ああ。そうだな……。じゃあギルドバトルしよっか。今週の土曜でどうだ？」

「よかろう。〈決闘戦〉は〈城取り〉〈15人戦〉〈六芒星〉フィールドで行なう！」

「あれ？」

この場でまったく意味が分かっていないのはミサトだけだった。

やはり〈天下一大星〉と〈エデン〉のギルドバトルは避けられないらしい。

仕方ない。へし折ろう。

だが俺がへし折る前に昨日サターンたちを制圧していた黒装束のみなさんや〈秩序風紀委員会〉の人たちが集まってきた。

あ、制圧を開始した。

「おまえら昨日に続き今日までも！」

「そう、そんなにこれがお気に召したの？　ふん！」

「ビンタもおまけしてあげるわ」

「はう!?　あびゃびゃびゃびゃびゃぁぁぁぁぁ!?」

サターンたちは再び連れて行かれてしまった。


とりあえず〈天下一大星〉のギルドバトルは〈決闘戦〉が決定した。本人は不在だが。

〈エデン〉の皆に〈天下一大星〉からギルドバトルの申し込みがあった事を通知すると、なぜかやる気満々のコメントが大量に返ってきた。

どうやら彼女たちもギルドバトルをするのに否は無いらしい。むしろ積極的にやりたいようだ。

〈天下一大星〉はいつの間に彼女たちの恨みを買ったんだ？

とはいえ俺としても〈天下一大星〉には少しおとなしくしてもらいたいところ。

ミサトの説得は残念ながら失敗したが、別に悪いことばかりではない。

〈エデン〉は今後〈ランク戦〉でSランクにのし上がる。そのために上級生とのギルドバトルを経験するのは悪くないと言えた。

むしろギルドバトルをメンバー全員が経験できる機会は結構ありがたい。

これで〈エデン〉のメンバーは全員がギルドバトル経験者だ。ランクを上げるうえで貴重な経験になるだろう。と思う。

ということで〈決闘戦〉は双方合意のうえで決定した。報酬の話はこれから詰める。

女子たちの笑顔が笑っていない気がするんだが、気のせいかな？

〈決闘戦〉は次の土曜日となった。

今回のギルドバトルは〈城取り〉〈15人戦〉〈六芒星〉フィールドという中規模のものであり、本来はDランク以上が行うギルドバトルだ。

これをEランクギルドが行うのだから当然〈総力戦〉になる。メンバー全員の招集が必要だった。

全員のスケジュールを調整しなくてはいけないため、もっと先になるかと思われたが、突然のギルドバトルにも拘わらず〈エデン〉のメンバーは時間を作ってくれた。ありがたい。

ギルドバトルまで残り4日。

それまでにできるだけ新しく加入したミサトとメルトを育成し、さらに〈竜の箱庭〉を用いた戦略をリーナに教え込まなければならない。

忙しくなってきたぜ。

「えっと、なんか私のせいでごめんね？」

「別にミサトのせいじゃないさ。ミサトが言っていたようにどっちみちギルドバトルは避けられなかっただろうしな」

男の嫉妬は大変なのだ。

ミサトのせいというのも多少……いやかなりあったかもしれないが、それはそれ。

元々は俺に向けられていた嫉妬とのことだったので、結局はギルドバトルをすることになっただろう。

「そうだ。ミサトが気にすることではない。気にするのであればギルドバトルで結果を残せばいいだけだ」

俺の意見に頷くのは身長がマリー先輩ほどしかない銀髪のショタ。

〈エデン〉に新しく加入した【賢者】のメルトだった。

「伯爵」のカテゴリー持ちということもあって威厳のあるしゃべり方をしているが、なんというか微笑ましいという感情が先に来る。

小さい男の子が背伸びしているように見えてしまうのだ。

慣れるまであまり視界に入れないようにしておこう。

「うん。そう言ってもらえるとありがたいけど。それでゼフィルス君、これから何するの？」

「当然レベル上げだ。〈天下一大星〉の平均Ｌｖがどんなものか分からないが、２人にはこの４日でＬｖ30を目指してもらう」

「30だと？　ゼフィルス、それは可能なのか？」

火曜日の放課後。俺はミサトとメルトを連れて〈初ダン〉へと向かっていた。

ミサトがこれからの予定を聞き、メルトが眉を顰(ひそ)めてこちらを向く。

ちなみにメルトが呼び捨てになっているのは昨日の議論の末に友情が芽生えたからだ。

しかし、メルトの心配はもっともだった。

学園がある日は時間が無いためまともにダンジョン探索ができない。

できなくはないが、たった４日程度でＬｖ30に到達するビジョンをメルトは描けない様子だ。

それは仕方ない。まだ彼らは一般人。〈エデン〉流レベル上げを知らないのだから。

だが、〈馬車〉と〈裏技〉があれば可能だ。

それをこれから見せようと思う。

現在ミサトは【セージLv23】、メルトは【賢者Lv18】だ。

2人の〈育成論〉を見せてもらい、実際のステータスを確認したところ、さすが賢者と言わざるをえない完成度だった。

下級職のみの〈育成論〉だったけどな。

さすがにLv100到達者がいない、いたことが無いこの世界で上級職Lv100という未知を予想することは賢者にもできなかった。

故に、2人の〈育成論〉も少々抜けが見られた。想定が厳しかったのだ。

この〈育成論〉ではギルドバトルはよくても上級ダンジョンでは苦戦する。

2人の〈育成論〉は下級職Lv75の時の自分を想定しており、上級職は認識から外れている。しかし、それではいけない。しっかり上級職Lv100の自分を想定しなければ今後苦しくなるだろう。

ということで昨日は2人と、主にメルトと大きく語り合ってしまった。

さすがにまだLv100とかの情報は渡していないが、こういう予想で上級職のLv100を想定するという考え方は伝授できたと思う。

そのおかげで俺の〈最強育成論〉と2人の〈育成論〉がハイブリッドされた素敵な〈育成論・改〉が完成した。メルトが真面目そうな顔をして子どもみたいに目をキラキラ光らせていたな。ミサトが『メル君のレア顔!』と言って再びキュッと絞められていたのはご愛嬌。

後はレベル上げをして〈育成論・改〉をなぞれば良いだけである。

この4日で出来る限りLvを上げまくる。それが2人のすべきことだ。

「スケジュール的には、今日で〈デブブ〉を攻略、明日で〈バトルウルフ〉を倒すぞ。木曜日までに

「Lｖ25まで上げて初級上位(ショッコー)の入場条件をクリアしたら金曜日で一気にLｖ30まで持って行く」

「デタラメだな。しかし、ゼフィルスが可能というのだから可能なのだろうが」

「後は運も必要だけどな。しかし、出来なくは無いはずだ」

気になるのは他の同級生との遭遇だが、1組のミサトがまだLｖ23だ。初級中位(ショッチュー)へコマを進めている同級生はまだかなり少ない。運が良ければ誰とも遭遇せずにボスを周回できるだろう。もちろん見張りも付ける。

ボス周回がバレるのは俺も避けたいところだからな。

え、ミサトに教えてもいいのかって？　ミサトは〈エデン〉のメンバーに決定しているので問題無い。むしろ〈公式裏技戦術ボス周回〉で急速レベル上げが可能な〈エデン〉を見てどう思うだろうか？　ふふふ、反応が楽しみである。

「ゼフィルス殿、お待ちしておりました」

「待ちわびたデース！」

「別にそんなに待ってないから安心していいわ。パメラは新しいメンバーが気になるのよ」

〈初ダン〉に入ったところでエステル、パメラ、シエラが待っていた。

俺はメルトを迎えに8組に行っていたので先に行っててもらった形だ。

とりあえず、初対面の人も居るので自己紹介からだな。

「紹介しよう。新しく加入(い)したミサトとメルトだ。ミサトは同じクラスだから面識があるよな？」

「でも改めて自己紹介させてもらうね。昨日から一時加入したミサトです、職業(ジョブ)は【セージLｖ23】。ポジションはヒーラーだよ」

「メルトという。〈戦闘課1年8組〉に在籍し、職業(ジョブ)は【賢者Lv18】。ポジションは後衛全般だが、主に魔法アタッカーだ。よろしく頼む」

ミサトとメルトの紹介が終わると今度はエステルたちだ。

「メルトに紹介しよう。うちの最強の物理アタッカーエステル、斥候からアタッカー、タンクまでこなせる万能忍者のパメラ。そして〈エデン〉最強の盾、シエラだ。今日の助っ人を頼んでいる」

面識の無いメルトに彼女たちを紹介する。

シエラからは何よその紹介は、と言わんばかりのジト目で見られてしまったが問題無い。むしろ久しぶりのジト目に心地よいまである。ありがとうございます！

エステルたちの自己紹介も終わり、時間も無いのでそのままダンジョンに入る事になった。

そこでシエラがメルトたちにアドバイスを送っていた。

「多分最初はビックリすると思うわ。でも早く慣れた方が身のためよ」

いったいなんのことだかわからんなぁ。


「これが、〈ダンジョン馬車〉か。噂以上だ」

「すっごくはやーい！　そしてモンスターをケチらしてくー！」

馬車に驚き、その速さに驚き、モンスターを蹴散らして進むその効率の良さに唸っていた。

メルトたちの反応は面白かった。

さらに最奥に着いてからもメルトたちは驚いていた。

今回パメラにはボス周回を見られないよう見張りをお願いし。

基本俺が指導する形で〈デブブ〉を狩った。

そしてリポップ。来たれ〈公式裏技戦術ボス周回〉!

その反応は二つに分かれた。喜ぶように「すごいすごい」と飛び跳ねる者と、疲れたように「はぁぁ」と深い溜め息を吐く者だ。

もちろん前者がミサトで後者がメルトだ。

ふっふっふ、すごかろう?

「ミサトよ。〈エデン〉にはもっと隠された秘密がいっぱいあるんだ。正式加入すればミサトもその恩恵にありつけるんだぜ? ニッヒッヒ」

「くぅ、ゼフィルス君がすごい悪い顔をして勧誘を迫ってくるよ!」

「ゼフィルス、どこの誰の真似だそれは?」

まあ演技だ。

とりあえずミサトの正式加入のお誘いは継続している。

ミサトの目とウサ耳が揺れ動いているのが面白い。

実は一時加入でしかないミサトに、〈公式裏技戦術ボス周回〉を見せても良いのですかとセレスタンから聞かれたのだが、将来的にミサトは〈エデン〉に加入してもらうつもりだし。もしなんらかの理由で加入しない場合でもミサトは安易にバラしたりしないだろうから問題無しとした。

正直、上級に行けば結局人はいないので〈公式裏技戦術ボス周回〉が漏れていても問題無かったりする。今だけ秘密であればそれで良いのだ。

今回のボス周回は放課後ということもあって他の学生との遭遇は無かった。

さすがに放課後でボス部屋まで来るのは非常識だっただろうか？　だったかもしれないな。

「かもでは無い。非常識だ」

「メルトもハッキリ言うなぁ」

〈エデン〉で貴重な男子であるメルトとはすぐに打ち解けた。というか友になった。

すでにこんなにハッキリものを言う仲である。

「それでメルト、Ｌｖは？」

「……【賢者Ｌｖ20】だ。たった1日でＬｖが2も上がったぞ」

「そいつは何よりだな」

「はぁぁぁ。……そうだな」

今の溜め息は色々受け入れた溜め息かな？

放課後、そして相手が時間の掛かる〈デブブ〉ということもあってＬｖは2しか上がらなかったようだが、とうとう二段階目ツリーが解放されるＬｖ20を突破したメルト。

しかし、その表情は優れない。眉間に皺が寄ったままだ。なぜだろうか？

ミサトはあんなにはしゃいでいるというのに。

「ねぇねぇゼフィルス君。Ｌｖが25になったよ！　最近伸び悩んでいたのに一気に2も上がっちゃった！」

ミサトも【セージＬｖ25】になったらしい。

おそらくミサトはＬｖ24に近いＬｖ23だったのだろう。メルトよりも必要経験値が多いはずなのにこの短時間で2もＬｖを上げていた。

「明日は〈バトルウルフ〉だ。〈デブブ〉より戦いやすいからより経験値を稼げると思うぞ」

「なに？　〈バトルウルフ〉は強敵だ。この前のダンジョン週間では多くの学生が〈救護委員会〉のお世話になったと聞くぞ」

「戦術があるんだよ。今日もやりやすかっただろ？」

「……そうか。では明日も頼む」

「おう。任せとけって」

なぜか何かを諦めたような表情でメルトが頭を下げたのでとりあえず請け負っておく。

シエラのジト目が絶好調だ。

俺も絶好調である。


水曜日昼休み。

サターンたちとギルドバトルの摺り合わせを行う。

何しろ〈決闘戦〉である。

〈決闘戦〉はそのギルド同士が報酬を出し合い、それを賭けてギルドバトルをする。

そして勝った方が報酬を総取りできるのだ。

ということで何を賭けるのかの摺り合わせをする。

〈天下一大星〉はEランクギルド。つまり初級ダンジョンを制覇している。

しかし、中級ダンジョンを攻略したわけでは無い。

つまり賭けるものが乏しかったのだ。

元々「この嫉妬を勇者にぶつけたい〈天下一大星〉」と「これ以上絡まれるのも面倒なので受けることにした〈エデン〉」。

勇者を賭けると衛兵にしょっ引かれてしまうので、さてどうしようというところ。

結局今日は持って帰ることになり、明日改めてということになった。

放課後はまたダンジョンだ。

昨日と同じメンバーで〈小狼の浅森ダンジョン〉に入り、〈バトルウルフ〉狩りに勤しんだ。

〈バトルウルフ〉が俺を見るとなぜか尻尾が力なく下がってしまうのが気になるところだ。

結果ミサトが【セージＬｖ27】、メルトが【賢者Ｌｖ23】になった。メルトは眉間に皺を寄せていたが順調順調。

シエラがなぜかメルトを見て私も通った道よみたいな表情で頷いているのが解せない。

思い切って聞いてみると。

「分かってくれる常識人が加入してくれて嬉しいわ」

そんな答えが返ってきた。どういう意味だろう？　わからんな。

明けて木曜日放課後。

「では〈エデン〉からの要求は『不当な理由で絡んでこないこと』ですわね。もし破りましたらペナルティとしてこれくらいを請求させていただきますわ」

「ちょ、ちょっと待ってほしい。これは横暴ではないか⁉」

〈天下一大星〉との摺り合わせは〈エデン〉の頼れる軍師、リーナにぶん投げた。

そしてリーナが交渉で言ったのが先ほどの言葉だ。

恐ろしい。何が恐ろしいってリーナが言う『不当な理由』の具体的な基準が無いことが恐ろしい。

これでは言いがかりし放題である。

なるほど。単純に物を報酬とするのではなく、ペナルティと称して永遠に巻き上げるつもりか。物を報酬にしたらその1回で終わってしまうからな。リーナ、恐ろしい子。

というかリーナ怒ってる？　何故だか目の前のポリスに対する当たりが強い気がするのだが。

「何を言っているのですか？　そもそもあなた方が嫉妬に狂って〈エデン〉に不当な要求を突きつけたのでしょう？　〈エデン〉も迷惑しておりますし、これは必ず呑んでいただきませんと。また絡まれてはたまりませんもの」

嘘です。巻き上げる気満々です。でも迷惑とは思っているのか。

「ぐぬぬぬ。で、ではペナルティをもう少し減らしてはくれないか。それに『不当な理由』というのも具体的に明記してほしい」

「それが〈天下一大星〉の要求というのなら、お受けいたしますわ。その代わりあなた方が〈エデン〉に要求する報酬はその分低くなりますが、よろしいですわね？」

「そ、それは」

「そうですわね。これくらいでいかがでしょう？」

「…………」

リーナが提示したのは『初級ダンジョン〈銀箱〉産アイテム二つ分』。

〈天下一大星〉が勝ったときにゲットできる報酬は『初級ダンジョン〈銀箱〉産アイテム二つ分』の

価値までということだ。

〈15人戦〉、しかも〈総力戦〉の報酬としてはとんでもなく微々たる報酬だった。

「報酬を釣り上げたいのであればそれなりの誠意をみせていただきませんといけませんわ。〈エデン〉は当然の主張をしているまでですから」

完全にリーナのペースである。

ポリスの口からはエクトプラズムが見えるかのようだ。

結局『不当な理由』の具体的な明記をする代わりにペナルティを釣り上げ、〈エデン〉から出す報酬も『初級ダンジョン〈金箱〉産三つ』で手を打つことに決まった。

〈天下一大星〉的には俺を負かせば良いはずだが、報酬が軽いわけにはいかないようだ。

正直初級ダンジョン〈金箱〉産で使わない物なんてかなりあるので懐は全然痛まない。

プラス負ける気も無いので全然問題無い。彼らがあの額のペナルティを支払えるのかが心配になるところだ。

まあ、大人しくしていればペナルティを支払う事も無いから、これにて騒ぎは落ち着くだろう。

さすがはリーナだ。リーナに任せて良かった。

金曜日。

今日は臨時講師の日だ。

先週はダンジョン週間でお休みだったためなんだか久しぶりに感じる。

前回、もう2週間前か。

確か人数がドドンと増えたために教室に入りきらなくなって講堂で授業を行ったんだった。

そして〈転職〉についてをテーマに語ったと思う。

ちょっと爆弾過ぎてあちこちで波紋を呼んだというのも聞いた。

メルトが在籍していたBランクギルド〈金色ビースト〉のように先走って無計画に〈転職〉をした者が現れているというのも聞いている。そこは少し問題だな。

学園長にはさっさと〈転職〉の新しい制度を作ってほしいものだが、まあさすがにまだ〈転職〉がどういう影響を及ぼすのかなど不明な点が多い。

制度確立にはまだまだ時間が掛かるだろう。俺も手伝って貢献したいと思う。

さて、今日の授業だが、俺の仕事は〈育成論〉を教えること。

〈転職〉するのは良いが、〈育成論〉を知らなければ勿体ない。そう勿体ないのだ。

せっかく高位職になるという切望を叶えたというのに、育成に失敗すればなんの意味も無い。

〈ダン活〉の、とあるプレイヤーはこう言った。

「職業（ジョブ）とは就いただけで終わらず。就いてからが本番である」

ゲーム〈ダン活〉時代の有名な格言だ。攻略サイトの上にデカデカと書いてあった。

そんなわけで、俺は〈育成論〉と、計画的な〈転職〉のやり方についても、今日は教えていきたいと思う。

後は、今日から新しく2年生と3年生の受け入れも開始した。

そしてお偉いさん方の受け入れはお断りした。

俺が教えるのはあくまで学園の中だ。学園の学生たちに向けて、少しでも全体の水準を引き上げ、楽しく学園生活〈ダン活〉を送りたい。

学園外のことは学園長に任せてあるので俺が関わることはしない。

そのために学園の教員を15名まで参加可とした。外のことは彼らが持ち帰って何とかするだろう。

聞いた話では、この15席を取り合って教員の間で色々あったらしい。

何があったんだろうか？

また、2年生と3年生の受け入れを開始したのは〈転職〉の正しい知識を広めてほしいためだな。

〈転職〉の対象となるのは、当たり前だが上級生だ。

1年生はすでに『モンスターの撃破』条件をクリアしているため、今〈竜の像〉に行ってもそうそう新しい職業（ジョブ）は発現していないだろう。

つまり〈転職〉はしない。関係ない。

しかし上級生は別だ。

高位職の職業（ジョブ）が発現している可能性は決して低くはない。

そりゃ〈転職〉したいという人は多いだろう。

しかし無計画に〈転職〉してしまえば以前の「〈転職〉したら詰む」状態だ。

自己責任ではあるが、話が違うとこちらに突っかかられても敵（かな）わないのでしっかりとした知識を伝える。ほら、〈転職〉は怖くないよ？

問題なのは講堂がかなり狭くなってしまったところだな。

「調べてみましたが、1年生150名、2年生75名、3年生75名、教員15名でした」

「セレスタンは本当にどこからその情報を持ってくるんだ？」

まあ募集人数、つまり枠は決まっていたからそれを見ればいいだけなのだが、セレスタンだとそれも確認せず、ぱっと見で講堂全体の人数を把握してそうで怖い。

いや、優秀なのは良い事なのだが。

ともかく合計３００人強。前回よりもさらに多い。

これ、毎週増えていくやつじゃないよな？

一応メルト曰く〈育成論〉は広まりきったらしいのでこれ以上は増えないと思いたいが。

さすがにこれ以上の受け入れは難しい。あとで学園長にもそう言っておこう。

俺は一度深く息を吐き、身体の中の空気を入れ換えると気を引き締めて講堂に入室した。

「授業を始める。まずは前回の〈育成論〉のおさらいだ。例とする資料もいくつか持参してある。まずはこれを見てほしい」

上級生は今日から参加なので、前回の復習もかねて最初から〈育成論〉を説明する。

第一回から参加している子たちには退屈かもしれないが、〈育成論〉とは何度聞いてもいいものだ。常に新しい発見がある。見えていなかった可能性がある。

同じ説明のはずなのに、２回目、３回目の説明を改めて受けた時にインスピレーションが起こることもあるのだ。

一応前回、前々回とは別の資料も持参したので退屈はごまかせると信じたい。

「同じ【ソードマン】でも、スピード型のＡに育てた場合とパワー型のＢに育てた場合ではメインとなる『スキル』運用が異なる。それぞれに長所があり、短所がある。そこら辺は自分の好みも関わってくるが、自分のパーティの構成と役割を念頭に置いて組むべき点だ。あとパーティは常に変動する。

特定の職業(ジョブ)の子がパーティにいる前提でステ振りするのはやめよう。どのパーティに参加しても役立てるよう自分の役割(ポジション)を常に考えることを勧める。とはいえこれにも例外はあるが――」

〈育成論〉の考え方を色々な視点で教えると３００人が一斉にメモを取る。

俺は様々なパターンを想定し、説明していく。

中級ダンジョン以降はギルド単位での攻略になる。

パーティは常に入れ替わるため、基本どんなパーティにも合わせられるステータスの方がギルドとしてもありがたいのだ。

自分だけが強くても〈ダン活〉は攻略できない。その辺の考え方をよく教えていく。

もちろん例外もあるのでその辺も添えて説明。うーん、俺、教師っぽい。

「失敗例の一つを見せよう。このステータスを見てほしい。この人は個人で強かった。〈初心者ダンジョン〉でも初級下位(ショッカー)でもソロで突破できた。それゆえにステータスがソロ特化仕様になってしまったわけだ。その考え方がこびり付き、パーティを組むようになっても考え方が抜けずワンマンプレイ。結局この人は中級下位(チュカ)でリタイアした。中級以降はソロでの攻略は絶対できない。ワンマンプレイのステ振りは身を滅ぼすから避けよう」

時には失敗したステータスを見せ、なんで失敗したかなどを説明していく。

この失敗例は結構多く、高位職に目立つやっちまったプレイとしてリアル〈ダン活〉でよく起きていることだった。

強いというのも考えものだな。

変に強いから途中まで他の手助けを必要とせずにやってこれてしまった。その驕(おご)りが後々首を絞めるのだ。

たとえ多少弱くなってもパーティ単位で行動出来るようにステータスを作る。それが上へ行く考え方だ。

その後の質問の時間ではほぼ全員が手を挙げた時は困った。

1人目から「〈エデン〉に加入するにはどうすればいいですか」なんて質問をするもんだからもっと困った。

あの上級生は【錬金術師】とのことだけど、うちにはハンナが居るからな。

熱意がやたら凄かったけど、「〈エデン〉は今枠がいっぱいで募集はしていないんだ」と言ってお茶を濁した。

膝から崩れ落ちていたが大丈夫だろうか？

第14話
学園・情報発信端末・誰でもチャット掲示板19

863：名無しの神官2年生

速報！
不審な集団が黒装束の集団にしょっ引かれた！

864：名無しの魔法使い2年生

私もギリギリ現場にたどり着けたのだわ。
さすが〈秩序風紀委員会〉ね。
見事な手際だったわ。
王女親衛隊のメンバーもかなり混じっていたようだけど、
いったい何があったのかしら？

865：名無しの大槍1年生

俺は最初から見てたぞ！
しょっ引かれたのは、あの有名な〈天下一大星〉だ！

866：名無しの商人1年生

え、あの有名な？

867：名無しの調査3年生

最近急激に勢力を伸ばしていた1年生ギルドね。
1年生三強ギルドの一つとして最近話題に上がっていたのは記憶に新しいわ。
勇者君が直々に鍛え上げていたギルドとしても名が知れているわね。
前々から勇者君に反発してるというのは知らせていたと思うけど、
今回の騒ぎはどうもそれが大きく爆発した結果みたいね。

女の子にモテる、1年生最強ギルドのリーダーである勇者君に、
嫉妬に狂った男子たちが〈決闘戦〉を挑んだのよ。

868：名無しの盾士1年生
うわ、かっこ悪い。

869：名無しの狸盾1年生
そういうの良くないと思います。

870：名無しの歌姫1年生
女の敵です。

871：名無しの神官2年生
そこに登場した〈秩序風紀委員会〉率いる王女親衛隊リーダー様に
よって〈天下一大星〉は鎮圧された、という訳さ。

872：名無しの盾士1年生
キャーかっこいい！
さようなら〈天下一大星〉！

873：名無しの商人1年生
豚箱の中でお幸せに！

874：名無しの女兵1年生
さすがは私たちのボスです。

875：名無しの剣士2年生
女子からの評価が辛いっすね!?
でも、生徒指導室送りになっただけっすから、
すぐに釈放されると思うっすけど。

876：名無しの調査3年生
　そうね。
　今注目を集めているギルドだし、
　インタビューの準備をしておかないとね。
　釈放後、突撃してみるわ。

877：名無しの剣士2年生
　やめて差し上げるっす！　世間的にも死んでしまうっすよ!?

878：名無しの神官2年生
　もう遅い。

226：名無しの神官2年生
　ふ、再び速報だ！
　あの有名な〈天下一大星〉がまた勇者に挑んでしょっ引かれた！

227：名無しの剣士2年生
　またっすか!?　昨日の今日っすよ!?

228：名無しの大槍1年生
　ビックリするほどの散りざまだった。
　俺、ちょっと笑っちゃったぞ。

229：名無しの神官2年生
　まあ男として彼らの気持ちは分からんでもない。

230：名無しの商人1年生
　分かっちゃうんだ。

231：名無しの神官2年生
　同情はしよう。男オンリーのギルドは辛いらしいからな。

だからといってなぜ勇者君のギルドに突撃したのかは分からんが。

232：名無しの大槍1年生
〈天下一大星〉の未来に幸あれ。

233：名無しの剣士2年生
無理じゃないっすか？
女子の冷ややかな視線が半端ないっすよ？

234：名無しの神官2年生
今日の〈秩序風紀委員会〉と王女親衛隊の鎮圧は過激だったからな。
ありゃ過激派が何人かいたな。〈天下一大星〉のリーダーや
幹部たちはビンタ食らったうえで〈スタンロッドアウト〉で
気絶させられ、さらに地面に引き摺られて連行されてったぞ。

235：名無しの支援3年生
さもありなん。
彼女たちからすれば昨日の今日で騒ぎを起こされて
面子（メンツ）を潰された形だ。
それはもう怒り心頭だろう。
あまりの迫力に、味方であるハズの同じ委員会の男子たちが
我先にと逃げ出したそうだ。
今回の指導は前回とは比べものにならないものとなるだろうな。
〈天下一大星〉の面々が廃人になってしまわないか心配だ。

236：名無しの女兵1年生
そこら辺は……大丈夫じゃないかも知れないわ。
ボスがとりなしているけど、周りが止まらなさそうなのよ。
戻ってきた〈天下一大星〉は別人になっているかも知れないわ。

237：名無しの大槍1年生
て、〈天下一大星〉の未来に幸あれ！

238：名無しの支援3年生
こほんこほん。話題を変えようか。
この話は危険な匂いがしてきた。

239：名無しの調査3年生
そうね。
では今回の件で気になることがあるの、
聞いても良いかしら、賢兎さん？
なぜ賢兎さんは〈エデン〉に加入しているのかしら？

240：名無しの錬金2年生
私もすごく、すごくすごくすごくすごくそれ気になっていたのよ。
聞かせてもらえないかしら、賢兎さん？

241：名無しの賢兎1年生
ビクッ。
か、加入じゃないですよ？　臨時加入ですよ。
一時的な加入なのでギルドバトルが終わったら脱退する予定ですよ？
だ、だから安心してください。錬金先輩？

242：名無しの錬金2年生
へぇ。そうなの。臨時加入なの。
でも〈エデン〉に籍を置いたことは認めるのね？

243：名無しの剣士2年生
ここにも嫉妬に狂いそうな方がいるっす!?
全然話が変わって無いっすよ!?

244：名無しの賢兎1年生
わ、わかりました。
ではこれまでの経緯をお伝えさせてもらいます。
く、くれぐれも冷静にお聞きください？

245：名無しの錬金2年生

あなた次第よ。

246：名無しの剣士2年生

お願いっすから錬金さん、しょっ引かれないでくださいっすよ！

358：名無しの錬金2年生

判決を行うわ。ギルティorノットギルティ！

359：名無しの盾士1年生

ノットギルティかな。

360：名無しの商人1年生

ノットギルティね！

361：名無しの魔法使い2年生

私もノットギルティよ。
不純な動機はなしと判断したのだわ。

362：名無しの狸盾1年生

い、異議無しです。

363：名無しの歌姫1年生

ノットギルティ。
異議無しですね。

364：名無しの女兵1年生

安心して賢兎さん。あなたは私たちが必ず守ると誓うわ。

365：名無しの剣士2年生

皆さん、自分たちも〈エデン〉に加入出来る可能性があると示された途端掌(てのひら)返したっすね!?

366：名無しの錬金2年生
うるさいわ剣士。
それで賢兎さん。あなたのスカウトの腕を見込んで
頼みがあるのだけど？

367：名無しの賢兎1年生
は、はい！
〈エデン〉下部組織(ギルド)設立の発案と、それに伴う大規模面接の開催、
この賢兎が責任を持って勇者君に提案いたします！

368：名無しの錬金2年生
私は優秀な後輩がいて幸せよ。
賢兎さん、仲良くしましょうね？

369：名無しの賢兎1年生
は、はい！　私も皆さんと仲良くしたいです！

370：名無しの剣士2年生
こ、これが女の友情なんっすか……。

55：名無しの調査3年生
今日の錬金ちゃんはチャレンジャーだったわ。
みんなの聞きたいことランキングナンバー1を堂々と聞いてたわね。

56：名無しの剣士2年生
あれで崩れ落ちた人が多かったっすからね。
勇者さんの答えで半分くらいの人が手を下げてたっす。
勇者さん苦笑いしていたっすよ？

57：名無しの神官2年生

結構ここの住人が勇者君の授業に参加できていたみたいだな。
さすがに人物特定はNGだが、
錬金は秒で発覚してて笑いを堪えるのに苦労したぞ。
なんか300人中の1番目の質問者に選ばれてるし。

58：名無しの剣士2年生

それで件の錬金さんは大丈夫っすか？
膝から崩れ落ちていたみたいっすが？

59：名無しの錬金2年生

大丈夫よ。私にはまだ奥の手があるの。

60：名無しの盾士1年生

例のあれね。楽しみだわ。

61：名無しの商人1年生

時期を見計らってになるけどね。
今月は荒れそうね。

62：名無しの錬金2年生

今日はダメだったけど次が本命よ。
このチャンスは逃せないわ。落ち込んでいる暇はないの。
逆に勇者君と話せたんだもの。今の私は力が漲（みなぎ）ってる！
負ける気がしないわ！

63：名無しの剣士2年生

そ、そうっすか。
勇者さんに迷惑だけは掛けないようにするっすよー。

第15話　ハンナがお嬢様方からハンナ様と呼ばれている件。

「あれは、ハンナ様、ハンナ様よ！」

「ああ、今日もたいへん可愛らしくおいでだわ」

「夏服がとても可愛らしいですわね」

「学園がお休みの日にハンナ様に出会えるなんて、今日は良い日ですわ」

なんだこれ？

俺は自分の目と耳を疑って目を瞑り、一旦目頭を押さえて脳みそを空っぽにするともう一度前を向く。

「これからどちらに向かわれるのでしょう？」

「錬金工房でしょうか？　土曜日は見学できましたかしら？」

「ハンナ様の錬金姿はいつ見ても目の保よぅ……んん、勉強になりますものね。わたくし、今日の予定をキャンセルして見学に向かおうかしら」

「わ、私も付いて行きたいですわ」

おかしいな。

さっきと状況が変わっていない。

回りを見渡すと、みんな女の子ばかりだ。

それもどこかのお嬢様的な方ばかり。みんな片手を頬に添えてオホホと微笑んでいるかのようだ。

いや、オホホがお嬢様なのかはわからないが。

そしてその視線の先、話題の先には悠々と歩く、1人の女子学生の姿があった。

俺もよく知っている、〈エデン〉のメンバーであり、唯一の生産職であり、そして俺の幼馴染でもある、ちょっと幼い感じの女子。ハンナだった。

6月ということもあって衣替えをし、夏服になって健康的な肌がチラチラ見える。

本日土曜日。今日は例のギルドバトルがある日だ。時間は午後4時から。

つまり、午後4時までは時間があるということ。

ということでギルドに集合するのは午後からとして、午前中はみんなで思い思いに過ごすこととなっていた。

俺はというと、色々と準備したい物もあり、買い物に出向こうと思っていたところ、それなら一緒に行こうとハンナに誘われて今日は2人で買い物へ行くことになっていた。

ハンナを1人にするのも心配に思っていたところなのでこれは渡りに船だ。

ここまではいい。

問題はここからだ。

女子寮までハンナを迎えに行ったところ。

ハンナがちょっと大きな、なんか高級感ある女子寮から出てきたところから始まる。

ちなみにだが寮にはいくつかグレードがある。

貴族の子が中心に生活している貴族舎。

平民が使っている男子寮、女子寮。

そして、ちょっとお金持ちな商家の子など平民の中では裕福な子が生活する、ちょっと上のランクの、福男子寮と福女子寮だ（なぜフクフクなのかは知らない）。

このちょっと上の福男子寮、福女子寮というのは完全個室で、さらに生活レベルも普通の男子寮、女子寮より上だ。

食事は豪華だし、部屋は広いし、個室だし、設備も整っている。

そんな場所からハンナが出てきたのだ。

これはどういうことかというと、実はハンナ、5月2日の時点で1年生代表に選ばれたり、学園で起こったトラブルを解決したりと色々学園に貢献したらしく、その報酬としてこのちょっとランクが上の福女子寮を使わせてもらえることになったのだ。つまりお引っ越ししていたのである。

ハンナご本人は、「でっかい個人用倉庫があってね、そこにアイテムとか置くことができるんだ。これで部屋を溢れさせなくて済むよ〜」と言って笑っていた。

その倉庫がパンドラの箱にならないことを願うぜ。

まあ、ここまでは俺が知っている範囲だ。ハンナはちょっと裕福な子が住む寮にお引っ越しした。

ここは問題無い。問題なのは、

「わたくしちょっと小耳に挟みましたの。ハンナ様は本日ギルドバトル〈決闘戦〉にご参加なさるのだとか」

「なんですって！　それは本当なんですの⁉」

「大変！　アリーナの席をすぐに買い求めなくては！　チケットがすぐに無くなってしまいますわ！」

「ああ、なんてこと。生産職にも拘わらず戦闘職の〈決闘戦〉に参加されるハンナ様が凜々しくて眩しいですわ」

ハンナが歩くだけで周りに居る福女子寮の子と思われるお嬢様たちがテンション上げ上げになっているところだ。

ハンナはいったい何をしたんだ？

「ゼフィルス君お待たせ～おはよう～」

周りのことに気がついているのかいないのか、ハンナがのほほんとした空気で声を掛けてくる。多分これは気がついてないな。幼馴染の俺の勘がそう告げている。

とりあえず挨拶を返そう。

「ああ。俺も今来たところだから気にするな。おはようハンナ」

瞬間、お嬢様方の視線が一瞬でこちらを向く。ちょっと冷や汗が流れた。まるで品定めされているかのようにジロリと見られている。しかし、

「あ、あれは勇者様？」

「本当！　勇者ゼフィルス様ですわ」

「ほ、本物ですわね。ごくり」

「まさか、ハンナ様は勇者様と待ち合わせを⁉」

「それ以外にあり得ませんわ。ああ、なんて尊い」

「絵になりますわ～」

しかし、一瞬で品定めのような視線は払拭された。

なんかよくわからないが助かった。

すぐにここから立ち去りたい。

「じゃあ早速行こう。とりあえず料理専門ギルド〈味とバフの深みを求めて〉に行くけどいいか？」

「うん。大丈夫だよ。次は私の買い物に付き合ってね」

そう軽く交わし、俺たちはC道へと向かう。

後ろから、お嬢様のものと思われる好奇の眼差しに見送られて。


C道に行く道すがら、ハンナに聞いてみた。

最近の最大の疑問を。

「ハンナさ、最近ハンナ様ハンナ様って呼ばれてないか？」

例のギルドバトルの相手さんもハンナ様って言ってたし気になるところなのだ。

「へ？　あーうーん。確かに呼ばれているかも」

理由を聞いてみると。ハンナはちょっと話しづらそうながらも話してくれた。

「この前ね、〈ハイポーション〉と〈魔石（中）〉が足りないーってクエストがあってね。それを納品したらなんだか騒がれちゃって」

「あー、有ったなそんなクエスト」

ちょうどダンジョン週間中のことである。

俺が忙しくみんなをキャリーしていた時、ハンナからクエストやっていい？　と尋ねられたことがあったんだ。

納品クエストで、納品物が〈エデン〉で埃（ほこり）を被っている〈ハイポーション〉と〈魔石〉ということ

で、いいぞーと適当に許可した覚えがある。

「でね、個数が問題で、実は〈ハイポーション〉1万個、〈魔石（中）〉10万個の納品だったの」

「……ん？」

おかしいな。俺が思っていたのと桁が四つくらい違う。

「なんだかね、学園で凄くポーションが足りなかったんだって。上級攻略？ っていうので使うらしくって、1年生や2年生が使うポーションがなくなっちゃったって言ってた」

確かに、「凄く困ってたんだよー、助けてあげて良いかな？」ってあの時ハンナに説得された覚えがあったが、え？ それ〈学園救済クエスト〉だぞハンナ！ ただの納品クエストじゃないぞ⁉

〈学園救済クエスト〉とは、物流が滞る系のクエストのさらに上位のクエストで、時期はランダムだが、何らかのイベントが原因で発生。素材やアイテムが売り場に無くなってしまうのだ。

これを放置すると巡りめぐって他の素材なんかの購入にも支障を来し、売店やオークションなどが1ヶ月閉鎖されたりもする。

その代わり、クエストを達成すると特大の名声値がプラスされ一気に〈姫職〉キャラスカウトへと近づく超重要クエストでもあった。

マジで？ 全然気がつかなかったんだけど！

しかも桁がやべえぞ⁉ ゲーム時代でもこんな桁は聞いたことが無い！

俺が知っているのでもせいぜい千個台だったのに、10万個だと⁉

「やべえじゃん！ 早く数を揃えないと！」

「へ？ あの、実はもう終わっていたり」

「……ん?」

「え、えへへ?」

ん～。ん?

俺はハンナの言葉の意味を呑み込むのにしばらく掛かった。

えっと? もう終わってる?

〈ハイポーション1万個〉と〈魔石(中)10万個〉の納品が終わってる??

「……んん? え? マジで?」

「えと、うん。〈魔石(中)〉は私持ってたし、〈ハイポーション〉については素材の〈上薬草〉は学園のものを使っていいって言われてたから。私のポケット魔石から〈魔石(中)〉をさらに1万個使って作っちゃった。そしたらね、なんかみんなの様子がおかしくなっちゃって」

ポケット魔石というパワーワード。

おう……。聞き間違えじゃ無かったようだ。

俺は思わず目頭を揉んだ。

〈魔石(中)〉を作るには〈魔石(極小)〉が8個も必要だ。

さらに〈魔石(中)〉は、普通そう簡単にモンスターからはドロップするものではない。普通なら、そう簡単に揃えられる物じゃ無いんだが………。

ハンナよ、それはな。生産無双って言うんだぞ?

もしかしてこれって、得られるはずだった特大の名声値が全部ハンナに行ってる?

いつの間にか、知らないうちにハンナが〈学園救済クエスト〉をクリアしていた件。

そりゃ、ハンナ様って呼ばれるようになるわ！

おそらく多くの学生たちを助けたであろうハンナ。

俺はその話の実態を聞いて、しばらく何を言おうか迷った後、全て呑み込んだのだった。

これは後で別に聞いた話なのだが、ハンナは小さくも一生懸命でさらに超優秀な【錬金術師】、さらにはあの〈エデン〉の一員であり、もっと言えば俺を差し置き学年トップのＬｖであったことも起因して、生産専攻の校舎では学生たちから尊敬を集め、今ではハンナ様呼びが定着してしまったらしい。

住んでいるところもお嬢様が住まう福女子寮ということもあって、学生たちはハンナを上流階級のお嬢様だと思っているとも聞いた。

ハンナは村人だよ!?　むっちゃ一般人です！

「ふう。色々驚きまくったが、とりあえずあれだ。〈学園救済クエスト〉クリアしてくれてありがとなハンナ。マジで助かった」

「なんでゼフィルス君が感謝するの？」

「……ノリで？　まあ、ハンナ、お疲れ様」

「うん」

ハンナ様呼びの謎も解けたことで俺とハンナは買い物を済ませ、午後一番でギルドへ向かったのだった。

第16話　作戦会議？　「いい？　叩くのは頭よ。私はメイスで叩くわ」

「ゼフィルス！　やっと今日という日が来たわね、待ちわびたわよ！」

「ラナは燃えてるなぁ」

「何言ってんのよ！　私だけじゃなくみんな燃えてるわ！　ゼフィルスを引き抜こうとした罰をきっちり受けてもらうわ！」

土曜日の午後。

やってきましたギルドバトル！

ギルドへ顔を出したら開口一番ラナが気炎をあげていた。

周りを見ると、なるほど女子たちから何か波動が感じられた。みんな本気だ。

今日の相手は〈天下一大星〉。とある事情でギルドバトルを仕掛けてきた。

しかも今回は〈総力戦〉だ。

今まで〈5人戦〉というチマッとした練習ギルドバトルしかしていなかったが、なんと今日は全員参加である。

まあ本気の理由はそれが原因ではないのだが。

とにかく仕掛けてきた理由が、彼女たちの癇に障ったらしい。

珍しくシエラも熱くなっているくらいだ。

「ゼフィルス。早速打ち合わせがしたいのだけど、ちょっと来てくれるかしら。リーナと、それとメルトもいい？」

「問題無いぞ」

「はい。わたくしも構いませんわ」

「こちらも問題無い」

シエラが軍師と賢者も囲い込み打ち合わせを行う。

ちなみに【セージ】のミサトはまだ来ていない。

それにしてもちょっと意外だった。メルトはてっきりミサトと一緒に来るものと思っていたのだが、聞いてみたら納得だ。単純にミサトは福女子寮でメルトは貴族舎に寝泊まりしているだけだった。寮が違うので基本２人は別行動らしい。

さて、〈エデン〉の頭脳たちが集まっての打ち合わせだ。議題はもちろん今日のギルドバトルのことである。

「まずは頭を叩きましょ。それでいくらかは正気に返ると思うわ。戻らなかったら戻るまで叩きましょ！」

「なんでラナがいるんだ？」

なぜか最初に話し始めたのは打ち合わせに参加していないはずのラナだった。

自然と入り込んでくるなぁ。いいけど。

というか頭を叩くって比喩ではなく物理の方？　それで直るのは昔の家電じゃないかと。

「採用しましょう。頭を叩いて正気に直るか試してみましょう。もちろん直るまでやるのよ」

「あれ？　シエラ賛成なの？」

おかしいな。聞き間違えだろうか？

しかし、俺の疑問の声はなぜかスルーされてしまう。

「保護期間で逃げられないよう足止めが必要ですわね」

リーナがまともな意見を述べる。そうだよ、そういう意見がほしいんだよ。

しかし、そう思ったのは最初だけだった。

「抵抗出来ないよう罠を仕掛けましょう。上手く掛かればタイムアップまでずっと叩くことが可能だと思いますわ」

「リーナ、君もか！」

何？　そんなに〈天下一大星〉の頭打っ叩きたいの？

「んん。頭を叩くうんぬんはこの際置いておこう。まずは配置や作戦のおさらいからだ」

この中でまとも枠のメルトがそう言って話の軌道を修正しに掛かる。

いいぞメルト。頑張れメルト。

「確かにそうね。作戦も無しじゃ前回の〈プラよん〉の二の舞よ。まずは追い詰めなきゃ」

「〈プラよん〉？」

ラナがとりあえず賛同した。メルトは前回のことを知らないので〈プラよん〉についてハテナマークが出ている。多分、知らなくてもいいことだ。

「こほん。作戦はしっかり練ってあるから。とりあえず資料を配るな」

「その作戦に頭を叩く項目を追加してもらえる？」

俺は今日のために作製した資料を配って説明していく。シエラまでいったいどうしたのだろうか。

とりあえず対人戦の項目に『頭を打っ叩け』の項目が追加された。

勝利とはなんの因果関係も無い。これって本当に必要なの？

しかし、〈エデン〉の頭脳人たちはメルトを除いて過半数が賛成なので可決された。

とりあえず俺も叩くとしよう。えっとグーで良いのだろうか？

シエラに目配せすると端的に答えが返ってきた。

「私はメイスで叩くわ」

とても痛そうだ。

ＨＰが仕事をしなければとんでもないことになるな。

「えっと、それはともかくだ。今回の作戦を聞いてほしい」

物理で殴るのは作戦とは言わないのでここからが打ち合わせの本番だ。

今までのはあれだよ。ウォーミングアップみたいなものだよ。

「後で皆にも説明するが、まず今回のフィールドは〈六芒星〉だ。この地図を見てほしい。注目すべきは巨城と本拠地だ。本拠地が北と南の三角の真ん中にある、この位置だな」

俺は〈六芒星〉フィールドの地図を出して指差して見せる。

六芒星の形は、六角形をベースに三角形が六つくっついた形をしている。

そして北の三角形と南の三角形にはそれぞれ本拠地があった。

「見て分かる通り、〈九角形〉や〈菱形〉とは違い、巨城が中央にある形をしている。東の三角形に2城、西の三角形に2城、そして中央に1城。計5カ所だ」

前に見た〈九角形〉、そして経験した〈菱形〉と今回の〈六芒星〉はかなり仕組みが違う。

——何しろ巨城の偏(かたよ)りが非常に少ないのだ。

今までのフィールドは東と西で巨城がかなり偏っていた。

本拠地が東と西にあったために、本拠地側にある巨城が取りやすい位置にあったのだ。

しかし今回は本拠地が北と南で分かれた。そして巨城は東と西だ。

確かに北に寄っていたり、南に寄っていたりはするが、〈六芒星〉という特殊な形が進行の邪魔をする。

つまり一度中央へ出て、回らなくてはいけない。ショートカットで真っ直ぐ行くことが出来ないのだ。

その分時間が掛かり、相手に差し込まれる危険が増す。

「まずはどの巨城を狙うか。この〈六芒星〉フィールドでもっとも重要なのはそこだな」

端的にまとめて説明していき、最後にどこが重要な部分なのかを認識させると、みんなから感心の息が漏れた。

「初動が大事、ゼフィルスさんがいつも言っていることですわね」

「なるほどね。それでゼフィルスはどこが重要で、どのようにして動くのがいいのか、すでに答えは出ているのね？」

「もちろんだ」

リーナが改めて呟き、シエラの言葉に俺は少し得意げに語る。

ああ、語るのが楽しい。

うん。やっぱりギルドバトルの醍醐味は戦術・戦略の考察だ。

俺がギルドバトルでもっとも好きな部分であり、得意な部分でもある。

作戦と相手の動きを読み、そして読みきって勝った時が一番気持ちがいいんだ。

あの瞬間はマジで体の奥底から高笑いが漏れる。ふははは!!

俺はウキウキとした心境で語っていく。今後の展開の予想図を。

「昔の偉い人はこう言った『敵を知り己を知れば百戦危うからず』。つまり重要なのは戦力差であり、それによって相手がどう動くのかを読みきることだ」

「無論だな。人数は互角だが、今回は総力戦。戦力差は……相手が純粋な戦闘職で固めてきた場合はなかなか手こずることになる」

俺の前置きにメルトが頷いて言う。

今回の〈15人戦〉だが。相手の戦力がかなり高いため、それなりに手こずることが予想される。

どういうことかと言うと、うちのギルド〈エデン〉はマジで〈総力戦〉である。

15人のメンバーがいて、全員が参加しなくてはならない状態だ。

つまり生産職だろうがLvが低かろうが、サポート職であろうが全員参加だ。

対して〈天下一大星〉は下部組織(ギルド)を使い25人の中でも精鋭中の精鋭を出してくるだろう。つまり全員が戦闘特化職だ。

生産職も、サポート職も入っていないだろう。その分〈エデン〉が不利となる。

次に平均Lvだ。

これが驚くことに、〈天下一大星〉のメンバーはやたらとLvが高かった。

なんと三段階目ツリーが解放されている人間が結構いたのだ。

その正体は上級生。

この実力主義の世界でいったい何がどういう化学反応を起こしたのか分からないが、ギルドマスターのサターンの下に3年生や2年生が数名集まっていた。

なんでサターンは上級生を従えてるの？　ねえ、なんで？　状態である。

しかし、事実そうなのだから、これが結構油断できない。

「リーナ。向こうの戦力を教えてくれ」

「わかりましたわ。わたくし、ゼフィルスさんに言われて少し相手のことを調べさせていただきましたの。とは言っても簡単に分かる程度のものですが」

まずは向こうの戦力を把握する。

その役目は軍師のリーナに任せておいた。

まあ、〈天下一大星〉をしょっ引いたメシリア先輩のところに聞きに行ってもらっただけだが。

学生指導室送りにされた学生は、こうして申請すれば簡単な情報が開示される。

前にも話したかもしれないが、問題ある学生をギルドに入れたいという人はいない。故に問題を起こした学生というのは問題を再度起こされないよう、学園側からある程度管理されてしまう。

今回〈天下一大星〉の面々は反省文を書かされた程度の罰だったので管理の影響はさほど大きくは無いが、こうして簡単な情報を開示されてしまうくらいには管理されているというわけだ。

「聞けたのは、〈学年〉〈組〉〈所属ギルド〉〈職業(ジョブ)Lv〉〈軽い品行(ひんこう)〉だけでしたわ」

「それだけ聞ければ十分だ。特に今ほしいのは職業(ジョブ)Lvだからな」

「はい。注目するべきはやはり3年生でしょうか。3人いますわね。それぞれ【重装戦士Lv58】

【双剣士Ｌｖ67】【ハンターＬｖ60】ですわ。強力な相手ですわね」

「むぅ。高いな」

リーナの報告にメルトが唸った。

さすが最上級生だ。Ｌｖ60近くがザラにいる。

本当にどうしてサターンの下についてしまったのか分からないレベルだ。

「続いて2年生ですわね。こちらは……6名ですわ。【殴りマジシャンＬｖ47】、【回復兵Ｌｖ45】、【暴走魔法使いＬｖ50】、【デンジャラスモンクＬｖ51】、【ロックハンマーＬｖ46】、【霊魂主(れいこんしゅ)Ｌｖ49】ですわ」

「さすが2年生ね。全員が三段階目ツリーを超えているわ」

シエラもこめかみに少し指を付ける姿勢で難しい顔をする。

そりゃそうだろう。

ちょっと前の〈天下一大星〉とはえらい違いだ。

まさか上級生のギルドに入るのではなく逆に上級生を取り込むとか……サターンたち、恐ろしいやつらだ。

3人ほどネタ職業(ジョブ)使いが混じっているのも地味に恐ろしい。殴りと暴走、デンジャラス。

正直言って前とは比べ物にならないくらいのギルドバトルになるだろうな。

それでも〈エデン〉の勝利は覆ることは無いが。

たかが三段階目ツリーが増えた程度だ。

〈エデン〉のメンバーは三段階目ツリーに到達していないのは、リーナ、メルト、そしてミサトだけだ。

確かに生産職もいるけど、ハンナにはヒーラー装備で後方待機させるから関係ない。ぶっちゃけハンナは生産職と言われているだけの戦闘枠だからな。ばっちり戦力に入ってる。

戦力差はまだまだ〈エデン〉が優勢だ。

「問題は、経験の差ですわね。〈エデン〉では実際にギルドバトルを行なったことがある人は少ないですから」

「相手の絡め手に対応できないかもしれない、か」

リーナとメルトがそう言いながらこちらを向いた。

その目はどうすればいいのかと聞いていた。2人とも、ギルドバトルの経験なんて皆無なのだ。

俺に聞くのは正解だ。

俺も一つ頷いてからそれに答えた。

「おそらく中盤以降は対人戦が中心になるだろう。だが安心しろ。今回は優秀な【姫軍師】と〈竜の箱庭〉がついてる。対人戦の真のやり方を教えよう」

〈ダンジョンギルドバトル総合アリーナ〉、通称アリーナ。

7つある中で5番目の大きさである第五アリーナが今回の〈決闘戦〉の会場だ。

メンバー全員でアリーナの中央に出向いたところ、もう〈天下一大星〉15人が横一列になって待っていた。

サターンが前に出て真面目な顔をして宣言する。

「待っていたぞゼフィルス！　今日こそ貴様を超える！　我らは、もうそれ以外に道はないのだ！」

いい表情をしている。

前のように自惚れからくる自尊心の塊の頃とは違い、しっかり自分を見つめなおした者の目だ。

何があったのだろう？

〈マッチョーズ〉と兎跳びの訓練をした結果か、はたまた〈秩序風紀委員会〉でしょっ引かれた影響か。

確かめるために後ろに控える3人の様子も見る。

すると、待っていましたと言わんばかりに3人が前に出てきた。

しまった。出てこなくていいのに。

「ふふ。見てくださいこの力瘤（ちからこぶ）。2週間前に買った服がもう入らないんですよ？」

ジーロンが突然自らの二の腕をひけらかした。

やばい。いろんな意味でツッコミたい。

「すべてはゼフィルスを超えるため。俺たちは地獄の訓練に明け暮れた。そして筋肉を得た！」

筋肉を得たから、なんだと言うのだろうか？

せめてＬｖアップしたと言ってほしかった。

「筋肉は偉大だ。〈マッチョーズ〉たちは言っていた。『服が破（やぶ）けるほど筋肉を得たとき、ゼフィルスも敗（やぶ）れるだろう』とな」

それただのダジャレだぞ？

服が破けたくらいでどうして俺に勝てると？

しかもヘルクの服は別に破れてない。

ダメだ。ツッコミどころが多すぎてとても対処できない。

こいつら――筋肉に汚染されすぎてやがる！

やはり〈マッチョーズ〉の影響が大きいようだ。

俺はポリスにも目配りする。

しかし、ポリスとほかの男子たちは俺たちの話を聞いちゃいなかった。

その視線は不躾にも、〈エデン〉の女性陣の方向へ注がれている。

「ああ。ああ。〈エデン〉の美少女たちは今日も美しい」

「そのとおりだな。まるで女神のようだ」

「こんなに美少女然とした人たちに囲まれているなんて、〈エデン〉の男子はなんて罪深いんだ」

「そのとおりだな。沸々と怒りが沸いてくるようだ」

「ハンナ様が尊い。ハンナ様が尊い。是非俺の嫁に」

「不敬罪だ！　誰かこいつを牢屋にぶち込め！」

「「ヤー!!」」

「ちょっ!?　お前たち何をする!?　これからギルドバトル本番なんだからやめ、やめろ――――っ!?」

一瞬で捕まって猿轡を噛まされた2年生と思われる男子はそのまま複数人に囲まれて去っていく。

相手の人数14人になったようだ。

え？

「貴様ら何をやっている！　並べ！　貴様らの『勇者が憎い』はその程度だったのか！」

「は!?　つい我を忘れて」

「手が勝手に動いちまった」

「ふう。命拾いしたな2年生」

「助かった。助かったぞサターン氏よぉ」

去っていこうとした面々はサターンに一喝されて戻ってきた。

おかしいな。

いつの間にかサターンがいっぱしのリーダーになってるように見える。

きっと俺の眼の錯覚だろう。とりあえずハンナは下がらせるとする。

「ねえゼフィルス。あの人たち叩いてもいいのかしら？　とても叩きたくなったのよ」

「はい。よろしいかと思いますラナ様」

「よろしかないよろしかない。まだ早いぞ。エステルも止めろよ」

「ですが」

「ですがも何も無い。もう少しの辛抱だから、な？」

「…………仕方ありません。ラナ様、ギルドバトル開始までご辛抱を」

「仕方ないわ。ゼフィルス、ちゃんと頭を叩く場を用意してよ？」

「わかったから頼むぞ、勝手に突っ走らないでくれよ？」

ラナは暴れたそうにチラリと俺を見るし、エステルは賛同するしで困ったものだ。

早くギルドバトルを始めないと暴走したこちらのメンバーがやらかすかもしれん。

なんだか〈天下一大星〉を前にしたときから女子メンバーのピリピリが増しているのだ。

笑顔がちょっと怖い。

後くれぐれも作戦通りに動いてくれよ？　頼むぞ？

俺はサターンに向き直る。

「サターン」

「分かっている。これより〈天下一大星〉と〈エデン〉の〈決闘戦〉を行なう！　審判はムカイ先生だ！　ムカイ先生には公平なジャッジを願う！」

サターンがまともな宣言を!?

〈秩序風紀委員会〉のとある部署に放り込まれると人が変わるという噂があるが、まさか本当だったのか？

上部にあるスクリーンにタブレットのような物を持った白衣のムカイ先生が映し出されると、ムカイ先生は無言で頷いた。

無口な人である。

さていよいよギルドバトル開始だな。

スクリーンに『選手準備中』の文字が映し出されると〈エデン〉と〈天下一大星〉は分かれ、お互いのギルドはそれぞれの本拠地へと向かっていく。

お互いが本拠地に到着するとスクリーンタイマーのカウントダウンが始まった。残り1分でスタートだ。

よし、〈天下一大星〉、打ち破って見せよう！

お互いの本拠地は、

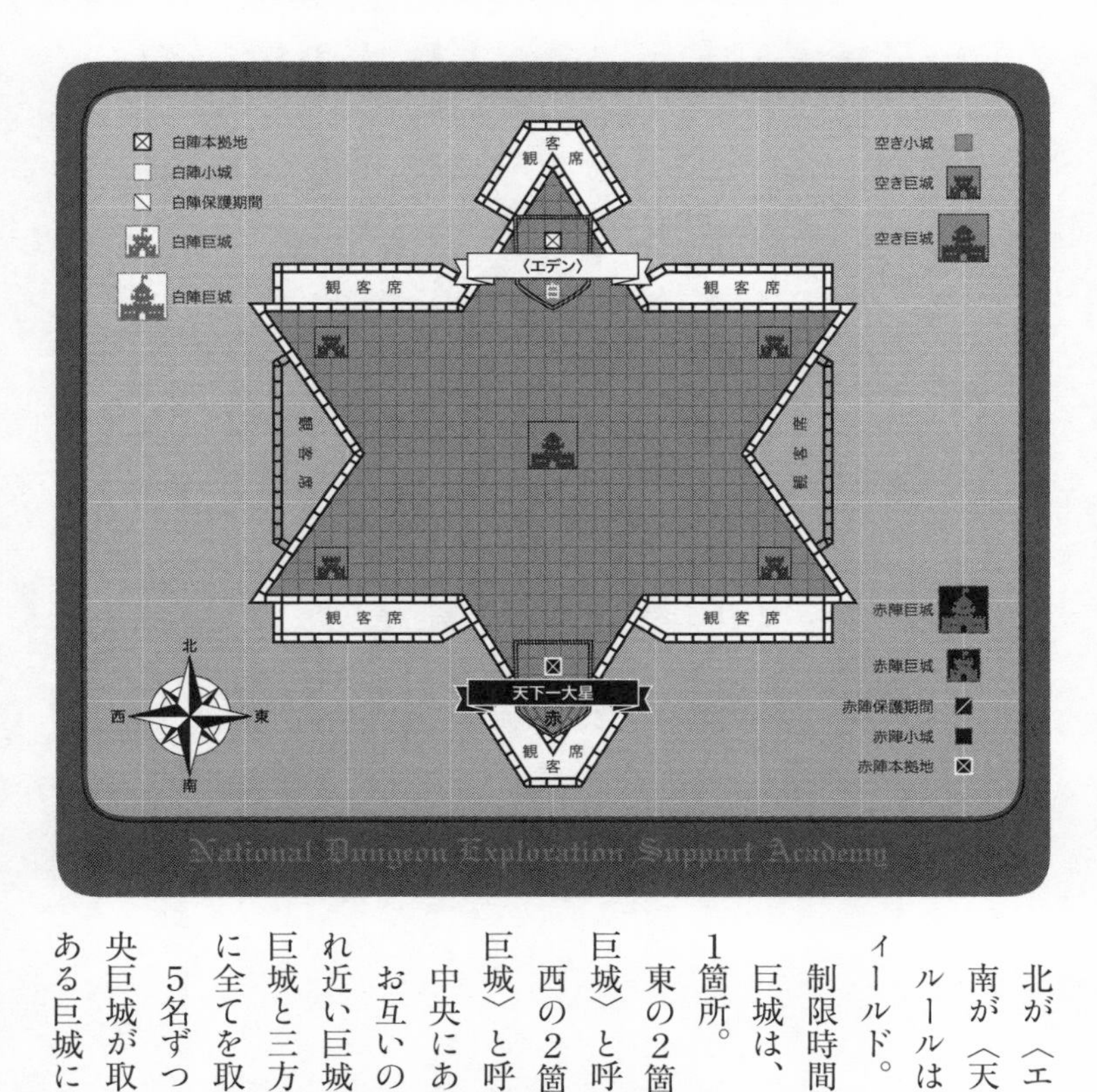

北が〈エデン〉白チーム。

南が〈天下一大星〉赤チーム。

ルールは〈城取り〉〈15人戦〉〈六芒星〉フィールド。

制限時間〈45分〉。

巨城は、東に2箇所、西に2箇所。中央に1箇所。

東の2箇所はそれぞれ〈北東巨城〉〈南東巨城〉と呼称。

西の2箇所はそれぞれ〈北西巨城〉〈南西巨城〉と呼称。

中央にある城は〈中央巨城〉と呼称する。

お互いの本拠地が北と南にあるためそれぞれ近い巨城はあるが、東、西、そして中央の巨城と三方向に絶妙な距離があるために容易に全てを取得することは難しい。

5名ずつ三方向へ分けるのか、それとも中央巨城が取られる可能性を危惧し、相手側にある巨城にも向かわせるのか、初動の大切さが問われるフィールドだ。

お互いのメンバーが配置に着く。

事前にミーティングは終わらせてあり、それぞれが狙う巨城ごとにチームを分けている。

俺の眼からしても、みんなの動きは纏まっている。

おそらく、良い動きができるだろう。みんな作戦がしっかり頭に入っている様子だ。

俺は自陣の本拠地を見る。

そこにはあるアイテムが仕掛けてあった。

初動が終わった中盤戦以降の活躍を期待して配置しておいた物だ。

基本的にフィールドへギルドバトル開始前の干渉、アイテムの設置や仕掛けは禁止されているが、
本拠地だけは別だ。

ここには補給品も置いておかなければならないからな。

ギルドバトル〈城取り〉では〈空間収納鞄(アイテムバッグ)〉の使用は禁止なのだ。

持ち込めるのは普通のポーチやバッグ類だけである。

故に回復アイテムなどの持込には上限があるのだ。

持ち物も問題ない。

配置も完了。

準備万端だ。

「ゼフィルス、もうすぐよ」

「今回も勝ちましょう」

「負けられませんね」

「ん、準備完了」

「気合を入れよう」

ラナ、シエラ、エステル、カルア、リカ、の経験者組がスクリーンを見つめながら言う。

スクリーンタイマーがゼロになりブザーが鳴ると共にギルドバトルは始まった。

第17話　ギルドバトル開始！〈ジャストタイムアタック〉戦法は差し込み不可。

「ふふ。ついに始まりますねサターン」

「ああ。我らはこの日のために必死に訓練に臨んだ。すべては勇者を倒すために！」

スクリーンに映るカウントダウンを見てジーロンが隣のリーダーに振ると、拳をぎゅっと握り締めたサターンが気炎を上げて答えた。

「俺たちがいつまでも弱者のままだと思ったら大間違いだ！　戦力も揃えた。やる気も筋肉もマックスだ！」

さらに隣にいたトマが同じく気炎を吐きながら両腕の力こぶを盛り上がらせる。

「俺様たちは強くなった。確かに俺様たちだけでは〈エデン〉には勝てぬだろうが、今は心強い仲間がいる！」

とあるマントを装備したヘルクがバサッとそれを翻して後ろを振り返った。

そこにはギラギラした嫉妬に狂った目をした仲間たちがいた。

ちょっと怖い集団だった。

そしてそのほとんどはサターンたちよりＬｖが上の上級生たちだ。

彼らは負けた。サターンたちに。

上級生なのに、明らかに自分たちよりＬｖの低かったサターンたちに負けたのだ。

この世界は弱肉強食。弱い者が下に付く。

上級生たちが〈天下一大星〉に加わったのは、主に掲げる目標に共感したからだが（打倒勇者を掲げています）、しかし誰がトップを務めるかは話が別だ。

そしてサターンたちはＬｖ的にも経験的にも学年的にも格上の上級生と模擬戦をし、見事勝利したのだ。

実は、それは自分たちが打倒を掲げている勇者のブートキャンプやハードな訓練の成果であった。

ゼフィルスによるスパルタな教えは非常に効率がよかった。

サターンたちはあまり認めたくはなさそうであるが、彼らは勇者によって文字通り、学年三強ギルドの一角を担うほど実力を身につけていた。

「くっ！」

思い出したサターンが苦い顔をする。

イキって突っかかっていた勇者に育てられたなんてと、サターンのプライドを大きく軋ませるのだ。

しかし、サターンのプライドは頑丈。

仮にポッキリ折れても少ししたらすぐにょきにょき伸びてくる。

一瞬苦い顔をしていたサターンも数秒もすれば元の表情に戻っていた。

そしてスクリーンのカウントダウンを見てメンバーに振り向く。

「配置に着いたな貴様ら！　打倒勇者の時間だ！　我らはこの日のために辛く苦しい訓練にも耐えてきた！　時には親衛隊に捕まったりもした！　学生指導室で震える夜も過ごした！　最近は周りからの視線にも耐える日々だ！　もう我らには勝つしか道は残されていない！　勝てば官軍だ！　勝てばいいのだ！　みな、準備はいいか!?」

「「「「おおおおおおおお!!!!」」」」

「締まっていくぞーーーー!!」

スクリーンからブザーが鳴り響き、ギルドバトルが開始された。


初動。

ゼフィルスがギルドバトルでもっとも大事と常々言っているこの部分。

当然のようにサターンたちも聞かされていた。

初動は何より大事。初動をいかによどみなく完璧にことを進められるかで勝利が決まると言っていい。

サターンたちは以前ギルドバトルでゼフィルスたちにこっぴどくやられた。

なんというか、相手にもされていないほど簡単に負けたのだ。

あの経験があったからこそサターンたちは生まれ変わった。

ゼフィルスに全力で勝ちに行くため、ギルドバトルをたくさん勉強した。

元々1組に選ばれるだけあってサターンたちはスペックが高い。1組になり驕ってしまったが元々スペックはあるのだ。負けず嫌いということにも起因して彼らはギルドバトルの戦術をガンガン詰め込んでいった。

また、自分たちのプライドを砕いてムカイ先生に頭を下げ、教えを乞うたりもした。

そのために、サターンたちの初動は非常に考えられた戦略へと昇華している。

「目指すは中央だ！」

〈六芒星〉フィールドは中央に巨城がある特殊な地形をしている。

故に妨害は意味をなさない。より早く巨城にたどり着いたギルドが有利となる。

しかし、早く着くだけではダメだ。巨城には防衛モンスターが配置され、さらに特大なＨＰを持っている。

もたもたしている隙に相手に掻っ攫われるなんて当たり前、たとえ攻撃していても差し込まれて取られてしまうのも当たり前。

つまり、どちらが巨城を獲得できるのか、運の要素が非常に大きいのが〈中央巨城〉なのだ。

この運に左右される〈中央巨城〉を獲得する。

実力的にかなりハイレベルな〈エデン〉に勝つためには絶対に必要なことだった。

だが、運に頼るなんて戦術ではない。

当然サターンたちは作戦を練っていた。それが10人突撃だ。

初動でまず〈天下一大星〉は二つのチームに分かれた。

〈中央巨城〉を狙う10人と、〈南西巨城〉を狙う５人だ。

〈南東巨城〉はひとまず放置。距離的にもすぐに〈エデン〉にもって行かれるはずは無いと判断した。

ここから10人チームは〈中央巨城〉を落とした勢いのまま北へ侵攻し、まだ残っているなら〈北東巨城〉〈北西巨城〉を狙う。

5人チームは〈南西巨城〉が終わり次第〈南東巨城〉を落とす作戦だ。

いくら運の要素が強くても、数で一気に落としてしまえば問題ない、それがサターンたちが考えた作戦だった。

ゼフィルスが聞いたらあまりの〈天下一大星〉の成長に絶賛したかもしれない。

いや、困惑の方が勝(まさ)ったかもしれないか？

そして現在、〈天下一大星〉は予定通り非常に順調な滑り出しをみせ、10人チームが〈中央巨城〉に迫らんとしていた。

しかし、〈エデン〉の方が遥かに速かった。

「くっ！　もうたどり着いているだと⁉」

残り3マスで到着という場面ですでに〈エデン〉が数人〈中央巨城〉にたどり着いていることを確認しサターンが苦い顔をした。

「ふふ、相変わらず速い。しかし心配ありません。予想通りです。あの人数ですぐ巨城を落とすのは至難。十分差し込めます」

「ああ。――――全員、タイミングを合わせろよ！」

「「「おおー!!」」」

10人で行動というのは移動速度が遅くなるということでもある。〈エデン〉の方が速く着くだろうというのは想定の範囲内だ。サターンはそう自分に言い聞かせ、全員に指示を送る。

〈エデン〉がたどり着いた人数は３人。その後ろにさらに３人が追いかけているのが見えるが、タイミング的にこちらの10人が到着するのはそのすぐ後、タイミング的に十分差し込めると判断する。

防衛モンスターは〈エデン〉が狩り、城へダメージが入り始めるが、やはり３人では落とすのに時間が掛かる。後ろの３人も合流したが、それでも巨城が落ちる前に〈天下一大星〉が到着するだろう。こちらは10人分の火力だ。一斉攻撃をすれば６人対10人で〈中央巨城〉が〈天下一大星〉の方に傾く可能性は高い。

それにこの10人は〈天下一大星〉の中でも、かなり威力に自信がある者たちの集まりだ。

【大魔道師】【大剣豪】【大戦斧士】【大戦士】【ホーリー】という1年生でも強力なLvを誇るメンバーに加え、【殴りマジシャン】に【暴走魔法使い】、【デンジャラスモンク】と威力だけに特化した２年生たち。

そしてLv60を突破する【双剣士】【ハンター】の３年生２人を加えた強力な集団だ。

一斉攻撃さえ決められれば勝算はあった。

〈エデン〉の３人が合流。しかし、どうしたのか、動きが鈍い。

巨城を攻撃しないのだ。

罠？　いや、これはチャンスなのだとサターンの目が光る。

そしてついに巨城の隣接を取った。巨城は隣接マスからでも攻撃できる。

サターンが叫ぶ。

「城を落とせーー!!　『フレアバースト』！　『グレンストーム』！」

「『滅空斬』！」

「『アンガーアックス』！」

「『オーラオブソード』！」

そして一斉攻撃が開始された。サターンたちが使ったのは三段階目ツリーの〈魔法〉〈スキル〉群だ。この日のためにサターンたちは死ぬほど筋肉を鍛え上げ、Ｌｖ40に仕上げてきたのだ。

10人によるタイミングの合った攻撃。〈エデン〉も攻撃を開始したが〈天下一大星〉の方が速い。

「勝ってるぞ！　この巨城は我らが落とすのだ！」

巨城を落とす戦術として一斉攻撃は基本中の基本だった。

タイミングを合わせて放たれた攻撃は差し込むのが難しい。

相手に攻撃を差し込まれないよう、攻撃するのなら極短時間(ごくたんじかん)で落とす。それが理想的な巨城の落とし方だ。つまり、最初に攻撃した方が圧倒的に有利。

――ズドドドド、ドガーン、バキッ、ズバァン、ダダン！

最初に巨城に届いたのは〈天下一大星〉の攻撃たち。

一斉攻撃によって大きくダメージが入っていき巨城のＨＰがみるみる減っていく。

続いて〈エデン〉の攻撃が届いた。ＨＰの減る速度が加速する。

どうなるのか、〈天下一大星〉が勝ち取るのか、それとも〈エデン〉か。

巨城のＨＰがみるみる減っていき残り２割を切ったところで、それは起こった。

――ドガーンという爆発音と共に巨城の２割弱残っていたＨＰが全損したのだ。

「……は？」

巨城は保護期間に守られてバリアーが張られ、続くサターンたちの攻撃は全て弾かれる。

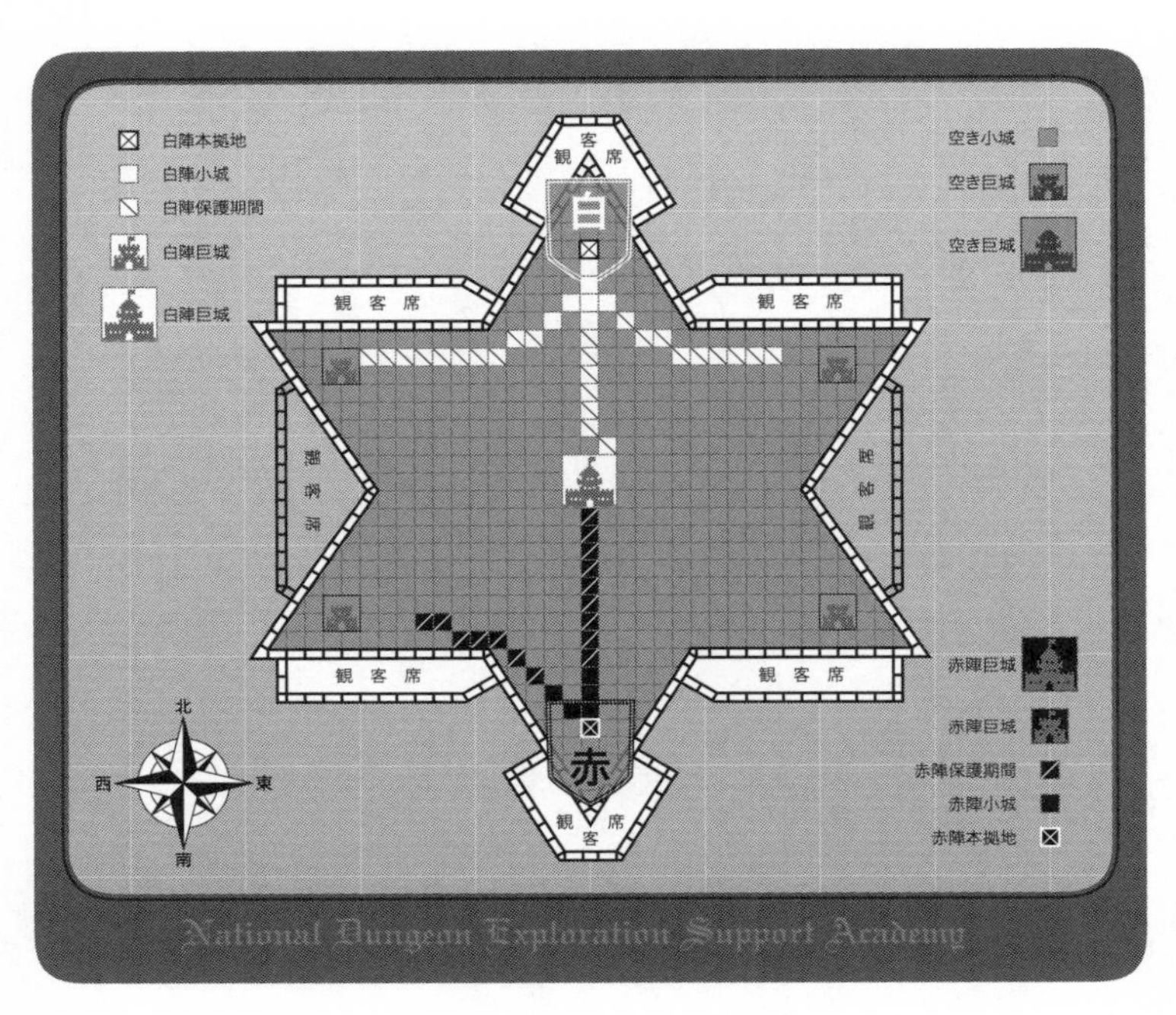

つまり、落としたのは〈エデン〉だった。
サターンは何が起こったのか分からなかった。

◇

「〈中央巨城〉ゲットだ。次は〈南東巨城〉だ、行くぞ！」

「ん。ダッシュする」

「了解しました」

当然のように〈中央巨城〉を先取したのですかさず次の動きを指示する。

カルアとエステルがそれに頷き、俺が先導する形で一気に南東の三角形を目指した。

南は〈天下一大星〉側、そちらに〈エデン〉が侵入する。

「しまった！」

「ま、待てゼフィルス！」

俺たちの動きに慌てたようにサターンとトマが追いかけてくるが、出遅れたな。

俺、カルア、エステルは〈エデン〉の中でもっともスピードが速い3人だ。

ちなみにエステルは〈サンダージャベリン号〉を使ってはいない。

あれはまだ温存だ。奥の手の一つだしな。

しかし、Lv40を突破したばかりの彼らでは、それでも俺たちに追いつけない。

一度離されてしまえば追う側が圧倒的に不利だ。何しろ保護期間がある。

「ぐっ、正面のマスを取られた!?」

「回り道を、くそ、追いつけねえ!」

後ろから上級生たちの叫びが聞こえる。

保護期間のおかげで敢えて横にズレ、彼らが進みたいルートを潰すだけで時間が稼げるのだ。

一度自陣になったマスは防衛モンスターが回復するまでの2分間、相手は入ってこられない。

それを利用した通せん坊（インターセプト）戦法だ。

俺とエステルがツーマンセルで進みつつ、カルアに〈天下一大星〉が進みたいであろうマスを保護期間にして邪魔してもらう。

追いかけているのはサターンとトマを合わせて6人。残り4人は北へ向かったようだ。

目には目をってか?

とっさにしては悪くない判断だ。

俺たち3人では巨城を落とすのに分（ふん）レベルの時間が掛かる。

差し込みで城を奪うか、あるいは対人で妨害するか。いずれにしても巨城を先取するには人数が多いほうが有利だ。

しかし、やり方によってはそうとは限らないんだけどな。

「さっきと同じ戦法で行く。後方のラナたちが追いついたタイミングの12秒後に合わせてくれ」

「ん。分かった」

「掛け声をお願いいたします」

後ろを見ると、俺たちが作った保護期間中の自陣を使い、ラナとシズが追いかけてきていた。もう1人いたリーナは役目を終えたので本拠地に戻った。

これで〈南東巨城〉を狙うのは〈エデン〉5人、対し〈天下一大星〉6人だ。

先行は〈エデン〉。

〈南東巨城〉の隣接マスを先に取ることに成功する。

「防衛モンスターを屠るぞ。モンスターのLvは35だ。『ソニックソード』！」

「余裕――『フォースソニック』」

「了解です。はっ！『騎槍突撃』！」

巨城を守る防衛モンスターは小城のように通常攻撃のみで倒せるほど柔じゃ無い。

しかし、ここで後先考えず強力なスキルで倒してしまうと、クールタイムで巨城を攻撃するためのスキルがなくなってしまうので注意だ。クールタイムの時間が短いスキルで短時間で倒すのだ。

「撃破完了です」

「〈三ツリ〉を温存しつつ城を削るぞ」

「ん！」

防衛モンスターを数秒で屠ると短く指示を出して次の行動へ移る。

ちなみに〈三ツリ〉とは三段階目ツリーの略だ。同じく〈二ツリ〉なら二段階目ツリー、〈初ツリ〉なら初期ツリーの〈スキル〉〈魔法〉のことを指す。

三段階目ツリーはクールタイムが長いので今は温存しつつ巨城の特大のＨＰを削っていく。さすがに〈菱形〉フィールドの巨城より耐久力が高い。

巨城は、フィールドにある巨城の数だけ耐久力が上がる仕様だ。

〈菱形〉の時は三つだったから最低値。〈六芒星〉は五つだからそこそこ巨城ＨＰが高くなっている。

とそこにラナとシズが追いついた。

「待たせたわね！『光の刃』！『光の柱』！」

「今到着しました。タイムを計ります。『グレネード』！」

「35秒着弾とする！ 合わせろ！」

俺の掛け声に全員が左手に巻いた腕時計を確認する。

これはただのアイテム、時間が知れるだけのアイテムであるが、ギルドバトルを行う上で時間を確認するのは非常に重要だった。故に〈エデン〉のメンバーたちには腕時計は必須として身につけさせていた。

「やらせるかーー!!」

そこに隣のマスにサターンとトマ率いる〈天下一大星〉６人が追いつく。

「追いついたぞー!!」

俺たちのいるマスはまだ保護期間中で入ってこられないため、隣にあるマスを取った形だな。

巨城隣接マスでもあるので、彼らは必死になって差し込みをし始めた。

「攻撃しろぉぉ差し込めぇぇ!!　『フレアバースト』！」

「〈南東巨城〉まで取られたら終わるぞ！　絶対差し込むんだ！　ユニークスキルを使うぞ！　『大爆斧・アックスサン』!!」

「うぉぉ！　ユニークスキル『大魔法・メテオ』！」

サターンとトマたちが大技の連続でみるみる巨城を削っていく。おお、あれが2人のリアルユニークスキルか。中々かっこいい。

爆発する巨大斧の一撃と隕石の一撃が巨城に突き刺さる。

しかし、元々さほど削ってはいなかった巨城、ＨＰを全損させるには到らない。

だが、このままいけば10秒も掛からず巨城は落ちるだろう。

両者が攻撃をガンガン叩き込む。

どちらが巨城を先取(せんしゅ)出来るのか、本来ならばドキドキの展開となるはずだ。

しかし、そうはならない。

サターンたちはまだまだ甘いのだ。

真の一斉攻撃とは、こうやるんだよ。

〈エデン〉のメンバー全員が時間を計りながら攻撃態勢に移る。

「1……『聖光の耀剣』！」

「1……『ジャッジメントショット』！」

「2……1……『勇者の剣(ブレイブスラッシュ)』！」

「2……1……『閃光一閃突き』！」

「3……2……1……『デルタストリーム』！」

タイミングが微妙にバラけた一斉攻撃。

ラナ、シズ、俺、エステル、カルアが一見バラバラのタイミングで〈魔法〉と〈スキル〉を放つ。

それは吸い込まれるように巨城へと向かい、そして着弾した。

――ドッガーンというほぼ一つの爆発音と共に。

〈天下一大星〉が削ってくれたおかげで残り2割を切っていた巨城のHPは吹っ飛び、落城した。

巨城を先取したのは、ギルド〈エデン〉だった。

これが本当の巨城の落とし方、

――その名も〈ジャストタイムアタック〉戦法だ。

〈ジャストタイムアタック〉。

〈ダン活〉のギルドバトルでは必須とも言える戦法で、いかに巨城に差し込まれないかを追求した、〈ダン活〉プレイヤーの努力と技術の結晶だ。

ゲーム〈ダン活〉にはこんな言葉があった。

「息をするように3秒ジャストで的に当て続けられるようになればSランク」

これは着弾時間のコントロールという意味で、魔法発動後、3秒ジャストで的に叩き込むことを言っている。

普通、一斉攻撃とは、同時に発動するものだ。足並み揃えて攻撃することを言う言葉だが、魔法やスキルは速度がそれぞれ種類によって違う。

攻撃する時は同時でも、実際着弾する時にはかなりばらつきが出てしまうのだ。

それではダメだ。甘い。差し込まれる。

そのばらつきの合間に差し込まれたら城を持って行かれるかもしれないのだ。

ただの一斉攻撃では甘すぎる。

だからこそ考えられたのが〈ジャストタイムアタック〉。

つまりは逆の発想だ。発動はバラバラでもいいから着弾時間を合わせようぜ、という話。

〈ジャストタイムアタック〉、またの名を〈00秒(ぜろぜろびょう)アタック〉ともいう。

0時0分0秒ジャストに合わせて全員が攻撃を着弾させる戦法だ。

それにより聞こえる着弾音はほぼ一つのものとなる。

ほぼ差し込み不可能。

そして逆に、ただの一斉攻撃をしているギルドに対してこの上ない必勝の戦法にもなりうる。

俺たち〈エデン〉のメンバーはこの練習を必修としていた。

まだ完璧に出来るメンバーはこの5人にリーナを合わせた6人しかいないが、いずれは全員を〈ジャストタイムアタック〉が出来るようにしたい。

そうすれば、ギルドバトルはこちらのものだ。Sランクへの目標に一歩どころか十歩くらい近づくことができるだろう。

「な、何!?」

「バカな!?」

隣のマスからそんな叫びが聞こえた時には俺たちはすでに踵を返していた。

今回、ラナたちが到着した時間の12秒後、〇時〇分35秒同時着弾戦法は大成功した。

〈中央巨城〉に続いて2回目なのでだいぶ皆慣れてきた様子だ。

スクリーンを見ると、現在のポイントは、

――〈『白6650P』対『赤2530P』〉〈残り時間39分25秒〉。

白チーム〈エデン〉が巨城を三つ落とし優勢。

赤チーム〈天下一大星〉は〈南西巨城〉のみ落としていた。

無事な巨城はあと一つだが〈エデン〉の本拠地に近い〈北東巨城〉だ。

そっちにはセレスタンが率いているメンバーが向かっている。

〈天下一大星〉に持って行かれる心配は無いだろう。

開始5分が過ぎ、初動は終わりだ。次は中盤戦。

俺たちの役目はこの南エリアの小城マスを取りまくりつつ、自陣マスを切らさないこと、そして〈天下一大星〉の本拠地や南の巨城2箇所の道を絶えさせないようにすることだ。

自陣マスは道だ。

この道が無ければ目的地に取ることはできない。

故に自陣マスを全て取られたら追い出される。

道を切らさないよう自陣マスを確保し続けるのは非常に重要だった。

道が無ければ終盤戦、身動きが取れなくなってしまうからな。

とその時、耳に、いや頭に直接語りかける声が響いた。

「『こちらリーナですわ。応答願えますか？』」

声の主はリーナだった。

これは【姫軍師】のスキル『ギルドコネクト』だ。

ギルドメンバーに対し声を届けるスキルである。

声を届ける距離に色々制約のあるスキルではあるが、少なくともアリーナ内ならば普通に声が届く。

スキルLvが低い今は一方通行ではあるが、相手は選べるので便利なスキルだ。

ゲームの時はただの指示コマンドの変更くらいしかできなかったスキルだが、リアル世界では本物の通信スキルに大化けしている。

「カルア、エステル」

「ん。タッチ」

「はい。タッチです」

近くにいたカルアとエステルとハイタッチをする。これが俺たちの決めていた応答だ。

声は届けられないが、今リーナは本拠地にて〈竜の箱庭〉を起動しているだろう。

だから俺たちがどんな行動をしているのか、リーナは〈竜の箱庭〉を通して見ることができる。

ハイタッチしたら声が届いている。と、そういうことだ。

司令塔がフィールドを俯瞰し全ての状況を把握、そしてリアルタイムで声を届かせるのである。

マジ強い。

ギルドバトルでは猛威を振るう戦略である。

「『確認しましたわ。先ほどルルちゃんたちのチームが〈北西巨城〉を落としました。残りの〈北東

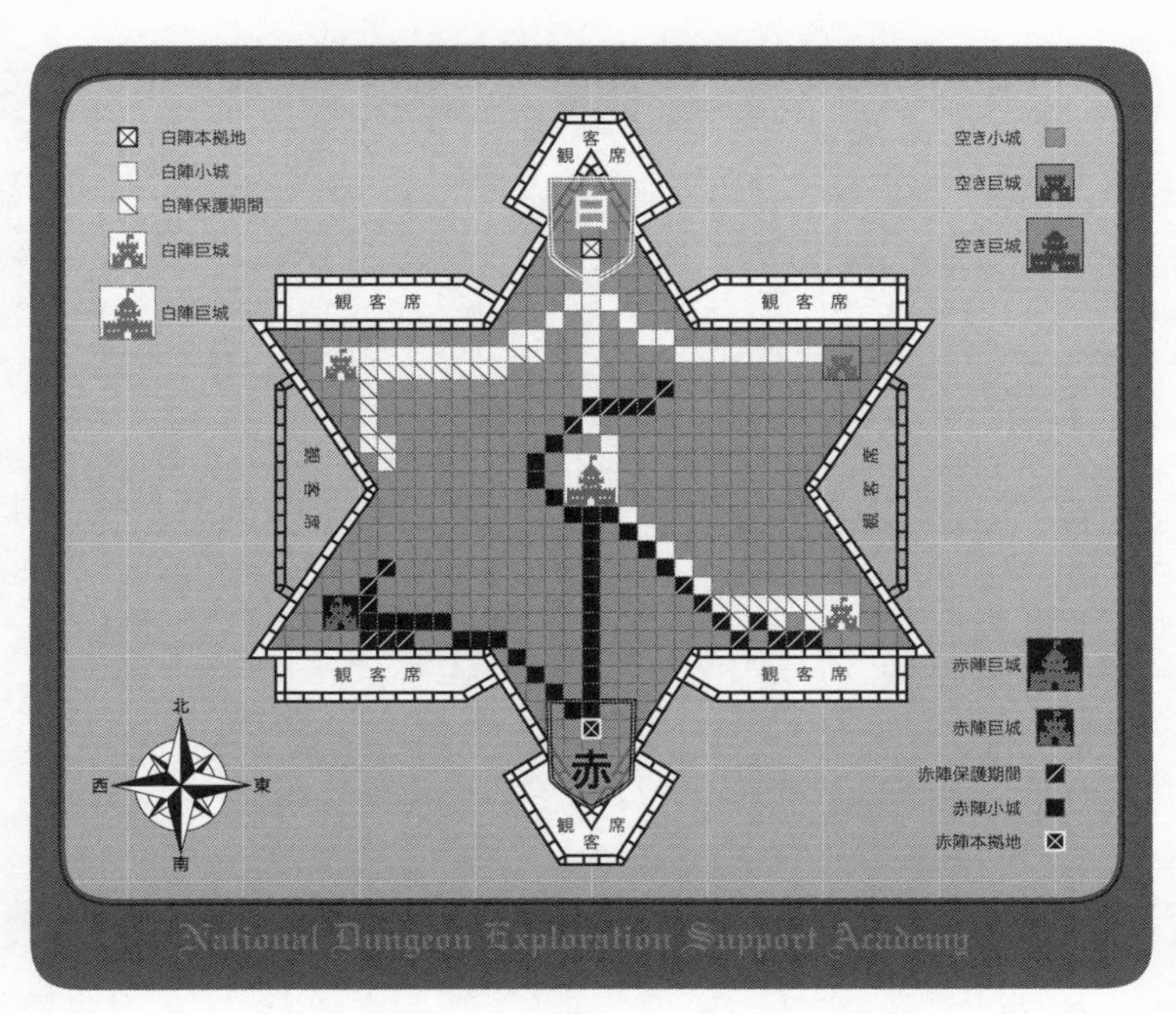

巨城〉はもうすぐ落ちます。〈エデン〉は巨城4箇所先取ですわ』」

そいつは朗報だ。作戦通りである。

こうなると〈天下一大星〉は非常に辛い展開となる。

勝ち目が巨城4箇所以上をひっくり返して、かつ小城P（ポイント）でも上回らなくてはいけないのだ。難しいだろう。

もし小城Pの取り合いで負けたのなら……時間終了時に巨城5箇所全てを確保していなければ勝てない。それが可能だとすれば、時間終了ギリギリで〈エデン〉本拠地を落とすしかない。

つまり実質、〈エデン〉の本拠地を落とさないと〈天下一大星〉は負けである。

それが〈天下一大星〉の勝ち筋だ。

となると、本拠地の防衛が重要になってくる。

ほとんど計算通りの展開だな。

「『ゼフィルスさんは本拠地へ戻ってきてください。他の皆さんは小城Ｐの取得を願いますわ』」

リーナの指示に頷く。

妥当なところだろう。

今本拠地を襲撃されるということはほぼ無い。

本拠地は一度落ちるとＨＰが５割増しになって復活する。

二度落ちると2倍で復活だ。

つまり今落とすメリットが少ないのである。

確かに本拠地を落とせば相手側が持っていた巨城が全て手に入るが、今手に入れても普通に〈エデン〉にひっくり返されるだけだろう。城は奪われたとしても一度獲得したポイントまでは奪われないから意味がない。

〈天下一大星〉が勝つにはタイムアップの時点で巨城を5箇所持っている必要がある。

つまり、本拠地が落とされるとしても〈ラストタイム〉の時だけだ。

ルール上2分間は保護期間で巨城がひっくり返せない。

それを利用して、残り時間2分の時に本拠地を落とすのがギルドバトルの必勝展開だった。

本拠地が落ちれば2分間何も出来なくなる。後はタイムアップまで待つだけで勝ちだ。

この落ちれば再逆転が不可能な時間のことを〈ダン活〉では〈ラストタイム〉と呼んでいた。

ほとんどの逆転はこの〈ラストタイム〉で起こる。非常に気の抜けない時間だ。

それまでに本拠地を攻撃されないための策を練っておき、有利な状況を作り上げておく必要がある。

俺はその作戦指示担当だ。

「じゃ、俺は本拠地へ向かう。小城は頼むな。対人戦はこちらが指示を出す」

「ん」

「了解しました」

隣にいたカルアとエステルに報告し、そのまま少しバック。

後ろを走っていたラナとシズにも伝える。

「私は対人戦やりたいわ！　打っ飛ばしたいのよ！　ちゃんとチャンス頂戴よ?」

「了解いたしました。ですが機会をいただけると助かります」

「わかったよ。だけど今は小城を頼む。俺が本拠地に着いたら改めて指示を出すから、そしたら解禁だ」

「そう。楽しみね！」

４人に手を振って俺は急ぎ本拠地へ戻った。

小城とか全て無視して駆けつけたため２分と掛からず到着する。

その時スクリーンには〈『白９４９０Ｐ』対『赤３４００Ｐ』〉と表示されており、無事〈エデン〉が巨城を４箇所先取できたようだ。

中盤戦はこの小城Ｐの差を広げるところに注力する。

そうすることで相手の勝ち筋を限定させる。

俺はそれを再認識して司令室と化した本拠地の中に入っていった。

第18話　ギルドバトル終盤戦！　軍師リーナの活躍。〈箱庭〉を使って追い詰めろ！

「待たせたリーナ。状況は？」

「優勢ですわ。とくに〈北東巨城〉で敵の一部を追い詰めつつありますわ」

「どれ？　あ～。なるほど、ジーロンたちは巨城を囲いに行っちまったのか。これは狩られるな」

本拠地に到着後、挨拶もそこそこにリーナの横に立って〈竜の箱庭〉を覗く。

そこにはリアルタイムで両者の動きが現れていた。

立体化した〈六芒星〉フィールドのミニチュアに小さな人形のコマが動いている。

〈竜の箱庭〉という激レアアイテムの効果は『自動マッピング』、『立体化』、『随時反映』。

つまりマップを瞬時に作るだけであるが、そこに【姫軍師】の『モンスターウォッチング』、『人間観察』、『観測の目』が加わるととんでもない効果に大化けする。

まず『モンスターウォッチング』で地図にモンスターを表示。ただの地図だと赤点が光るだけだが、〈竜の箱庭〉の『立体化』が加わると、ミニチュアサイズで表示されるのだ。

当然敵の種類も全て目視で確認できるようになる。

さらに『人間観察』も同様、ただの地図では白点であるが、これも『立体化』する。

まるでミニチュア人形のようだ。リアルタイムで動いているのがゲームっぽい。これは顔まで判別が可能だ。

そして最後の『観測の目』により、自分たちの仲間と敵で色が分かれ、そのＨＰの残量まで表示される。当然のように城の残りＨＰも表示されるし、マスの色が変わればリアルタイムで反映される。

控えめに言ってもヤバいコンボだ。

一度発動すればリーナ（使用者）がここに居る限り、他の人も見ることができるというのもヤバい。

しかし、味方が持っていればこれほど心強いものは無い。

俺はリーナの報告を反芻しつつ〈竜の箱庭〉からアリーナ内の全ての動きを観察する。

〈天下一大星〉、〈エデン〉、共に小城取得に走っているが、〈天下一大星〉は将来の布石に備え、いくつかの場所で巨城周りのマスを取り、白マスを剥がしにきている様子が確認できる。

マスを取るには『自陣マスに隣接している必要がある』というルールがあるため、巨城周りの白マスを剥がされれば〈エデン〉は巨城を再取得するとき、もう一度道を作り直さなければならない。

それなりに有効な手だ。

しかし、そのせいで〈北東巨城〉の周りを取っているジーロン他3名が孤立していた。

仲間がすぐに駆けつけられない位置だ。

そしてリーナの『ギルドコネクト』によって指揮された〈エデン〉メンバーたちに囲まれつつあるのに気がついていない。

これはどう見てもチャンスだった。

「さすがだなリーナ。良い感じにマスを取りつつ接近できている」

「ありがとうございます。また、西側は手薄になりますので、中央付近にメルトさんたちスリーマンセルをおいて牽制しています。西側も必要以上にマスを取られる心配はないでしょう」

現在〈エデン〉メンバーは東側に偏っている。西側を〈天下一大星〉に占領されないためにメルトたちには牽制とマス取りに向かってもらっているようだ。

素晴らしい手腕だ。

「では、仕掛けてもよろしいでしょうか?」

リーナがチラリと俺の方に向く。

こりゃ、俺の指示はあまり必要なさそうだな。

最近リーナはレベル上げもせずにずっと戦術や〈竜の箱庭〉の使い方を学んでいた。

その成果が今現れている。凄い成長だ。

よっし、俺から見ても良い感じの布陣だ。

ジーロンたちには早速ラナたちの糧になってもらおう。

「じゃ、頼む」

「了解ですわ!『ギルドコネクト』! ラナ殿下はそのまま北西へ、マスを階段状に取得しながら進んでくださいませ。エステルさん方は北東へ、シエラさんはその近辺を保護期間に変えつつ北上してください。セレスタンさんは北のマスから逃げられる可能性があります。待機してください」

俺が了承すると、リーナが素早く指示を送り、ジーロンたちを追い詰める作戦が始まった。

リーナの指示により〈エデン〉のメンバーが動き出す。

「ゼフィルスさん、〈ピンマーク〉をお願いできますでしょうか?」

「おう、任せとけ」

「ありがとうございます。今手が離せなくって。どうぞゼフィルスさん」

リーナはポーチからとあるアイテムを取り出し渡してきたので受け取る。

リーナから手渡されたのは〈ピンマーク〉という地図にピンを立てるアイテムだ。

どういう原理かは知らないが若干空中に浮かんでいるし、コメントを表示させることもできる。

俺はそれを〈竜の箱庭〉にトントントンと3カ所落とし込む。

それぞれのポイントが重要箇所だ。

ここに何分何秒にメンバーを配置し、逃げ道を潰して追い詰めていく、という予定を書き込むことでリーナがやりやすくなるのだ。

つまりピン型のメモ帳みたいな物である。

戦場が細かいと、こうしてメモを取らないと頭がこんがらがってくるのだ。

慣れればどうということはないが、リーナはまだまだギルドバトル初心者である。

メモは必須だった。

「基本は小城を落としてポイントを稼ぎつつ、ここに誘導して相手の人数を減らそうか」

「ですわね」

「時間は13分30秒でここ（A地）を取得。14分50秒でこのマスの周囲を取得してジーロンたちの行く手を塞ぎつつ、ここ（A地）の保護期間が切れて、活路を見いだし突破しようと出てきたジーロンたちを返り討ちに持ち込もうと思うんだが、どうだ？」

「とてもいい案かと思いますわ。ではそのように進めますわね」

俺がメモを書いた〈ピンマーク〉をマスに落としていくとそれを見たリーナも頷く。

おそらくリーナも頭ではこんな作戦を作り上げていたはずだ。

これでラナたちとの約束も果たせそうだ。

今回はジーロンたちの逃げ場を完全に奪い、活路を少しだけ残してあげて、やってきたところを一網打尽にする。

対人戦だ。相手に逃げられないようにするところがポイント。

〈ピンマーク〉の二つに『14分50秒この周囲を取り、道を塞ぐ』とコメントを書いて、目印として二つのマスの上に浮かべた。

そして三つ目の〈ピンマーク〉にも『13分30秒取得・決戦の地』とピンに書き込み、マスへ浮かべる。

「分かりやすいですわね」

「後は万が一抜けてきた時のため俺は待機してるな」

「お願いいたしますわ」

俺の見立てでは開始13分頃にはジーロンの囲い込みはほぼ完了する見込みだ。

逃げるルートも潰す。保護期間を張れば進入不可で通れない。

ジーロンは籠の中の鳥さんになってしまったのだ。

相手側の選択は二つ。

潜(くぐ)り抜け活路を見いだすか。正々堂々戦うかである。

どっちみち対人戦になるので後のことはラナたちに任せよう。

相手側が4人に対し、現在追い込み組の〈エデン〉メンバーは9人だ。

ちょっと過剰戦力かもしれない。控えに俺、リーナ、ハンナもいるからな。

「リーナ指示を伝えてくれ」

「わかりましたわ！　『ギルドコネクト』！　聞こえますかラナ殿下？」

リーナが今決めた作戦をラナたちに説明していく。

『ギルドコネクト』は送信しかできないが、それでも強すぎるスキルだなぁと改めて思う。

〈竜の箱庭〉を観測する【姫軍師】の手からは、もう逃れられない。


作戦を伝え終わり、時間までフィールドを整えつつリーナが指示を出していき、ラナたちが小城を取りポイントを稼ぎながらも所定の位置に着く。

作戦開始だな。

ちなみにサターンたちなど、他の〈天下一大星〉の応援や救助は無かった。

状況がよく分かってないのだろう。そういう風に動いていたからな。

中央スクリーンには経過時間と取得ポイントしか書かれていないから、仕方が無い。

通信や指示が出せないとやっぱ厳しいよな。

「良いですわ。カウントダウンをしますわね。10……9……8……」

ポイントなのは時間ぴったりにマスを取るところ。

大きくズレたらダメだ。保護期間が切れて作戦がパーになる。時間は早すぎても遅すぎてもダメだ。

まあ巨城と違い数秒ズレるくらいは別に構わないんだけどな。

「3……2……取ってください」

リーナの指示で13分30秒、一つのマスの色が白チームの保護期間を示す黄緑色になる。時間ぴったり。さすが。

続いて14分20秒~14分50秒で周囲のマスを取っていき、作戦通りの環境が作られた。

ジーロンたちはようやく気付いたが時すでに遅し。囲まれ身動きが取れなくなる。そして彼らの選択は……。活路へ向かい、潜り抜けることだった。

そう。そこが最後の活路。そこには白マスがあり、ひっくり返せれば赤の保護期間、ピンク色のマスが発生して逃げられる。

〈エデン〉だってそんなことは百も承知である。

故に、ここへ罠を仕掛けてあった。

ラナ、これで『頭を打っ叩け』の約束は果たしたぜ。

ちょっと時間は巻き戻り、時はゼフィルスが本拠地に向かった直後のこと。

ラナたちはリーナから新たな指示を受けていた。

「『ラナ殿下、シズさん、カルアさん、エステルさんは2チームに分かれてください。サターン他、敵チームを北に来させないよう保護期間を使って上手く閉じ込めましょう。ルートを指示しますわ』」

ラナたちに直接聞こえる指示、これは本拠地に居るはずの【姫軍師】リーナによる指示だ。

リーナは〈中央巨城〉を落とした後に別れ、本拠地へと戻り中盤戦の準備をしていた。

現在は超激レアアイテム〈竜の箱庭〉を俯瞰しながら各地に指示を送っている。

ゼフィルスが鍛えたリーナの指示は的確で、すでに〈竜の箱庭〉を使いこなしつつあった。

指示を受けたラナは一つ頷くと、自慢の従者に言葉を投げる。

「聞こえたわね！　エステル、シズ。任せたわよ！」

「は！　お任せください。私はカルアと西を担当します」

「ではラナ様は私と、この近辺の土地を取りつつルートに従いましょう」

「ん、行ってくる。ラナ、またね」

エステルとカルア、シズとラナの２チームに分かれて行動を開始、リーナの指示に従い適切なマスを取っていく。

マスを取ると保護期間が発生するため、敵チームは侵入することはできない。

そのため保護期間で道を作ることにより敵チームは南側に押さえつけられてしまう。

サターンたちには苦しい展開だ。何しろ、取れるマスが少ない。

「ぐ、サターンよ、どうする！」

「まずは巨城周りの土地を剥がせ！　次に中央付近の土地取りも行なう！　二手に分かれるぞ！　スリーマンセルだ！」

トマの問いに素早く指示を送るサターン。

６人のメンバーを素早く３人ずつに分けて〈エデン〉メンバーに追行する形でマスを取得していく。

３人にしたのは対人戦を警戒したためだ。

対人戦は人数が多い方が圧倒的に有利、万が一対人戦が勃発した時のため、サターンは保険を掛けていた。

しかし、てっきり南側にサターンたちを追い詰め、対人戦に持ち込むものと予想していたサターンだったが、〈エデン〉のメンバーたちは徐々に北上する動きを見せた。

これではせっかくサターンたちを南側に押し込めた優勢が崩れてしまう。

「む、中央付近の優勢を狙うつもりか？　中央付近を押さえられれば白の本拠地に進みづらくなる」

「俺たちはどうするサターン？」

「……ならば我らは南側の土地を集めるのに集中するぞ！　せっかく〈エデン〉が北上したのだ。南側にある白マスは全て赤マスに塗りつぶす！」

「おうよ！」

保護期間が有る限り対人戦は起こりにくい。

故に中盤戦は土地取りに注力し、終盤戦、土地取りが終わり、マスをひっくり返しづらい状況になってから対人戦が始まると言っていい。

ならば、サターンがした選択は、マスの獲得を優先することだった。

トマとポリスにも素早く指示を出し、南側は徐々に赤マスで染まっていくことになる。

場所は変わって北側、ジーロンたち赤チームの４人はかなり苦境に立たされつつあった。

「まずいぞジーロンよ！　このままだと囲まれるぞ！」

「ふふ、僕に任せてください。北側の白マスを保護期間に変えてしまえば問題無いはずです」

「ダメだ。北は待ち伏せされている！　しかも人数が多い⁉」

「ふ⁉　なんですって！　く、どうすれば」

「ジーロン⁉　今任せてくれと言ったばかりじゃなかったか⁉」

場所は〈北東巨城〉近辺。

残念ながら〈北東巨城〉の先取を逃してしまったジーロンたちであったが、〈エデン〉がすぐに白の本拠地方面に撤退していったため、この近辺を赤マスにしつつ巨城を囲む作業をしていた。

しかし、気がつけば黄緑色に光る白チームの保護期間マスが接近しており、〈北東巨城〉近辺に追い込まれている状況になっていた。

脱出できる唯一のルートも待ち伏せされており、ジーロンたちは対人戦で倒すか、突破するかの二択を迫られていた。

「油断していたのでしょうか、まさか〈エデン〉がここまで巧みな連携で追い詰めてくるとは。なんという錬度の高さですか」

「こうなれば突破以外はありえん！　俺様がなんとかガードする。貴様らは切り抜けることだけを考えろ！」

「あ、北のルート、保護期間で封鎖されました！」

「ああ⁉　後方にも保護期間が！　か、囲まれたぞ‼」

「な、なんだとぉ⁉」

悠長に相談している間にリーナの指示を受けていた〈エデン〉の囲い込みは進んでおり、とうとう完了してしまう。

唯一の突破できるルートも保護期間で進入不可になってしまい、囲まれて絶体絶命になってしまうジーロンたち。

このままでは、ボッコボコにされてしまう。

しかし、そこに一筋の光明が差す。

とある1マスの保護期間が終わったのだ。それは、そのマスだけは進入が可能になるということ。

「ふふ⁉　あ、あそこです！　あそこから突破するのです！」

「「「お、おおおーーーー‼」」」

保護期間に囲まれ逃げ道を封じられたかと思われたところで起こったその奇跡に、ジーロンたちは飛びついてしまう。

それが作られた逃げ道であることも知らずに。

ジーロンたちが我先にと奇跡のマスへ進入した瞬間、それは聞こえた。

「『聖光の耀剣』！」

「『エレメントランス』！」

「『連射』！」

「ふ？　ぶばらぁぁぁぁぁぁぁぁぁ⁉」

「「「ジーロォォン⁉」」」

先頭を走っていたジーロンが、「ズドンッ‼」と吹っ飛ばされる光景を目にし、思わず足が止まるヘルクと3年生。

いったい何が⁉

状況を確認しようと振り向こうとするヘルクたちだったが、そんな隙だらけな行動を許す〈エデン〉ではない。

まず【ハンター】3年生が犠牲になった。

「『シールドバッシュ』！」

「ぐお⁉」

「くらいなさい」

「あぎゃべしっ⁉」

シエラによる盾突撃だ。

まともに食らった【ハンター】３年生は無様にダウンを取られ、そしてシエラが振り上げたメイスがゴッチンッ！　と脳天に叩き込まれた。

メイスの通常攻撃によってダウン中にクリティカルを取られてしまった【ハンター】３年生は〈気絶（スタン）〉の状態異常になってしまう。

まずは１人。

続いて犠牲になったのは【双剣士】３年生だった。

「これがヒーローの力なのです！『ロリータタックル』！」

「ごふっ⁉」

どう見てもヒーローの力ではなかったが、強力なロリのおでこが【双剣士】３年生の鳩尾に突き刺さった。

ＨＰが仕事をしてくれるため痛みはそんなに無いはずだが、【双剣士】３年生は膝から崩れ落ちる。

『ロリータタックル』はクリティカルヒットすると相手を〈気絶（スタン）〉状態にすることがある。恐ろしい技だ。

「ば、バカな⁉」

一瞬で3人がやられ、ヘルクが動揺して叫んだ。

まさに呆気ない幕切れ。戦闘のせの字もなく、追い詰められてただ狩られたのだ。

それを認識したヘルクの動揺は大きい。

しかし、次のラナの一言でもっと動揺することになる。

「ちょっとみんな、あの大男だけ忘れてるわよ！　『聖光の宝樹』！」

「うおおおぉぉぉぉ！」

自分だけなぜ生かされたのかを知ってしまったヘルクが叫びながら走り出した。おそらく動揺が足に来たのだろう。男には涙を見せないために突然走り出したいこともあるのだ。

瞬間、自分が今までいた場所から聖なる樹が生える。あのままあそこに居たらまともに食らっていた。不幸中の幸いである。

それを見たヘルクはギリギリのところで今の状況を思い出した。

「まずい、まずいぞ！　ジーロン、生きてるかあ！」

走る方向を修正し、ジーロンが吹っ飛ばされた場所へ向かうヘルクだったが、すでにそこには〈エデン〉のメンバーらしき2人がいた。

「飛んで火に入る夏の虫デース！　『必殺忍法・分身の術』デース！」

「ラナ殿下にはとにかく頭を打っ叩くよう言われております、ご覚悟を」

その正体はパメラとセレスタンだった。

ジーロンは吹っ飛ばされたが幸いにもＨＰはまだ余裕があり、〈ハイポーション〉によって回復していた。

しかし、縦横無尽、アクロバティックに動き回るパメラと、なんだか動きがとんでもない執事によって苦戦を余儀なくされていた。

「ふふ⁉　こ、こんなところで負けられるものですか！　ユニークスキル発動『奥義・大斬剣』！」

「『忍法・身代わり』！　甘いのデス。それは分身デス」

「ふ⁉　なんですと⁉」

「締めましょうか。『手刀』！」

ジーロンはユニークスキルで巨大化した光の剣でパメラを斬らんとしたが、パメラは素早く『忍法・身代わり』を使って分身体と自分の位置を入れ替えた。ジーロンの渾身の一撃は分身体を斬って終わってしまう。

すかさずセレスタンが滑り込み『手刀』をジーロンの延髄に、と思わせて脳天に叩き落とす。

「がふ⁉」

「ジーロン⁉」

ぐりんっと白目になったジーロンが膝から崩れ落ちた。〈気絶（スタン）〉状態になったのだ。

ゲームでの『手刀』は相手の延髄に撃ち込み〈気絶〉状態にするスキルだったが、脳天でもいけたらしい。

ヘルクが駆けつけた時にはジーロンはトドメを刺されるのを待つばかりであった。

「さて、次はあなたですね」

「く、おのれ執事！　よくもジーロンを！　ユニークスキル発動『大雄姿・復讐戦撃』！　うおおぉおおお！」

ヘルクのユニークスキルは仲間がやられると火力が上がる攻撃スキル。

実は全員〈気絶〉になっているだけで誰もやられてはいないので威力はそれほど高くは無い。

この渾身の一撃に対し、セレスタンは素早く拳を叩き込んだ。

「左がガラ空きです。『ブリッツストレート』！」

「ぐ⁉」

突撃する拳を放つ『ブリッツストレート』はヘルクの大盾を掻い潜ってレバーに突き刺さる。

VITを鍛えている【大戦士】のヘルクだ、ダメージはそれほど大きくない。

だが、今の一撃でヘルクのユニークスキルが強制キャンセルされてしまう。

「く、強い！『オーラオブソード』！」

「『スピンカウンター』！」

苦し紛れに放ったヘルクのオーラを纏ったソードは、しかしセレスタンが懐に入り込んだことによって避けられ、さらにカウンターを叩き込まれる。

回転を生かしたフックがズドンッと脇腹に叩き付けられ、ヘルクの身体が折れる。

「ぐは！」

「硬いようなので大技を贈りましょう。『ノッキング』！」

「ぐお⁉」

セレスタンの『ノッキング』がズドンとヘルクの腹に突き刺さり、ヘルクは身動きが取れなくなった。一時的に〈麻痺〉状態になったのだ。

そこでセレスタンが一歩下がり、力を溜めるように拳を引く。

「申し訳ありません。今から顔面を殴ります。ご覚悟ください」

力なく倒れ込みそうになるヘルクが見たのは、空手の正拳突きのように拳を叩き込む執事の姿だった。

「『バトラー・オブ・フィスト』！」

ジーロンたち４人は〈敗者のお部屋〉に送られた。

彼らが気絶した後に何があったのかはあえて語るまい。

これで〈天下一大星〉は残り11人。

ギルドバトルは終盤戦へ進む。

終盤戦。

〈『白１１９５０Ｐ』対『赤７２７０Ｐ』〉。その差、〈４６８０Ｐ〉。

白巨城３つ、赤巨城２つ、保持。

〈エデン〉と〈天下一大星〉との差は徐々に開きつつあった。

ギルドバトルが始まって35分が経過し、残り時間10分を切った。

この辺りから自陣のマスの位置や配置、保護期間になっているマスが重要になってくる。

先ほども言ったとおり〈天下一大星〉が勝つには〈ラストタイム〉に〈エデン〉の本拠地を落とす

必要があるからだ。

つまり残り時間2分の段階で本拠地の隣接マスを取っていなければならない。

どんな仕掛けかは知らないが、本拠地はバリアが張られていて相手チームは侵入できない。攻撃も当然通らない。

侵入するには隣接マスを取る必要がある。

隣接マスが取られると、バリアが解かれ、そのマスからの侵入が可能になるからだ。ダメージの減退も無くなるので隣接を取られた瞬間から一斉攻撃が出来る。

〈天下一大星〉の戦略として、本拠地隣接マスを取る動きが求められる。

そして対する〈エデン〉は相手マスを潰し、本拠地隣接を取られないよう自陣マスで埋め尽くす。

〈エデン〉の本拠地がある北エリアは今、激しいリバーシ大会が行なわれていた。

「『シェリアさん北へ2マス！　セレスタンさん南東マスを！　パメラさんとシズさんは南西マスへ！』」

本拠地へ近づこうとする〈天下一大星〉と、それを押しとどめる〈エデン〉たち。

しかし、その結果はほとんど一方的だった。

何しろこちらには【姫軍師】がいる。〈竜の箱庭〉がある。

しかも人数差もあり、〈天下一大星〉は徐々に追い詰められていた。

リーナが指示を飛ばすことで非常に効率よくマスをひっくり返していたのだ。

北エリアはすでに白マスだらけである。

残った赤マスは僅かで、〈天下一大星〉は徐々にそのマスを少なくさせている。

このままではマスの道が途切れ、〈天下一大星〉が北エリアから追い出されるのも時間の問題だった。

現在〈天下一大星〉は８人というほとんどのメンバーが北へと入っているが、やはり司令塔の有無はいかんともしがたい様子だ。

〈天下一大星〉が勝つ可能性としてもう一つ、全ての巨城を落とすという作戦もあるが、これも現実的ではない。

一つでも巨城をひっくり返されたら負けなのだ。巨城を五つ持っていないとその時点で〈天下一大星〉の負けが決定する。

時間も戦力も足りないだろう。

ということで、このまま行けば〈天下一大星〉を封殺して勝ちである。

しかしだ。それでは楽しくない。

ギルドバトルには観客が存在する。

コメントの雨が降る。

観客たちが熱狂するステージなのだ。

このまま終わらせるのはあまりにも呆気なかった。

「リーナ。俺も出る」

「ゼフィルスさん？」

華が欲しいな。

観客を熱狂させる華が。

ギルドバトルの華といえば、対人戦だ。

さっきの対人戦の盛り上がりはすごかった。

ほとんど一方的な展開に持ち込めたことが大きいだろう。

熱いバトルも盛り上がるが、戦略的に上手く制圧するのもそれはそれで盛り上がるのだ。

〈天下一大星〉だって〈エデン〉のメンバーだって望んでいる。

対人戦。

ギルドバトルに勝利はできる。ほぼ勝ったようなものだ。

だからこそ、また解禁しよう。

対人戦を。

「リーナ、この位置とこの位置とこの位置に対人戦がしたいメンバーを集めてくれ」

「ちょ、よろしいのですか？　このまま何もしなくても勝てますのよ？」

さすがリーナだ。俺の言いたいことをすぐに察して疑問を投げてくる。

すまんなリーナ。せっかく土地(マス)取りを有利に頑張ってもらったというのに。

だがな、勝ちがほぼ確定だからこそ解禁するんだ。

つまりこの手柄はリーナの手柄だ。

みんな喜んでくれるぞ。

「頼むリーナ」

「ふう。わかりましたわ。ゼフィルスさんのしたいこと全てサポートさせていただきますわ」

リーナには頭が下がる。

「助かる、リーナ。頼んだ」

俺は本拠地を飛び出して急ぐ。

そしてほぼ中央マスに近いところでラナ、シズ、パメラのメンバーがサターン、トマ、ポリスの3人を抑えている現場に到着した。

すでに戦闘が発生していたようだが、どうやら〈天下一大星〉はラナたちを突破できないようで足止めを食らっていた。

「くそぉぉ。ここを突破できれば、ここを突破できればぁぁ！」

「もう時間がないぞ。特攻するか⁉」

「く、早く〈エデン〉の本拠地ルートを確保しないとまずいぞ！　サターン！」

「ぐぬぬ、止むを得ん、力押ししかあるまい！　本拠地の予備戦力も全て投入する！　先に本拠地を落とすのだ！」

サターンたちが叫びながら移動を開始するが、そんな大声で作戦を練っていたら相手にバレると思うぞ？

「行かせると思うのかしら！」

案の定ラナが保護期間のマスの中から腰に両手を当て仁王立ちするポーズでそう言った。

サターンたちが苦い顔をする。

〈天下一大星〉は俺の指示により現れたラナたちによって阻まれ、攻めあぐねているようだ。

先ほどの会話から察するにサターンたちは自分たちの本拠地をがら空きにしてでも戦力を増やし、突破しようとしているようだ。

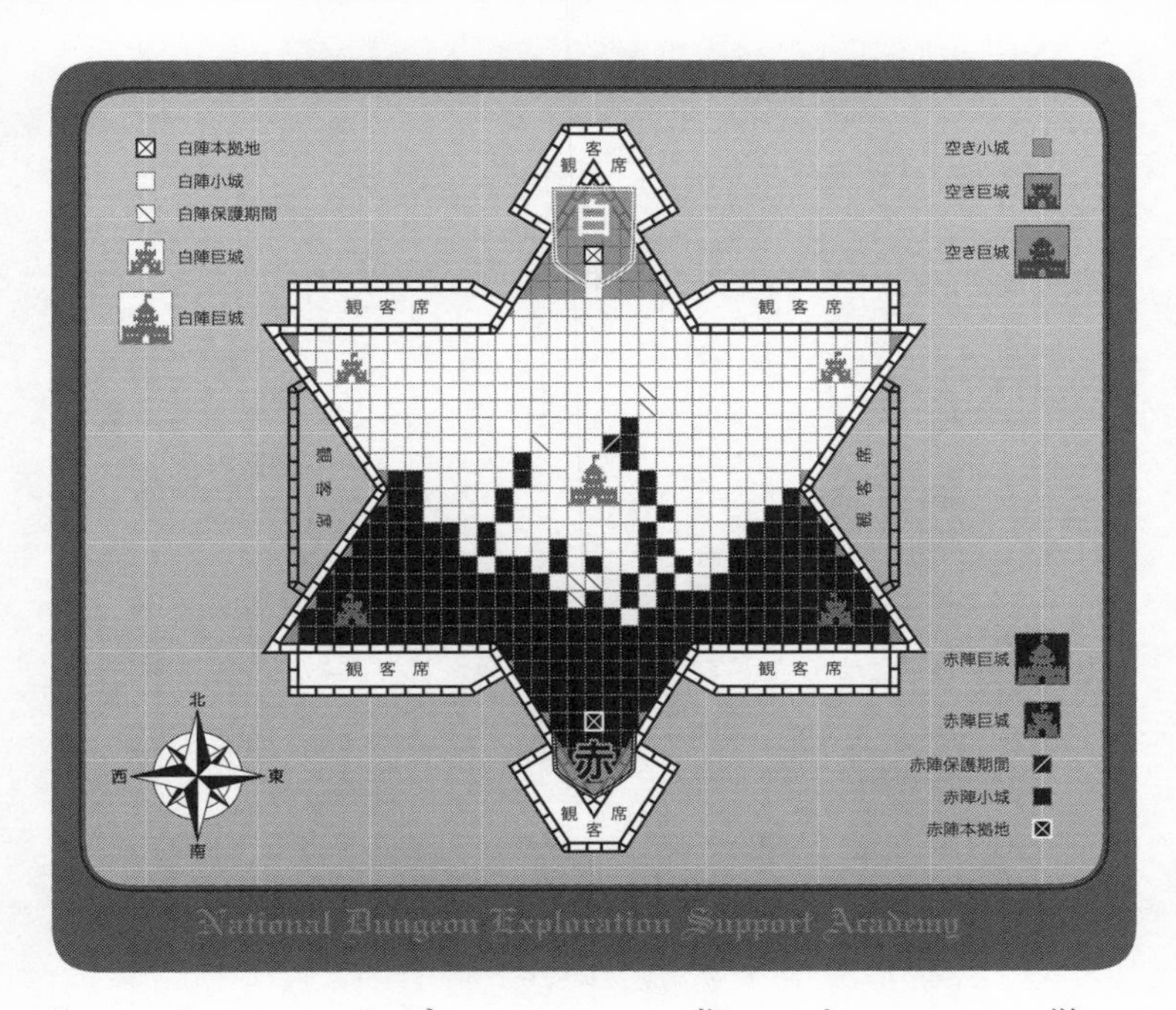

本拠地ノーガード戦法か。つまりは総力を挙げて攻撃するということ。

いいね。そうこなくっちゃな。

「待たせたな」

「ゼフィルス！　本拠地の守りはいいのかしら」

「ああ。すでに勝ちがほぼ確定だからな。本拠地にいてもつまらないし、出てきた」

「ゼフィルス殿、お疲れ様です」

「乙デース！　もうマスは取らなくてもいいのデスか？」

「シズとパメラもお疲れ。ああ。対人戦解禁だ。サターンたちを〈敗者のお部屋〉へ送ってやれ」

「ふふ。ついに来たわね！　任されたわ！」

そう言ってラナは、どこかで見たことのあるメイスを担ぐ。

いつもタリスマン系の装備だったラナがなんと鈍器装備だ。

何が狙いか、察するに余りあった。

「このメイスね、殴るのにいいらしいのよ。ハンナが貸してくれたの」

「そうか……」

どこかで見たことがあったと思ったらハンナのだった。確かメイちゃん2号だったか？

哀れなサターンたちに目を向けると、それまで様子を窺いつつ突破しようとしていた彼らは顔を真っ赤にした。

「貴様！　そんな哀れんだ目を我に向けるんじゃない」

「く、なんて屈辱的な視線を！」

「待て、冷静になるんだ！　相手は4人、今は増援を待つんだ！」

今にも飛び出していきそうなサターンとトマをかろうじてポリスが止める。

いい判断だポリス。レベル差的にも人数的にも普通にサターンたちでは勝てないだろう。

増援を待つのは基本だ。だが、それを待ってあげる必要はない。

「仕掛けましょう。『グレネード』！」

「撃ってきたぞ！　避けろーー!!」

隣接マスへ踏み込んだシズが無情にもグレネードをバキューンした。

銃口から発射された擲弾（てきだん）がトマの方向へ放物線を描いて飛んでいく。

ポリスの掛け声にすぐにトマが回避行動に移るが、

「『忍法・影縫い』デース！」

「ぬおおお足が〈束縛〉にーーー!?」

無慈悲なパメラの援護でトマが〈束縛〉状態になり逃げ遅れた。

そしてグレネードが着弾。爆ぜた。トマごと。

「あばぁぁぁぁぁっ⁉」

「トマ⁉　大丈夫か⁉」

「ぐはぁ。あ、ああなんとかな。鍛え上げた筋肉がなければ即死だったぜ。ポリス、ヒールくれ」

「が、頑丈な筋肉だな。無事でよかった。『メガヒール』！」

筋肉を鍛えればグレネードを受けても生還できるって本当だろうか？

普通に生還したトマにポリスが回復魔法を掛ける。

隙だらけだった。

「『ライトニング――』」

「させるか！『フレア』！」

『ライトニングバースト』で蹴散らそうとしたところ。

しかし、サターンの攻撃に狙われて回避に専念する。

「サターン、やるなぁ」

「貴様は油断も隙もないな」

俺の『ライトニングバースト』は〈三ツリ〉の魔法なので発動にちょっと時間が掛かる。剣も向ける必要があるしな。

〈初ツリ〉魔法である『フレア』は発動も速く差し込まれた形だ。

うむうむ、俺が教えたことがしっかり生きているな。

「サターン助かった」

「さすがサターンだ」

トマとポリスが礼を言うが、そこでサターンの悪癖が出た。

「ふ、それほどでもある」

「『聖光の耀剣』！」

「ん？　ぐばあぁぁぁぁ⁉」

「「サターン⁉」」

サターンが乗せられてニヒルに笑った瞬間、ラナの特大の一撃がドガンッ！　突き刺さったサターンは切りもみ回転しながら吹っ飛んだ。

「今ね、ちょっとイラッときたのよ！　『光の刃』！」

「『連射』！」

「『巨大手裏剣の術』デース！」

「「あぶなぁぁぁ‼‼」」

続けてのスキルの連続攻撃がトマとポリスを襲う。

2人は回避に専念し、ギリギリのところで転がって避けて生還した。

「うおぉぉ。サターンしっかりしろ！　『ヒール』！　『ハイヒール』！」

「ぐ、油断した！　RESを上げてなかったら即死だったかもしれん」

サターンたちは劣勢だ。トマがどさくさにまぎれて突撃するも、

「懐に入ってしまえばぁぁ！」

「来させませんよ。『弾幕』！」

「ぐおおおお⁉」

シズの面による銃撃スキル『弾幕』によって押し戻されてしまう。

突破は難しかった。

ラナの持つメイちゃん2号が妖しく光った気がした。活躍するときが近いのかもしれない。

しかし、それはもう少し先になりそうだ。

「サターン氏よ！　待たせたな！」

「ここは俺たちに任せてもらおうか！」

「まさか勇者が直接出向いてくるとはな。やっとこの拳を使う時が来たぜ」

その言葉とほぼ同時に南側から3人の影が出てきたからだ。

さっき猿轡を噛まされて捕まっていた【暴走魔法使い】2年生と、
ツルツルの坊主頭をキラリと輝かせる【デンジャラスモンク】2年生、
そしてはためく漆黒のマントを翻しながらテーピングを巻いた拳でシャドーを繰り出している【殴りマジシャン】2年生だった。

〈天下一大星〉の増援だ。（……増援？）

全員ネタ職業（ジョブ）だが、大丈夫だろうか？

確かこの3人はカルア、エステル、リカが押さえつけて相手をしていたはずだが、対人を解禁した瞬間、俺のほうへ向かってきたらしい。

リーナいわく、カルア、エステル、リカのチームは現在赤の本拠地の防衛部隊が相手をしているとのことだ。

捨て身の戦法か。一歩間違えば赤の本拠地が犠牲になる。

なかなか勇気のいる戦法だ。戦法、なのだが……。

本当にこの援軍でいいの？

「待たせたな。助けに来たぜ」

「先輩方か！　さすがだ、いいタイミングである！」

ポリスの顔に喜色が浮かんだ。

確かにタイミングは良い。良いが、もう一度聞くけど援軍がその３人で本当にいいの？

しかし、これで人数は向こうが上だな。

「勝てる、これは勝てるぞ！　行くぞ、２年生方！　ここを突破するのだ！」

「任せろサターン氏！　あの時助けられた恩を今返すときなり！　ユニークスキル『狂化魔法人』！

うおおおぉぉぉぉ『バーストアウト』！」

サターンの指示に【暴走魔法使い】２年生が仕掛けてきた。

【暴走魔法使い】は【狂戦士】系の魔法使い版に分類される中位職だ。

しかし、中位の癖に防御力やＨＰを犠牲にすることで高威力の魔法を放つことが出来る強力な魔法アタッカーでもある。

『狂化魔法人』は【狂戦士】系の『凶暴化』や『狂化』などのスキルと同じ自己パワーアップ。

これを使われると、高位職であろうがＬｖ的に勝っていようが普通にやられることもある強力なユニークスキルだ。

さらに広範囲攻撃魔法『バーストアウト』で一網打尽にするつもりらしい。

なるほど。悪くない。

しかしだ、俺には通用しない。

【暴走魔法使い】がなぜネタ職業と言われているのか、それは、【暴走魔法使い】のユニークスキル発動中は発動者の防御力がゼロになり、プラス、被ダメージが2倍になるからだ。

つまり、

「シズ」

「はい『魔弾』！」

「がひゅん!?　そ、そんな、バカなぁ！」

「せ、せんぱーい!?」

シズの強力な一撃に撃ち抜かれて一瞬でHPを食われた【暴走魔法使い】2年生が退場した。

一撃だった。

【暴走魔法使い】の職業は【ガンナー】や【弓士】でワンパン。これ、〈ダン活〉プレイヤーの常識。

ネタ職業は、所詮はネタ職業なんだ。

故に俺は堂々と言う。

「邪魔者は消えた」

「な、何をやってんだ暴走の奴は!?　く、おい殴りの、俺たちで接近戦に持ち込むぞ！」

「おうよ。俺の拳が燃え盛る！」

続いてこちらに駆けて来たのはツルツルの坊主頭が眩しい【デンジャラスモンク】2年生と拳に白

のテーピングをした【殴りマジシャン】２年生だった。接近戦を仕掛けてくる模様。

【殴りマジシャン】は厳密に言えば【魔法】職に分類される。

え？　じゃあなんで接近戦するのかというと、例によってユニークスキル『圧縮された魔法の拳』により魔法の射程がほぼゼロなので接近戦をするしかないのだ。

その代わり、魔法の威力はかなり強い。強力な威力を誇るダメージディーラーだ。

当たれば強いぞ！　ただ……、

「はあぁ！『フレアストレート』！『メガフレア殴り』！」

「『軽業』！　ふっふっふデス、当たらなければどうと言うことはないのデス！」

「パメラはどこからそんな言葉を覚えてきた⁉」

【殴りマジシャン】はあくまで〈魔法〉を使って接近戦をする。通常攻撃はＳＴＲ依存なので貧弱だ。当たっても怖くない。故に魔法を使ったタイミングにさえ気をつけていれば、射程も短いので。

「当たれええぇぇぇ『フレアバースト壁殴り』！」

「『軽業』で全然当たらないのデース！」

渾身の拳を放つもパメラは軽ーく避ける。

このように避けタンクとの相性がすこぶる悪い。しかも、

「『必殺忍法・分身の術』デース！」

「な、何ぃぃ⁉　ぐはあ！　ぐ、このお『フレアストレート』！　あ？」

４体の分身が現れて【殴りマジシャン】２年生はぼこられた。

みるみるうちにＨＰが減っていき、１体に反撃したところで、【殴りマジシャン】２年生のＨＰは

ゼロになる。

その間、僅か5秒。

【殴りマジシャン】は【魔法】職。装備できるのもローブなどの防御力が低いものばかりだ。故に、物理で接近戦をやられると、わりと簡単に負ける。

「そ、そんなバカなぁぁぁぁっ!!」

【殴りマジシャン】2年生も〈敗者のお部屋〉に直行した。

「「せ、せんぱーい!?」」

トマとポリスの悲痛な声が響く。

これで上級生の援軍は残り1人。しかし、

「これぞ究極のぉぉぉ『デンジャラス大回て――――!」

「『光の刃』!『聖光の宝樹』!」

「『チャージショット』!『ジャッジメントショット』!『マルチバースト』!」

「『シャインライトニング』!『ライトニングバースト』!」

「ぎゃあああぁぁぁぁ!?」

こっちの相手も遠距離攻撃でフルボッコにされていた。

解説する暇すらなかった。

【デンジャラスモンク】2年生も退場し、またサターンたちは3人になる。

サターンが吠える。

「まさか！　く、ここで負けるわけにはいかん！『フレアバースト』！」

サターンの手から巨大な炎の塊が飛ぶ。〈三ツリ〉魔法だ。

しかし、

「甘いわね！　『聖守の障壁』！　『聖光の耀剣』！」

「ギャー!?」

ラナが魔法を防ぐ障壁で防御し、耀く巨大な魔法剣でカウンターを叩き込んだ。

サターンが大ダメージを負ったな。さすがラナだ。

そこへ慌てたようにポリスが近づく。

「サターン大丈夫か！　今癒す。『メガヒール』！　『エリアヒール』！」

「ぐっ。助かった。また下がるしかないのか……！」

「何言ってやがるサターン！　憎き勇者は目の前だぞ！　やれ！　倒せ！　俺も出る！」

「ぬう！　そうだ、目の前にゼフィルスがいるのだ！　我だって前に出てやる！　トマ、ポリス、行けるか!?」

「もちろんだ。勇者の奴に目にもの見せてやる！」

「よし、行くぞ！　『メガフレア』！」

ポリスの発破にサターンの目に再び炎が宿った。息を吹き返したか。

最後の攻撃だという気合と共にトマがシズとラナの下へ再び突っ込み、パメラにサターンが魔法で牽制する、そして俺には、なぜかポリスが突っ込んできた。爆弾を抱えて。

「このリア充勇者が！　爆発してしまえーー!!」

「こいつ、特攻か!?」

物理的に爆発しろと？

とんでもない奴である。だが、

「『グレネード』！」

「『光の柱』！」

「あびゅるばーー!?　『ボッカーン』あびゃー!?」

「ポリス!?」

なぜかトマの相手をしているはずのシズとラナの攻撃にポリスが吹っ飛んだ。

しかも途中で爆弾も爆発してＨＰも消し飛び、ポリスは〈敗者のお部屋〉へ飛んでいった。

どうやら爆発するのはポリスの方だったみたいだ。

サターンが愕然とした声を出す。

チャンスだ！

「『ソニックソード』！」

「ぐあぁあ!?」

あまりに隙だらけだったので一撃。

接近してしまえばこちらのもの、と思ったらサターンの目がギラリと光る。

「舐めるなーー！　『フレイムサークル』！」

「っ」

範囲攻撃。

サターンはこれを足元に放った。

炎のエリアが生まれ、俺にもダメージが入る。

サターンからの反撃で初めてダメージを受けた。

「『ディフェンス』！」

防御スキルを使ってやり過ごすとその隙にサターンが距離を取る。

こいつ、前より強くなってやがる。

そう思ったのも束の間だった。

「援軍が来たのデース」

「ここまでだな。『メガフリズド』！」

「ぐふ……。サターン、悪い……」

何が起きたのか、トマが〈敗者のお部屋〉へ飛んでいった。

「ゼフィルス君回復するね！　『ハイヒール』！」

振り向くと、さっきまでラナとシズがいた位置に【賢者】のメルトと【セージ】のミサトが合流していた。

今さっきのトマに直撃していた氷魔法はメルトの攻撃だったのか。

どうやらトマがラナたちに仕掛けようとしたタイミングでミサトたちが合流し、ラナとシズの手が空いたのでポリスをドガンッしたらしい。

さすがに多対一では一溜まりもなかったか。

「トマ!?」

「サターン。これで終わりのようだな」

残りはサターンただ1人だ。

「く、ミサトよ。我らの敵に回るというのか！」

「たはは〜。悪く思わないでねサターン君。やっぱり今回の騒動は〈天下一大星〉が悪いと思うからさ」

「ぐぬぬ。頼むミサトよ。〈天下一大星〉に帰ってはきてくれないか！　ミサトさえ居れば〈天下一大星〉はまともなギルドに戻れるのだ！」

「おいサターン、俺だってミサトをスカウトしてるんだ。横から入らないでもらおうか」

「なんだとぉ⁉　ミサトは元々〈天下一大星〉に居たのだぞ⁉　ミサトを奪ったのはゼフィルスではないか⁉　――――頼むミサトよ。もし帰ってきてくれるなら我らにできることはなんでもしよう。そうだ！　宿題なんかはジーロンの奴が得意だ、教えてもらおう！　なんなら宿題をいつでも写していい」

「え？　いや、それはいいかな。たはは」

ミサトがサターンの発言に思わず苦笑いする。ミサトは【セージ】である。多分ジーロンより頭いいぞ。

サターンの秘儀『なんでもする』は見事に空ぶっていた。

断られたサターンが狼狽する。

「な！　ま、まさかミサトよ。本当に〈エデン〉に正式加入するのか？　〈天下一大星〉に帰ってきてはくれないのか⁉」

「そうだ」

ミサトの代わりに、俺が答えてやる。

「ゼフィルスには聞いていないぞ⁉」

「いいや、俺が代わりに答えよう。ミサトは〈エデン〉に正式加入する予定だ！」

「ま、待って待ってゼフィルス君、サターン君も落ち着いて、ね？」

ミサトがとりなしてくれるがヒートアップしたサターンは止まらない。

「ミサトよ、今ここで答えてくれ！　ミサトが加入するのは〈天下一大星〉か、それとも〈エデン〉なのか、どっちなんだ⁉」

なんか究極の選択肢がとびだした。これは乗るしかない。

「ミサト、どっちなんだ！　〈エデン〉か〈天下一大星〉か、どっちに正式加入するんだ！」

「ええ！　ゼフィルス君もなの⁉　ちょ、ちょっと待とう⁉　落ち着こう⁉」

「ダメだ。このままではミサトを取り合って収拾がつかない。はっきりしてくれ」

「そうだミサトよ、ミサトが加入するのは〈天下一大星〉だよな？　帰ってきてくれるよな？」

「え？　それは無理かな」

「………………ほ？」

思わずといった感じに答えたミサトの一言にサターンから魂的な何かがポロッと零れた。

俺はチャンスとばかりに追撃を仕掛ける。

「サターン。二つあった選択肢のうち〈天下一大星〉をミサトは断った。つまりそういうことだ」

「へ？　ゼフィルス君これは別に〈エデン〉を選んだわけじゃ――むぐぅ⁉」

ミサトが何か言おうとしたところで後ろから忍び寄った影がミサトの口を塞ぐ。

メルトだ。

そしてこっそりミサトと内緒話をする。

「ミサトいいから。ゼフィルスの言うとおりに頷いていれば全て丸く収まる。今は〈エデン〉に正式加入すると言っておけばいい」

「えぇぇ。それっていいのかな？」

「問題ない。さあ、あいつに言ってやれ、それで決着が付く」

「う、うん分かった。メルト様のこと信じるね」

ここそこっと小さな声で話していたミサトとメルトだったが、近くに居る俺にはよく聞こえた。メルトは上手くやってくれたようだ。

ちなみにサターンは放心しているので聞こえていない。心に深いダメージを負ったらしい。

しかし、サターンにはさらに試練が待ち受ける。

「サターン君」

「ん、んあ、ミサトか？　そうか夢か、我は今悪い夢を……」

「えっとね、私〈エデン〉に正式加入することにしたから〈天下一大星〉には加入しません。ごめんね？」

「………………」

ブチンッ。

そんな音が聞こえた気がした。

「ゼフィルスぅぅ！　『フレアバースト』！」

「そいつは読んでたぜ！　『ライトニングスラッシュ』！」

一瞬でプッツンしたサターンだったが、以前も同じようなことがあったのを俺は覚えている。俺の対処は的確だ。『フレアバースト』も、この近距離ではちょっと横にずれてしまえば回避できる。

そして俺は下からかち上げるようにして思いっきり『ライトニングスラッシュ』を振りぬいた。

「ぐああああああ⁉」

雷にビリビリされながら弧を描くようにして飛んでいくサターン。そして落っこちた先にいたのは、いい表情をしたラナと無表情に銃口を向けるシズだった。

「飛んで火にいる虫ですね。『バインドショット』！」

「ぐおおぉぉ⁉」

ナチュラルにサターンを虫扱いしたシズが速攻で〈拘束〉の状態異常になるスキル『バインドショット』を放った。

身動きが封じられるサターン。危うし。絶体絶命か。

なんとか蓑虫(みの)状態になりながらも膝立ちまでした時には、サターンの目の前にはいい笑顔をしたラナがいた。

「これね、ゼフィルスに教えてもらったのよ。水平に、振るの！」

そう言って振られたのは、ハンナオススメのメイちゃん2号。

あの伐採から練習したのだろうか、なかなか様になったスイングがちょうど膝立ちで低い位置にあったサターンのこめかみを直撃した。

「ぶらぁぁぁ！」

地面にヘッドスライディングをかますサターン。

そこでサターンの下に現れる転移陣。

〈敗者のお部屋〉への招待状だ。
俺は手を振り、サターンを見送ったのだった。
それから数分後、ギルドバトル終了のブザーが鳴り響いた。

第19話
学園・情報発信端末・誰でもチャット掲示板20

222：名無しの斧士2年生
いよいよ〈エデン〉VS〈天下一大星〉のギルドバトル、始まるな。

223：名無しの大槍1年生
実況席がすごい賑わいなんだけど、あれって誰だ？

224：名無しの筋肉1年生
知らんのか大槍の。
実は俺も知らないんだ。

225：名無しの神官2年生
げふんげふん！
おい、笑わせんな！　この観客席の中で思いっきり噴いちまったじゃねぇか！
あれは【マルチタレント】のキャスさんと【貴公子】のスティーブンさんだろ。
ギルドバトルの解説者としていろんなところで見かけるぞ。
この前の〈キングアブソリュート〉VS〈千剣フラカル〉の時もいたしな。
あ、ちなみに名前出しは本人が許可してます。

226：名無しの剣士2年生
確か上位のギルドバトルでは引っ張りだこな方々だった気がするっす。
上位のギルドバトルにも付いて行ける深い知識と分かりやすい

コメントが人気を呼んでいるらしいっすよ。
自分のギルドバトルには来てくれたことなかったっすが。

227：名無しの支援3年生
それだけこのギルドバトルが注目されているということだろう。
正確には今話題の〈エデン〉がどういったギルドバトルを行なうのかが注目を集めているのだ。
ここ最近の勇者の情報は爆弾じみている。
みな爆発で粉々にならないよう情報集めに余念が無い。
今日も何かしらの情報爆弾が爆発するのではないかと噂されている。

228：名無しの剣士2年生
ああ！ 観客席に上位のギルドや最上級生が多いのはそのせいっすか！

229：名無しの盾士1年生
さすが私たちの勇者君ね。

230：名無しの商人1年生
私、今日は勇者君から片時も目を離さないわ。

231：名無しの神官2年生
いやギルドバトルを見ろよ。

232：名無しの斧士2年生
スクリーンにカウントダウンが出た。もうすぐだな。

233：名無しの剣士2年生
その前になんかコントやってなかったっすか？
なんか猿轡を噛まされている人がいたように見えたっす。

234：名無しの神官2年生
気のせいだろ。

246：名無しの支援3年生
始まったぞ。
まずは初動だな。

247：名無しの女兵1年生
〈エデン〉速い！
でも3人？　あ、さらに後ろから3人が追いかけてきているのね。
一緒に行動しないの？　珍しいわね。

248：名無しの支援3年生
〈エデン〉のギルドバトルを見るのはこれで三度目だが、
初動はこのように足が速いものがレールを敷き、遅い者が追いかける
ようにして進む戦法を採用しているようだ。
確かに〈天下一大星〉のように大人数で行動するとどうしても
全体が遅くなる。速い者は速いチームに、遅い者は遅いチームに
分けてしまったほうが結果的に速いようだ。

249：名無しの大槍1年生
べ、勉強になるな。
同じ1年生なのにこうも動きが違うのか。

250：名無しの盾士1年生
私たち1年生の中ではトップのギルドだもの。
文字通り格が違うわよ！

251：名無しの神官2年生
と話しているうちにもう〈中央巨城〉着いたのかよ！
スリーマンセルだからって中央に着くの速すぎるだろ！

252：名無しの支援3年生
防衛モンスターも一見簡単そうに倒すな。

〈エデン〉はモンスターを速く倒すのに慣れきっているように見える。
普段から時間を気にして練習しておかないと
これが意外に難しいのだが。
〈エデン〉はどんな訓練を積んでいるのか。

253：名無しの神官2年生
〈エデン〉は先を見通してメンバー全員がこれを出来るように
訓練しているってことか？
おいおい、すでに形になっているどころか2年生でもここまで形に
出来ているギルドは少ないぞ？

254：名無しの盾士1年生
先輩の目は節穴ね。勇者君は講師なのよ？

255：名無しの商人1年生
人に教えるなんてお手の物よ。

256：名無しの神官2年生
ああ、なるほど。すごく納得！
というか〈エデン〉が思った以上にヤバイギルドなんだけど!?
勇者が教え上手ってそんなの有りなの？

257：名無しの錬金2年生
有りに決まってるじゃない。そしてゆくゆくは私に手とり足とりよ。

258：名無しの剣士2年生
錬金さん、妄想がだだ漏れっす！　それよりギルドバトルっすよ！

259：名無しの神官2年生
そうだな、一旦置いておこう。
お、〈天下一大星〉も到着して激しい削りあいが始まったな。
〈エデン〉は巨城落としは間に合わなかったか。

こりゃどっちが落とすか分からなくなったな。

260：名無しの魔法使い2年生
〈天下一大星〉の方は10人ね。
これはひょっとするかもしれないわ。

261：名無しの支援3年生
いや待て、これは。

262：名無しの大槍1年生
うお！　なんだ今の!?

263：名無しの神官2年生
〈エデン〉先取!?
ちょっと待て、今巨城に残ってたHPが全部消し飛んだように
見えたぞ!?　なんだ今の!?

264：名無しの剣士2年生
お、落ちつくっす!?
解説の方が説明してくれるみたいっすよ！

265：名無しの支援3年生
あれは同時着弾攻撃だな。

266：名無しの剣士2年生
ああっと、さすが支援先輩っす！
実況のキャスさんとスティーブンさんが言う前に
すでに解説してくれてるっす！

267：名無しの支援3年生
うむ。今のは同時着弾攻撃に間違いない。
名前のとおり、攻撃をまったく同じ時間に着弾させる技術だ。

メンバーとの連携もさることながら個人が優秀でないととても
時間を合わせる事なんて出来ない、非常に高度な技術の連携技だ。
しかもそれを6人で、バラバラの〈スキル〉・〈魔法〉で行ない
成功させたのだから〈エデン〉がどれだけ優秀か分かるだろう。

268：名無しの神官2年生
おいおい、凄まじいな。
これも勇者が教えたのか？
1年生の技じゃねぇぞ！　上位ランクのギルドバトルだって使ってるのなんてほとんど見たことがない。

269：名無しの剣士2年生
あ、今度は〈南東巨城〉が狙われてるっす！

270：名無しの支援3年生
さすが初動。展開が速すぎるな、いちいち解説していられん。
ふむ、これは〈天下一大星〉が完全に出遅れたな。

271：名無しの魔法使い2年生
相変わらず〈エデン〉は速いわね。もう〈南東巨城〉に隣接するわ。
でも、ちょっと変ね。

272：名無しの斧士2年生
ああ。
なんで〈エデン〉は妨害に徹しない。
あそこは相手の進路を完全に奪って進行不能にするべきだろう。

273：名無しの神官2年生
いや待て、この展開、さっき見た気がする!?

274：名無しの大槍1年生
あ、後続の2人が追いついて。

275：名無しの支援3年生

また同時着弾攻撃！
〈エデン〉が〈天下一大星〉を巨城に通したのはHPを削らせるのが目的か！
一歩間違えれば〈天下一大星〉に巨城を奪われていてもおかしくはなかったというのに、〈エデン〉はそこまで同時着弾攻撃に自信があるのか!?

276：名無しの剣士2年生

支援先輩が驚愕してるっす!?　それほどの攻撃なんっすか!?

277：名無しの大槍1年生

実況のキャスさんとスティーブンも周りの観客もすごい歓声だぞ。
魅せるな〈エデン〉は。本当に俺と同い年なのか？

278：名無しの神官2年生

言うな。悲しくなる。
すでに今の〈エデン〉に挑まれたら負けそうなんだ。
俺は先輩の肩書きをどうすればいいんだ？

310：名無しの王女親衛隊過激派

おお！　さすがラナ様です！
いいスイングです。

311：名無しの王女親衛隊その3

すごいよねラナ殿下、魔法も強いけど接近も得意みたい！

312：名無しの王女親衛隊その4

遠距離も近距離も強いとか最強かよ！

313：名無しの盾士1年生
キャー素敵！　いいわ、もっとやっちゃって！

314：名無しの商人1年生
いいわ！　もっと、もっと頭を叩くの！
〈天下一大星〉を豚箱へ送るのよ！

315：名無しの歌姫1年生
HPを減らさないようにあえてスキルを使わないのかな？

316：名無しの狸盾1年生
う、恨みがこもってますですね。

317：名無しの女兵1年生
〈エデン〉の女子たちも相当頭にきていたみたいね。
仕方ないわよ。
見て、観客席にいる女子たちもほとんどが肯定組よ。

318：名無しの剣士2年生
お、おそろしいっす。女子たちがおそろしいっす。
男子は見て見ぬふりか俯いてプルプルしているっすよ。

319：名無しの錬金2年生
〈エデン〉のメンバーは優秀だわ。
これで私たちも溜飲が下がったかしら。

320：名無しの王女親衛隊過激派
いいえ、足りないわ。まだたったの4人だしね。

321：名無しの王女親衛隊その3
そうだよね。残り時間もまだ3分の1が終わったばかりだもん、
ギルドバトルもこれからが本番だよ。

322：名無しの神官2年生
い、いやあ。でも〈気絶〉させてボッコボコは……。

323：名無しの王女親衛隊過激派
ん？　なあに？

324：名無しの神官2年生
あ、なんでもないです。

325：名無しの剣士2年生
〈エデン〉の対人戦はおそろしいっすね。

326：名無しの支援3年生
今の追い詰め方は非常に連携の取れた上手い展開だったのだが、
語りそびれてしまった……。

425：名無しの支援3年生
おかしい。〈エデン〉の連携が取れすぎている。

426：名無しの神官2年生
それのどこがおかしいんだ、支援先輩？

427：名無しの支援3年生
うむ、まずは先ほどの〈北東巨城〉での対人戦だな。
非常に高度な連携で相手を追い詰めていた。

428：名無しの斧士2年生
あれは見事だった。あそこまで綺麗に罠に掛けるとは。

429：名無しの支援3年生
ああ、見事だ。だがあまりにも綺麗すぎた。

調査のやつが調べた報告だと、〈エデン〉のメンバーの半分は
今日が初ギルドバトルだというのだ。
いくらなんでも、初めてであれほど動ける1年生があんなにいるわけがない。

430：名無しの神官2年生
なるほど。
しかし、〈エデン〉には勇者がいる。勇者が連携を教えこんだということはないのか？

431：名無しの支援3年生
いや、いくら連携が良くても実戦では経験がものをいう。
あれほど的確に、そして時間に正確にマスを取れるものではない。
指揮官でも居れば別だが……近くには見当たらない、余計になぞだ。

432：名無しの魔法使い2年生
指揮官不在ね。
勇者君が指揮系のスキルを持っていたとしても、本人は本拠地の守りに行っているから状況が分からないでしょうしね。

433：名無しの支援3年生
待て、本拠地に守りに行っていると言ったか？
そういえば【姫軍師】の彼女も本拠地にいなかったか？

434：名無しの神官2年生
そうだな。
確か勇者と本拠地に2人のはずだ。
守りにしては薄いし妙だとは思ってはいたけど。

435：名無しの支援3年生
うむ……これは、そこに何かあると見るべきだな。
軍師や指揮官が本拠地に篭っているというのはあまり聞かん。

勇者氏が本拠地に向かったのも妙だ。
もしかしたら本拠地内部から何か指示を送っているのかもしれない。
確か、【司令官】や【通信兵】などは遠距離から通信できるスキルを持っていたはずだ。

436：名無しの神官2年生
おいおいおい。
それじゃ、何か？〈エデン〉の指揮官はそんな離れた位置から現場の状況が分かるっていうのか？

437：名無しの支援3年生
まだ分からん。
しかし、そういうスキルがあってもおかしくはない。
何しろ【姫軍師】だ。伝説の職業(ジョブ)は分かっているスキルも少ないのだ。
しかし、そう考えれば〈エデン〉がこれだけ的確に動けるなぞも解ける？
むう、本拠地の建物内が見えないのが痛いな。

438：名無しの剣士2年生
あ、でもそれうちの【マッピングマン】の人がしていた気がするっす。
地図に敵の位置が光点で映し出されるやつっすよね？

439：名無しの神官2年生
…………は？

440：名無しの支援3年生
それだぁぁぁ！
間違いない。〈エデン〉は同じような手で相手の居場所などを割り出し、遠距離から指示を出しているに違いない！
そうか、そんな手があったのか！
でかしたぞ、剣士2年生！

441：名無しの神官2年生

おま、剣士よ。それって極秘情報じゃないのか？

442：名無しの剣士2年生

へ？　別に口止めとかはされてなかったっすが。

ぼく、なんかやっちゃったっすか？

443：名無しの神官2年生

あ～。いや。まああれだ。

強く生きろよ剣士よ。情報サンクス。

511：名無しの支援3年生

気がついたら終盤か。

しかしこれは、すでに〈エデン〉の勝ちが決まったようなものだな。

512：名無しの調査3年生

ええ。点差が開きすぎているし、人数差のせいで〈天下一大星〉は〈エデン〉の防衛を抜けられない。

白本拠地へたどり着くのは難しいわね。

〈エデン〉は本当に無駄の無い動きだわ。

完璧な布陣ね。

513：名無しの神官2年生

俺は圧倒されすぎて声もでねぇよ。

なんだこの完璧な棲み分け。

北は白マスばっか。南は赤マスばっか。

これじゃ奇襲も出来やしない。

せめて北側に少しでも赤マスが残ってりゃ〈天下一大星〉にも希望はあったのに、完全に封殺されてやがる。

514：名無しの魔法使い2年生
最初から〈エデン〉の掌の上だったわね。
途中まで〈天下一大星〉が追い上げていたけど、やっぱり人数差が
徐々にきていたのだわ。

515：名無しの支援3年生
いや、それほど単純な話ではない。
自分が見たところ〈天下一大星〉もDランクギルド並の実力があった。
ああ見えて、かなりの実力を持っていたのだ。さすがは1年生の
三強ギルドの一角と呼ばれることはある。
しかし、そんな〈天下一大星〉を〈エデン〉は圧倒したのだ。
このフィールドの図こそ〈エデン〉と〈天下一大星〉の実力差と
言えるだろう。

516：名無しの大槍1年生
おおお。なんかよく分からんが〈エデン〉がすげぇ強いというのは
わかったぞ。

517：名無しの神官2年生
これで封殺されて終わりか、〈天下一大星〉にとっては悔しい敗北
だろうな。

518：名無しの魔法使い2年生
そうね。後は焦らず、〈エデン〉はこのまま防衛していれば
勝てるのだもの。
無理をする必要はないのだわ。

519：名無しの剣士2年生
終了のブザーが鳴るまでこのままっすか。
なんか、実況席のお二方も同じこと言ってるっすね。

520：名無しの支援3年生

　む、いや待て。白の本拠地が動いた。

521：名無しの盾士1年生

　勇者君が出てきたわ！

522：名無しの商人1年生

　分かったわ！　このまま〈天下一大星〉を叩きのめすつもりなのよ！

523：名無しの剣士2年生

　い、いや、勇者さんに限ってそんなことは無いんじゃないっすか？

524：名無しの神官2年生

　いや、案外的を射ているかもしれん。
　勇者が前線に向かっていくぞ!?
　このまま行けば勝てるのに、あえてリスクを取る気か!?

525：名無しの盾士1年生

　キター！　さすが勇者君よ！

526：名無しの商人1年生

　それでこそ勇者！　悪を叩くのよ！

527：名無しの大槍1年生

　あああ！　【大戦斧士】が吹っ飛んだ！

528：名無しの神官2年生

　早ッ!?　お、ギルマス同士の戦いか!?

529：名無しの大槍1年生

　あああ！　今度は【大魔道士】ギルドマスターが吹っ飛んだ！

530：名無しの神官2年生
　早くも決着が!?

531：名無しの支援3年生
　いや待て、南から援軍だ！
　アタッカーたちの到着だぞ！

532：名無しの神官2年生
　これで〈天下一大星〉は6人!?
　人数で逆転したぞ!?
　まさか！　行けるのか!?

533：名無しの大槍1年生
　あああ！　暴走さんが一瞬で！

534：名無しの神官2年生
　ヤバイ、目が離せない！

535：名無しの大槍1年生
　殴りさんに危険さんも!?

536：名無しの神官2年生
　あっという間に3人に逆戻り!?

537：名無しの剣士2年生
　援軍が来た意味が無いっす!?

538：名無しの神官2年生
　ギルマスが行ったー！

539：名無しの大槍1年生
　そして吹っ飛んだー！

540：名無しの神官2年生
すごいな。ここまで追い詰められて、まだ立ち向かうのか！
なんていう不屈の精神力。
……あ。

541：名無しの大槍1年生
【ホーリー】の人――!?

542：名無しの神官2年生
貴重なヒーラーが特攻して自爆したぞ!?
ヒーラーが消えた!?

543：名無しの大槍1年生
ああ！　今度は【大戦斧士】の人が！

544：名無しの支援3年生
今度は〈エデン〉に援軍か。
他の場所でもほぼ決着がついて応援に来たな。

545：名無しの神官2年生
おお!?　気がつけば〈天下一大星〉は全体の残りが4人に減ってる!?

546：名無しの大槍1年生
もう終わりだぁぁ！

547：名無しの盾士1年生
さっすが勇者君ね！
あれ？　なんでトドメを刺さないの？

548：名無しの商人1年生
あ、あれは【セージ】ちゃん！

549：名無しの神官2年生
お、おう。なるほど。
〈エデン〉と〈天下一大星〉で【セージ】ちゃんを取り合ってたのか。

550：名無しの錬金2年生
なんてことなの。
あれほど情熱にスカウトされていたなんて。なんて羨ましい！

551：名無しの盾士1年生
えー!?　あの選択肢で〈エデン〉に飛びつかないってどういうこと!?

552：名無しの商人1年生
信じられないわ。私なら即で飛びつくわ！　自信あるもの！

553：名無しの女兵1年生
私も間違いなく飛びつくわ。
飛びつかないなんてどうかしてるわよ！
飛びつきなさいよ！

554：名無しの歌姫1年生
あ、でも【セージ】ちゃん正式加入するって、〈エデン〉に。

555：名無しの狸盾1年生
はわわ！

556：名無しの盾士1年生
どういうこと！　さっきは悩んでたでしょ！

557：名無しの女兵1年生
悩むくらいなら断りなさいよ！
〈エデン〉の枠が減るじゃない!?

558：名無しの剣士2年生
ひぃぃ。さっきと言っていることが矛盾してるっす!?
書き込みがむっちゃ怖いっす！

559：名無しの神官2年生
〈エデン〉に誘われて断るなんてあり得ない。
でも、加入も嫉妬で許せない、という女心ってやつか。
ああ、軽くホラーだったな。

560：名無しの錬金2年生
ふふふ。それでいいのよ【セージ】ちゃん。
正式なギルドメンバーからの提案なら勇者君も、ふふふ。
約束、守ってね。【セージ】ちゃん。

561：名無しの剣士2年生
ここに一番ホラーな人がいるっす！

562：名無しの錬金2年生
剣士？　後で顔貸してもらえる？

563：名無しの剣士2年生
ひぃぃ！　なんでもないっすぅぅ！

564：名無しの神官2年生
あ、決着ついた。

565：名無しの王女親衛隊過激派
さすが王女様です！　すばらしいスイングです！

第20話　メルト&ミサト　祝勝会&歓迎会！

「ギルドバトル勝利おめでとう！　これより祝勝会&メルト、ミサトの歓迎会を開催する。みんなジョッキは持ったな？　ではカンパーイ!!」

「「「カンパーイ」」」

「「「おめでと〜」」」

そこらじゅうからジョッキ同士がぶつかる音が響き渡る。

現在Eランクギルド〈エデン〉のギルド部屋にて祝勝会と歓迎会が行なわれていた。

参加者は全て〈エデン〉のメンバーだ。

〈天下一大星〉のメンバーは当然いない。

彼らは、なんというか風の噂で我に返ったとか聞いたが、そっとしておいてやろうと思う。

改めて会場を見渡すと、女子はみんなすっきりとした笑顔で溢れていた。

圧倒的勝利だったからな。みんな勝利したのが嬉しいのだろう。そうであってほしい。

結果を思い出す。

ポイント〈『白12050P』対『赤7300P』〉〈ポイント差：4750P〉。

〈巨城保有：白3城・赤2城〉。

〈残り時間00分00秒〉〈残り人数：白15人・赤3人〉。

――――勝者、〈白チームエデン〉。

〈天下一大星〉は圧倒的な敗北となってしまったな。

あまりに大差が付きすぎて、〈竜の箱庭〉のマッピングが100%になってしまったほどだ。

正直、いい感じの作戦と動きをしていたのだが、すべては俺から教わったこと。その作戦や行動で俺率いる〈エデン〉に勝てる道理は無かった。

本拠地にも近づけず、最後は特攻を決めようかと決断したようだが、〈エデン〉の優秀なメンバーとリーナの的確な指示がそれを防ぎ、ほとんど近づけずに完封されていたな。

また〈天下一大星〉は戦闘不能者がかなり出た。合計12人。

〈プラよん〉と呼ばれている初期メンバーの4人も全員退場していたしな。大敗北だろう。

ラナもサターンにいいのをお見舞いできたみたいでスカッとしていた。

あれは中々のスイングだった。有言実行（打っ飛ばす）に加え美味しいところを持って行くとか、さすが王女だった。

途中の展開で4人を〈敗者のお部屋〉へお送りし、終盤では8人が退場した〈天下一大星〉は対人戦に難ありだったな。いや、こっちが強いのか。

他の所でも、ルルとシェリア、そしてシエラが【密偵】1年生、【重装戦士】3年生を打ち倒し〈敗者のお部屋〉へ招待してあげたようだ。

しかもルルはLv的に格上の3年生を2人も倒したというのだから驚きだ。ジャイアントキリングである。その3年生ってロリコンじゃないよな？

まあ、ルルにはロリコンじゃなくても魅了されてしまう……。つまりそういうことだろう。

また、赤の本拠地近くではエステル、カルア、リカが2年生3人を圧倒していたらしい。

ただ、相手のヒーラーが中々倒せず逃げに徹されてしまい仕留めきれなかったようだ。

あの2年生3人はなんとかタイムアップまで本拠地を守り抜いたのだ。

やるなぁ。

そして俺たちの地点では知っての通り6人を退場させた。

とても素晴らしい結果じゃないだろうか？

特にギルドバトル初参加というメンバーが多い中、このような好成績を残した人が多いというのが素晴らしい。

リーナなんかまだ戦略面では経験不足だったはずだが、俺は少しフォローしただけなのによくあんなに動けたと思う。

本当にみんな素晴らしい動きだった。

〈ジャストタイムアタック〉などの戦術の課題も多いが、まずはこれだけ優秀なメンバーに恵まれたことを喜びたい。

ジュースが美味い！

「ゼフィルス、いい飲みっぷりじゃない！　私が注いであげるわよ」

「おお？　悪いなラナ。ありがとう」

珍しくデレが強めなラナにお礼をしつつアップルジュースをお酌（？）してもらってまた飲む。

今回のアップルジュースは普通の、レアじゃない方のやつだが非常に美味いと感じる。

これが勝利の味ってやつか。

「〈幸猫様〉には〈ゴールデンアップルプル〉のジュースをあげるわね！」

「――え？　俺には？」

なぜか〈幸猫様〉にはグレードの高い〈芳醇な１００％リンゴジュース〉がお供えされていた。

意味は分かるし当たり前とも思うけど、なんか釈然としなかった。

「まあいいか。ならば俺も秘蔵の〈ゴールデントプル〉のステーキ肉をお供えしよう」

しかし、今は祝勝会。

そういうこともある。

俺もレアモンスター〈ゴールデントプル〉の数少ないお肉の1枚をお供えする。

そしてラナと一緒に祈った。

「いつもありがとうございます！　また良い物をよろしくお願いします〈幸猫様〉！」

「感謝します〈幸猫様〉。いつまでも〈エデン〉を見守っていてください」

隣同士に俺とラナが並びしっかりお供えする。

「たはは～。ゼフィルス君、お疲れ様～」

「ミサトか」

やって来たのはジョッキを片手に持ったミサトだった。

なんとなくバツが悪そうな顔をしている。

どうしたのだろうか？

「ミサト。はっきり言え。ゼフィルスだって悪いようにはしないだろう」

「メルト様。でも不安なんですよ～」

おっと、ミサトの陰に銀髪の少年、メルトがいた。やばい、小さくて目に入らなかったと言ったら怒りそうだ。内緒にしておこう。

しかし、ミサトは言いたいことがある様子だが、なかなか踏ん切りがつかないのか口を開いては閉じを何回か繰り返す。

「ミサト」

「う、うん。ゼフィルス君！」

「お、おう。なんだ？」

メルトに視線で後押しされ、ミサトがついに前に出た。

その横でラナが警戒した視線を向けてくるのが気になるところだ。

「あのね、そのね。その、私ってこのまま〈エデン〉に在籍していいのかなって……」

「…………うん？」

あまりにも予想外なことを聞かされて俺は一瞬よく理解できなかった。

そこにメルトが溜め息を吐いて補足する。

「ふう……。ミサトが〈エデン〉に加わったのは〈天下一大星〉との衝突を何とかするためだった。まあ、あまり効果は無かったが。それが終わった今、ミサトは自分が〈エデン〉に在籍していて良いのかと、まあそんなことを思っているわけだ」

珍しく長文で語ってくれたメルトの言葉を咀嚼する。

そして意味を理解したとき、俺の言葉より先に動いた者がいた。ラナである。

「居て良いに決まっているじゃない！　ミサトはもう〈エデン〉のメンバーだわ。誰にも文句は言わせない、言ったらメイちゃんで叩いてあげるから、ミサトはずっと〈エデン〉にいなさい！」

俺のセリフが取られちゃった⁉

ラナはミサトの手を取り、目を見てまっすぐにそう告げる。

ミサトはそんなラナの言葉に、なぜか頬を赤くしていた。視線はラナの大海原のような青い目に固定されて動かない。

「私、このまま〈エデン〉にいていいの？」

「当たり前でしょ。今度一緒にダンジョン行ったり、またギルドバトルもしましょうよ」

「…………うん。ありがとう。ラナ殿下」

おかしいな。

当事者の俺がまさかの部外者で不思議。

しかし、話は上手く纏まりそう。ならいいか。うん。

とりあえずラナとミサトがこちらをチラリと見てきたので頷いておく。ちなみにメルトも頷いている。

俺たちの役割はこれで終わりだろう。

俺はメルトと共にそっとその場を離れ、豪華な料理に舌鼓を打つことにしたのだった。

「ゼフィルス。その、なんだ。ありがとう」

「おう。メルトも、これからもよろしくな」

「……ああ」

祝勝会&祝賀会はこうして楽しく過ぎていった。

名前 NAME

ゼフィルス

人種 CATEGORY		職業 JOB	LV		
主人公	男	勇者	65	HP	340/340→ 402/372(+30)
				MP	603/603→ 723/623(+100)

獲得SUP:合計22P　制限:——

攻撃力 STR	225→235	(×1.6)
防御力 VIT	225→235	(×1.6)(+10)
魔力 INT	225→235	(×1.6)
魔力抵抗 RES	225→235	(×1.6)
素早さ AGI	225→235	(×1.6)(+15)
器用さ DEX	30	(×1.6)

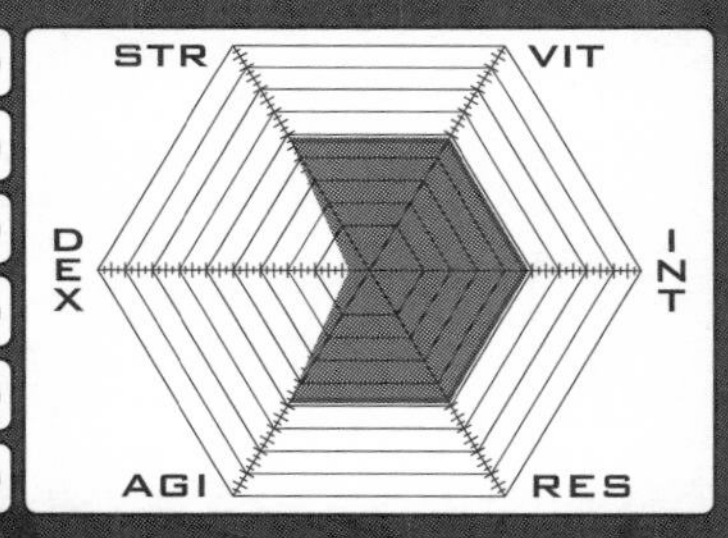

SUP ステータスアップポイント 0P → 66P→ 0P

SP スキルポイント 0P → 3P→ 0P

スキル

身体強化 LV10　直感 LV5　超反応 LV5
ソニックソード LV5　ハヤブサストライク LV1　ライトニングスラッシュ LV1
属性剣 LV1　ディフェンス LV5　ガードラッシュ LV5
アピール LV5　ヘイトスラッシュ LV1　カリスマ LV2
ギルド 幸運　装備 状態異常耐性 LV3
装備 麻痺耐性 LV5　装備 斬撃耐性 LV4　装備 移動速度上昇 LV5

魔法

シャインライトニング LV5　ライトニングバースト LV1
リカバリー LV1　オーラヒール LV1　エリアヒーリング LV1

ユニークスキル

勇者の剣〈ブレイブスラッシュ〉 LV5　勇気〈ブレイブハート〉 LV10

装備

右手 天空の剣　左手 天空の盾　天空シリーズスキル（状態異常耐性）
体① 天空の鎧　体② 痺抵抗のベルト（麻痺耐性）
頭 銀のピアス（AGI↑）　腕 ナックルガード（斬撃耐性）　足 ダッシュブーツ（移動速度上昇）
アクセ① 真蒼の指輪（HP↑/VIT↑）　アクセ② エナジーフォース（MP↑）

名前 NAME

ハンナ

人種 CATEGORY		職業 JOB	LV		
村人	女	錬金術師	62	HP	90/30(+60)
				MP	710/710

獲得SUP:合計14P　制限:DEX+5

攻撃力 STR		10
防御力 VIT		10
魔力 INT		10
魔力抵抗 RES	253→	280
素早さ AGI		10
器用さ DEX	363→	378

SUP ステータスアップポイント
0P → 42P→ 0P

SP スキルポイント
0P → 3P→ 0P

スキル

錬金 LV10　調合 LV10　素材返し LV10
迅速錬金 LV5　迅速調合 LV5　簡略生産 LV5　大量生産 LV10
薬品質上昇 LV1　薬回復量上昇付与 LV1　ギルド 幸運
装備 打撃耐性 LV2　装備 MP消費削減 LV3
装備 斬撃耐性 LV3　装備 移動速度上昇 LV5
装備 MP自動回復 LV1

魔法

装備 ヒーリング LV7　装備 メガヒーリング LV3
装備 プロテクバリア LV9

ユニークスキル

すべては奉納(ほうのう)で決まる錬金術 LV10

装備

両手 マナライトの杖 空きスロット 支援回復の書・魔能玉
体① アーリクイーン黒(打撃耐性)　体② 希少小狼のケープ(斬撃耐性)
頭 戦小狼の魔女折れ帽子(HP↑)　腕 バトルフグローブ(HP↑)　足 ダッシュブーツ(移動速度上昇)
アクセ① 節約上手の指輪(MP消費削減)　アクセ② 真魂のネックレス(MP自動回復)

名前 NAME

シエラ

人種 CATEGORY		職業 JOB	LV
伯爵/姫	女	盾姫	62

HP 600/600→716/636(+80)

MP 380/380→ 410/410

獲得SUP:合計20P　制限:VIT+5 or RES+5

攻撃力 STR	150→170
防御力 VIT	310→340 (×1.1)(+10)
魔力 INT	10
魔力抵抗 RES	310→340 (×1.1)(+10)
素早さ AGI	80 →100
器用さ DEX	30

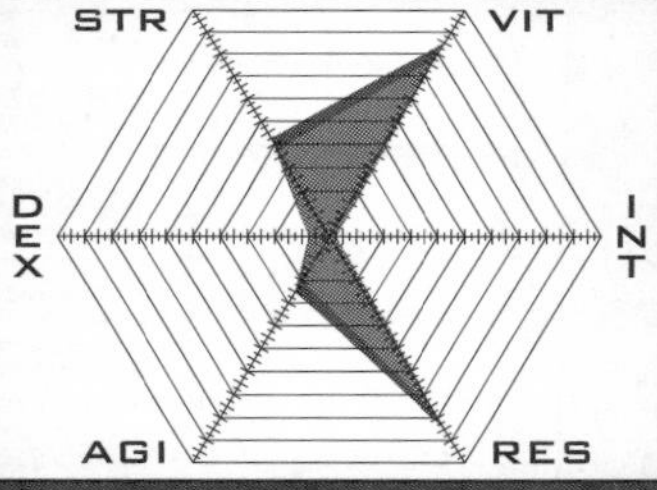

SUP ステータスアップポイント 0P →120P→ 0P

SP スキルポイント 0P → 6P→ 0P

スキル

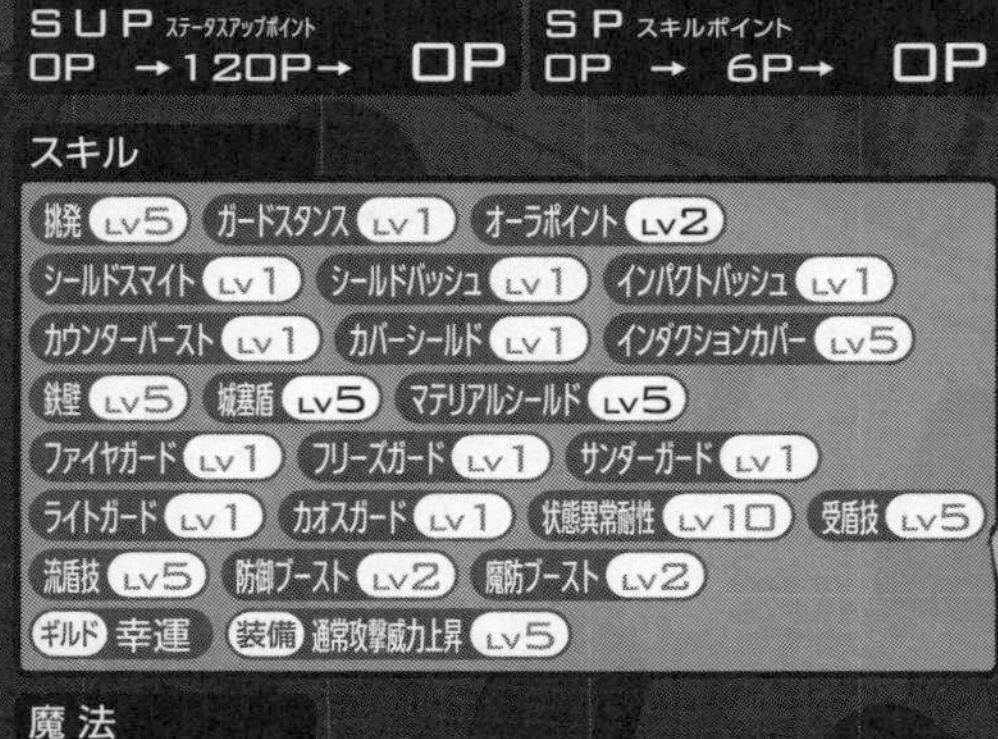

挑発 LV5　ガードスタンス LV1　オーラポイント LV2
シールドスマイト LV1　シールドバッシュ LV1　インパクトバッシュ LV1
カウンターバースト LV1　カバーシールド LV1　インダクションカバー LV5
鉄壁 LV5　城塞盾 LV5　マテリアルシールド LV5
ファイヤガード LV1　フリーズガード LV1　サンダーガード LV1
ライトガード LV1　カオスガード LV1　状態異常耐性 LV10　受盾技 LV5
流盾技 LV5　防御ブースト LV2　魔防ブースト LV2
ギルド 幸運　装備 通常攻撃威力上昇 LV5

魔法

ユニークスキル

完全魅了盾 LV5

装備

右手 鋼華メイス(通常攻撃威力上昇)　左手 盾姫カイトシールド
体①・体②・頭・腕・足 盾姫装備一式
アクセ① 命の指輪(HP↑)　アクセ② 守護のブローチ(VIT↑/RES↑)

名前 NAME

ラナ

人種 CATEGORY		職業 JOB	LV
王族/姫	女	聖女	65

HP	326/326→	328/328
MP	788/788→	851/851

獲得SUP:合計21P　制限:INT+5 or RES+5

攻撃力 STR		10
防御力 VIT	140→	150
魔力 INT	370→	385
魔力抵抗 RES	370→	385 (+15)
素早さ AGI	100→	103
器用さ DEX		50

STR VIT INT RES AGI DEX

SUP ステータスアップポイント　0P → 63P→ 0P

SP スキルポイント　1P→ 4P

スキル

MP自動回復 LV5　MP消費削減 LV5
ギルド 幸運　装備 回復強化 LV5　装備 光属性威力上昇 LV4

魔法

回復の祈り LV1　回復の願い LV1　大回復の祝福 LV1
全体回復の祈り LV1　全体回復の願い LV1　生命の雨 LV1　天域の雨 LV1
復活の奇跡 LV5　勇者復活の奇跡 LV5　浄化の祈り LV1　浄化の祝福 LV1
獅子の加護 LV1　聖魔の加護 LV1　守護の加護 LV1
耐魔の加護 LV1　迅速の加護 LV1
魂の誓い LV5　光の刃 LV5　光の柱 LV1
聖光の耀剣 LV5　聖光の宝樹 LV1　聖守の障壁 LV5

ユニークスキル

守り続ける聖女の祈り LV10

装備

両手 慈愛のタリスマン（回復強化）
体①・体②・頭・腕・足 聖女装備一式
アクセ① 光の護符（光属性威力上昇）　アクセ② 光の指輪（RES↑）

名前 NAME

エステル

人種 CATEGORY		職業 JOB	LV		
騎士爵/姫	女	姫騎士	65	HP	450/450→ 467/467
				MP	440/440→ 455/455

獲得SUP:合計20P　制限:STR+5

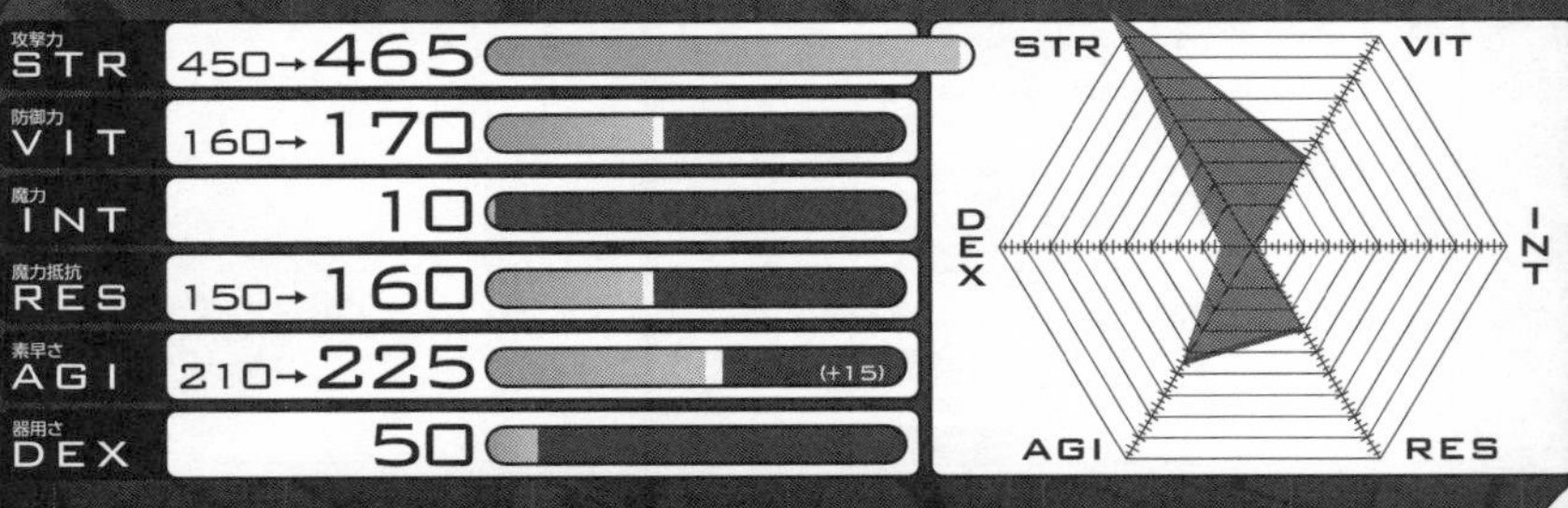

攻撃力 STR	450→465
防御力 VIT	160→170
魔力 INT	10
魔力抵抗 RES	150→160
素早さ AGI	210→225 (+15)
器用さ DEX	50

SUP ステータスアップポイント　0P → 60P→ 0P

SP スキルポイント　0P → 3P→ 0P

スキル

騎乗 LV1　乗物操縦 LV10　ロングスラスト LV5　トリプルシュート LV5
プレシャススラスト LV5　閃光一閃突き LV5
レギオンスラスト LV1　レギオンチャージ LV1
騎槍突撃 LV5
両手槍の心得 LV5　乗物攻撃の心得 LV5
アクセルドライブ LV1　ドライブターン LV1　オーバードライブ LV10
ギルド 幸運　装備 テント LV1
装備 空間収納倉庫（アイテムボックス） LV3　装備 車内拡張 LV3

魔法

ユニークスキル

姫騎士覚醒 LV10

装備

両手	リーフジャベリン(AGI↑)
体①・体②・頭・腕・足	姫騎士装備一式
アクセ①・アクセ②	からくり馬車(テント/空間収納倉庫/車内拡張)

名前 NAME

カルア

人種 CATEGORY		職業 JOB	LV		
猫人/獣人	女	スターキャット	63	HP	262/262→ 337/287(+50)
				MP	380/380→520/410(+110)

獲得SUP:合計19P　制限:AGI+7

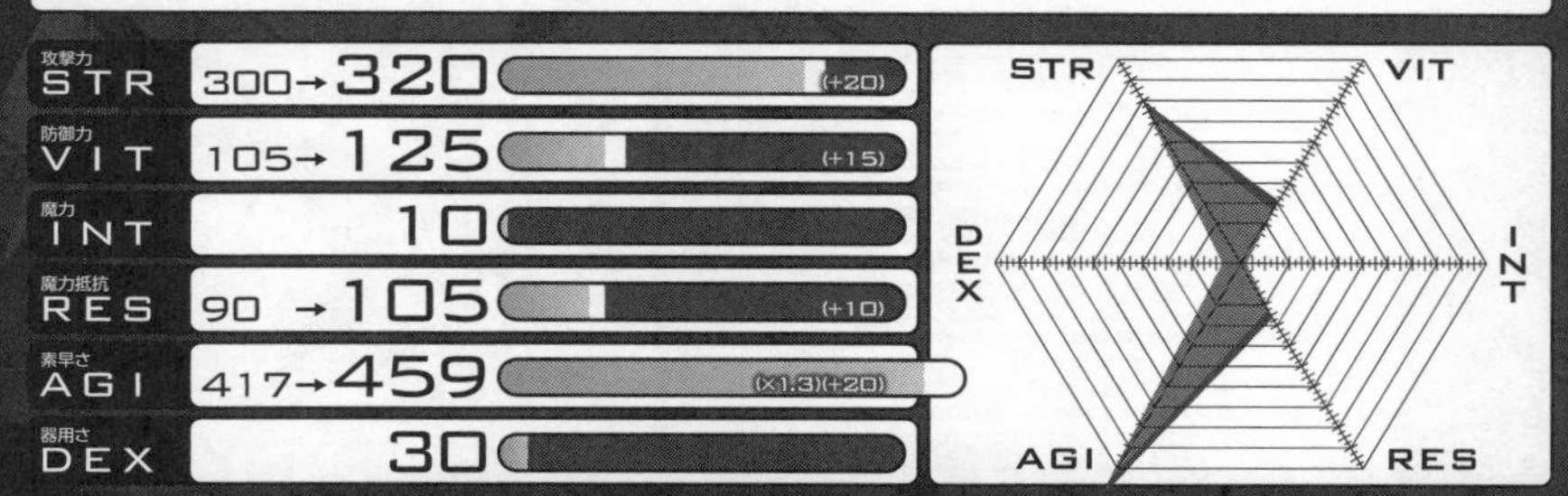

攻撃力 STR	300→320	(+20)
防御力 VIT	105→125	(+15)
魔力 INT	10	
魔力抵抗 RES	90 →105	(+10)
素早さ AGI	417→459	(×1.3)(+20)
器用さ DEX	30	

SUP ステータスアップポイント
0P →114P→ 0P

SP スキルポイント
0P → 6P→ 1P

スキル

素早さブースト LV5　短剣二刀流 LV10　投刃 LV1　フォースソニック LV5
スルースラッシュ LV1　鱗剥ぎ LV5　二刀山猫斬り LV1
急所一刺し LV5　32スターストーム LV1　デルタストリーム LV1
スターブーストトルネード LV5　スターバースト・レインエッジ LV5
ソニャー LV5　罠突破 LV1　直感 LV5　回避ダッシュ LV5
突風 LV1　ギルド 幸運　装備 打撃耐性 LV2　装備 麻痺耐性 LV3
装備 移動速度上昇 LV10　装備 爆速 LV5　装備 罠爆破 LV5

魔法

ユニークスキル

ナンバーワン・ソニックスター LV5

装備

右手	ソウルダガー(STR↑/AGI↑)	左手	アイスミー〈氷属性〉(STR↑)
体①	アーリンの衣(打撃耐性)	体②	軽快装着ベルト(VIT↑/AGI↑)
腕	抵抗のミサンガ(麻痺耐性)	足	爆速スターブーツ(移動速度上昇/爆速/罠爆破)
頭	ソウルシグナル(RES↑/MP↑)	アクセ①	魔力マフラー(MP↑)
アクセ②	守護ミサンガ(VIT↑/HP↑)		

名前 NAME

リカ

人種 CATEGORY		職業 JOB	LV
侯爵/姫	女	姫侍	62

HP	568/568→	604/604
MP	470/470→	500/500

獲得SUP:合計20P　制限:STR+5 or VIT+5

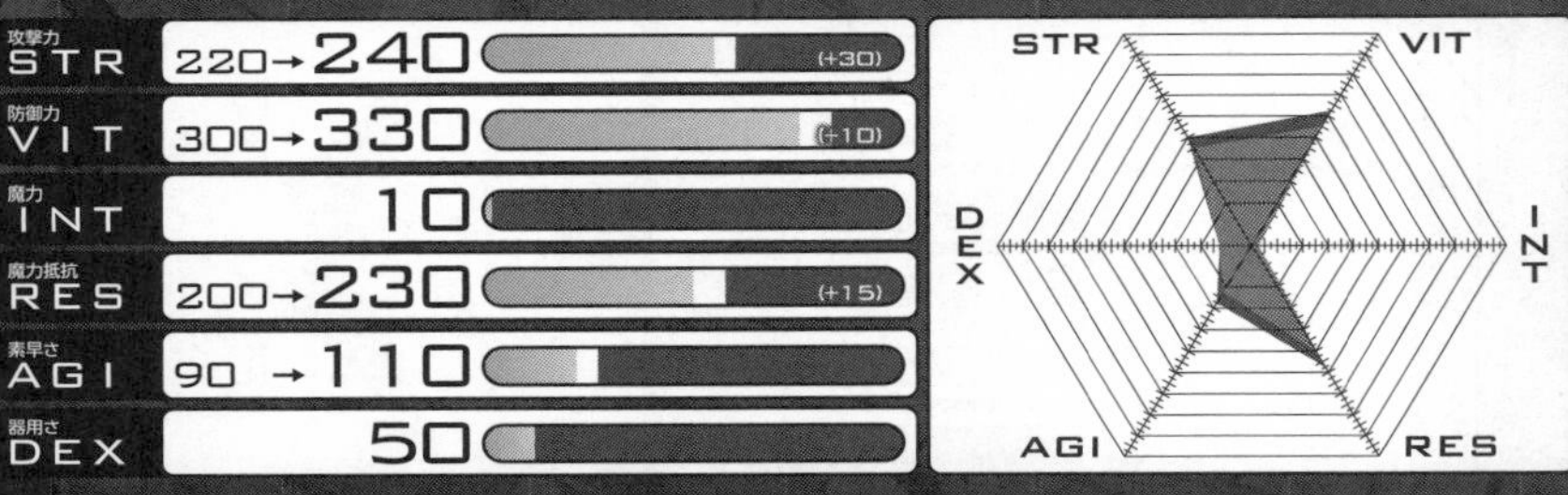

攻撃力 STR	220→240	(+30)
防御力 VIT	300→330	(+10)
魔力 INT	10	
魔力抵抗 RES	200→230	(+15)
素早さ AGI	90 →110	
器用さ DEX	50	

SUP ステータスアップポイント	0P →120P→ 0P
SP スキルポイント	0P → 6P→ 0P

スキル

二刀流 Lv9　果し合い Lv5　大勇 Lv1　戦意高揚 Lv5
切り返し Lv1　切り払い Lv1　上段受け Lv1　下段払い Lv1
受け払い Lv1　残影 Lv1　二刀払い Lv5　弾き返し Lv5
名乗り Lv1　影武者 Lv1
刀撃 Lv1　ツバメ返し Lv5　横文字二線 Lv1　十字斬り Lv1
飛鳥落とし Lv1　焔斬り Lv1　雷閃斬り Lv1　凍砕斬 Lv1
光一閃 Lv1　闇払い Lv1　パリング成功率上昇 Lv5
ギルド 幸運　装備 ビーストキラー Lv6

魔法

ユニークスキル

双・燕桜 Lv10

装備

右手 剛刀ムラサキ(STR↑)　左手 六雷刀(ろくらいとう)・獣封(けものふうじ)(ビーストキラー)
体①・体②・頭・腕・足 姫侍装備一式
アクセ① 武闘のバングル(STR↑/VIT↑)　アクセ② 魔防の護符(RES↑)

名前 NAME

セレスタン

人種 CATEGORY		職業 JOB	LV
分家	男	バトラー	44

HP 331/331→418/368(+50)

MP 230/230→310/260(+50)

獲得SUP:合計19P　制限:STR+5 or DEX+5

能力	値	補正
攻撃力 STR	200→240	(x1.6)(+20)
防御力 VIT	90→110	
魔力 INT	10	
魔力抵抗 RES	78→100	(+10)
素早さ AGI	140→170	(+20)
器用さ DEX	80	(x1.1)(+15)

SUP ステータスアップポイント 0P→133P→0P

SP スキルポイント 11P→18P→0P

スキル

- 宮廷作法 LV2
- 毒味 LV1
- 気功 LV10
- 馬車適性 NEW LV3
- ティー作製 LV2
- ストレートパンチ LV5
- 三回転裏拳 LV1
- 上段回し蹴り LV5
- プリッツストレート NEW LV1
- スピンカウンター NEW LV1
- バトラー・オブ・フィスト NEW LV1
- 手刀 NEW LV1
- ノッキング NEW LV1
- 挑発 LV5
- 警戒心 NEW LV1
- 敵の位置を探りましょう NEW LV1
- 罠など恐れるに足りません NEW LV1
- 先読み NEW LV1
- こんなこともあろうかと NEW LV1
- ギルド 幸運
- 装備 執事流武闘 LV10

魔法

ユニークスキル

- 皆さまが少しでも過ごしやすく NEW LV5

装備

- 両手 執事の秘密手袋(執事流武闘)
- 体①・体②・頭・腕・足 執事装備一式(HP↑/MP↑/STR↑/AGI↑)
- アクセ① 執事のメモ帳(DEX↑)
- アクセ② 紳士のハンカチ(RES↑)

名前 NAME

ケイシェリア

人種 CATEGORY		職業 JOB	LV		
エルフ	女	精霊術師	50	HP	258/258→ 322/322
				MP	622/622→754/724(+30)

獲得SUP:合計20P　制限:INT+5 or DEX+5

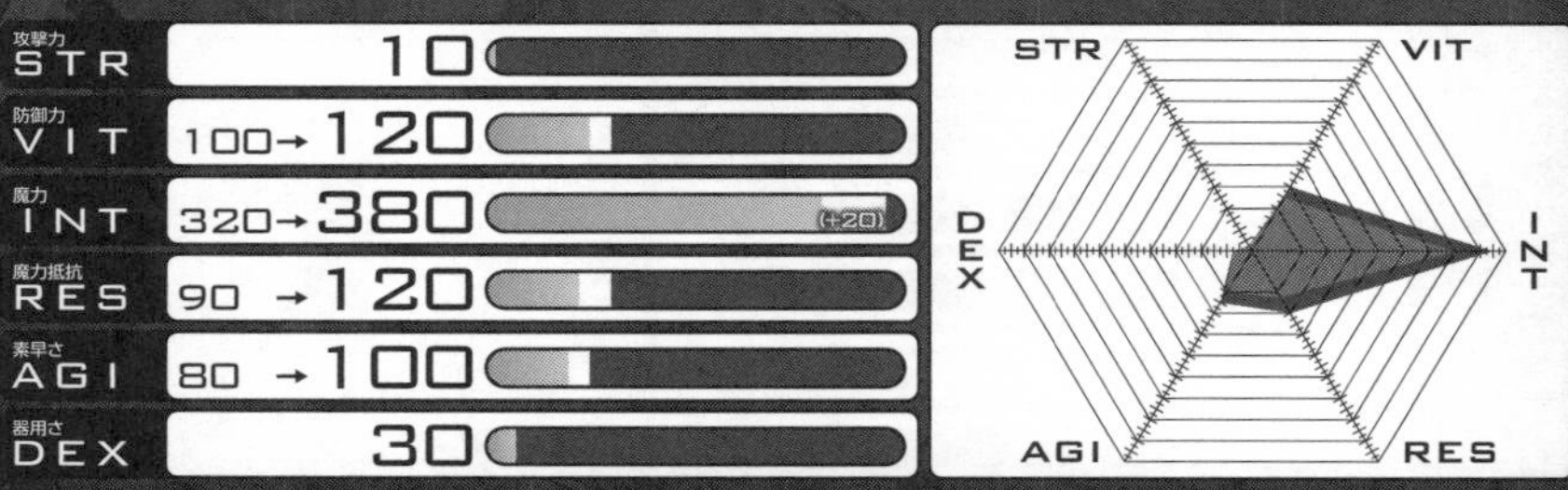

攻撃力	STR	10
防御力	VIT	100→120
魔力	INT	320→380 (+20)
魔力抵抗	RES	90 →120
素早さ	AGI	80 →100
器用さ	DEX	30

SUP ステータスアップポイント 0P →180P→ 0P

SP スキルポイント 0P → 9P→ 0P

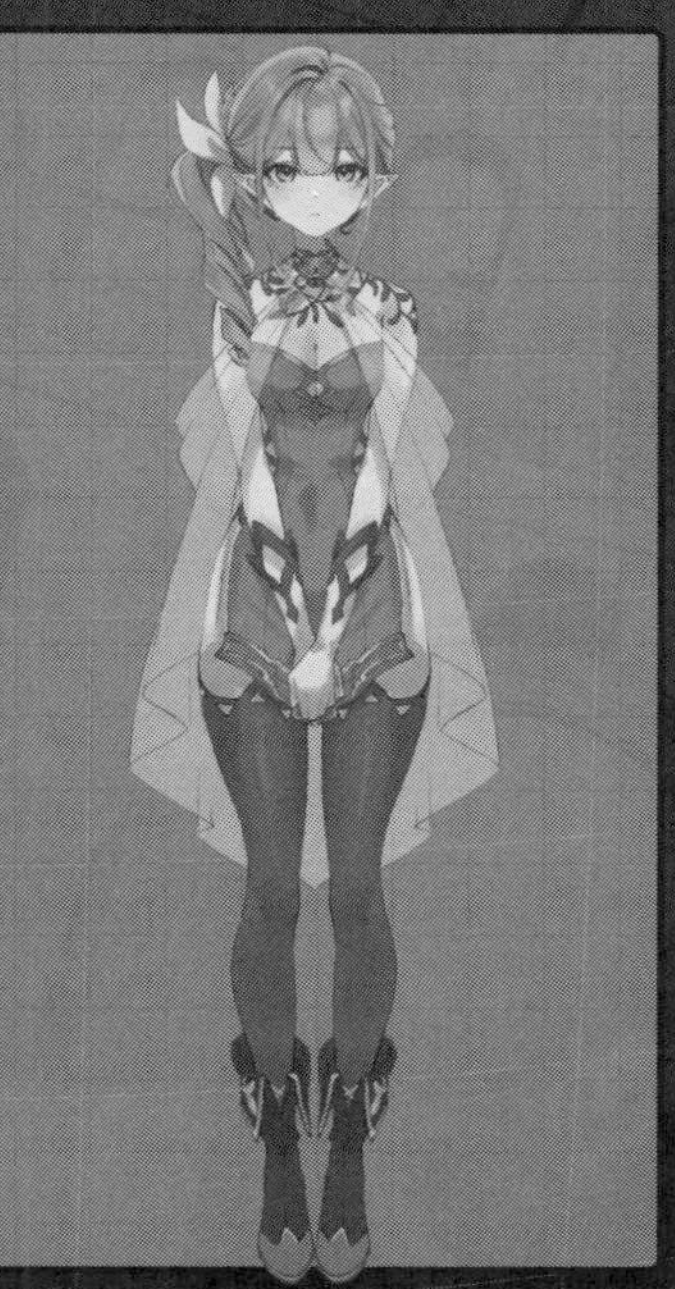

スキル

ギルド 幸運　装備 精霊術威力上昇 LV5

魔法

精霊召喚 LV5　エレメントリース LV10　エレメントブースト LV10

エレメントアロー LV1　エレメントシュート LV1　エレメントランス LV1

エレメントジャベリン LV5　エレメントウェーブ LV1　エレメントウォール LV1

オール LV1　ゾーン LV1　古式精霊術 LV1

イグニス LV1　グラキエース LV1　トニトルス LV1

ルクス LV1　テネブレア LV1　サンクトゥス LV1

ブレッシング LV1

ユニークスキル

大精霊降臨 LV10

装備

両手 小精霊胡桃樹の大杖(精霊術威力上昇)

体①・体②・頭・腕・足 最高位エルフ装備一式

アクセ① フラワーリボン(INT↑)　アクセ② 魔法使いの証〈初級〉(INT↑/MP↑)

名前 NAME

ルルル

人種 CATEGORY		職業 JOB	LV		
子爵/姫	女	ロリータヒーロー	50	HP	492/492→ 562/562
				MP	170/170→ 200/200

獲得SUP:合計20P　制限:STR+5 or VIT+5

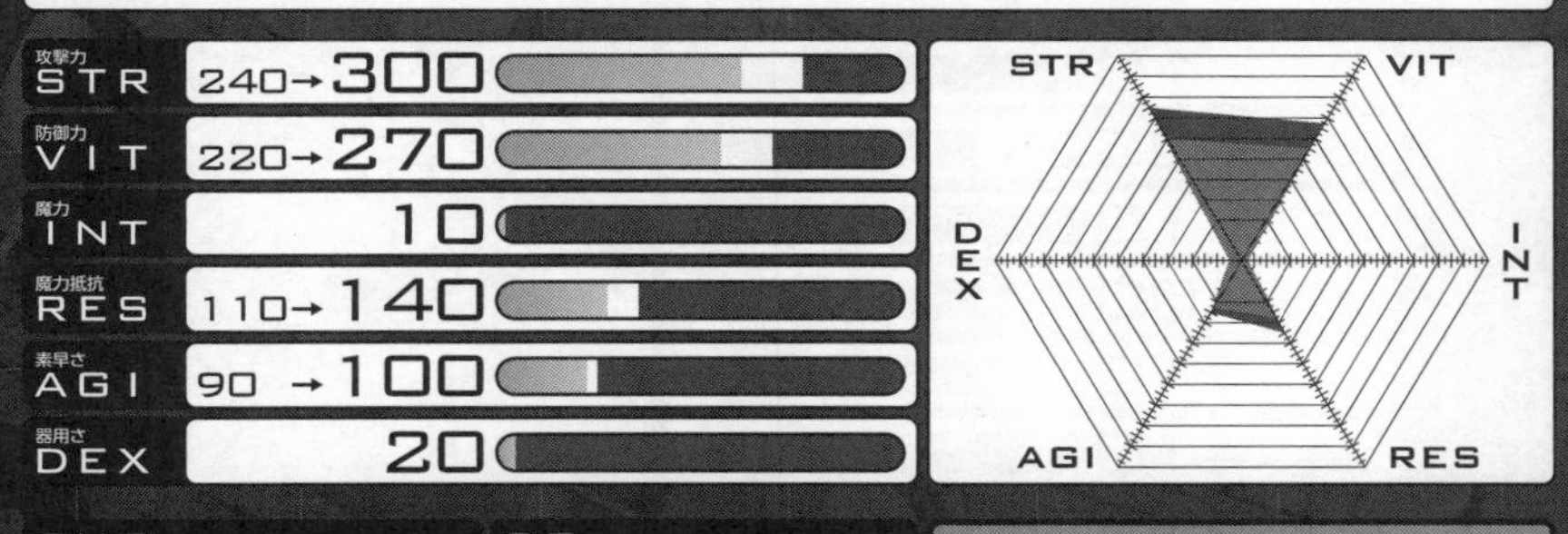

攻撃力 STR	240→300
防御力 VIT	220→270
魔力 INT	10
魔力抵抗 RES	110→140
素早さ AGI	90 →100
器用さ DEX	20

SUP ステータスアップポイント
0P →180P→ 0P

SP スキルポイント
0P → 9P→ 0P

スキル

ヒーローはここにいるの Lv5　ヒーロー登場 Lv1　ヒーローだもの、へっちゃらなのです Lv5
ヒーローは負けないんだもん Lv5　無敵のヒーロー Lv1　復活のヒーロー Lv1
小回り剣技 Lv2　ハートチャーム Lv1　ハートポイント Lv1　ロリータソング Lv1
ロリータマインド Lv1　キュートアイ Lv1　小回り回避 Lv1　ローリングソード Lv1
チャームソード Lv1　ポイントソード Lv1　チャームポイントソード Lv1
ロリータタックル Lv5　小回転斬り Lv1　ジャスティスヒーローソード Lv1
ヒーロースペシャルインパクト Lv1　セイクリッドエクスプロード Lv1
ロリータオブヒーロー・スマッシュ Lv5　片手ヒーロー Lv1　ギルド 幸運
装備 ヒーロースキルMP消費削減 Lv8　装備 毒耐性 Lv5　装備 麻痺耐性 Lv5

魔法

ユニークスキル

ヒーローはピンチなほど強くなるの Lv10

装備

右手 ヒーローソード(ヒーロースキルMP消費削減)　左手 ──
体①・体②・頭・腕・足 スィートロリータ装備一式
アクセ① 痺抵抗の護符(麻痺耐性)　アクセ② 対毒の腕輪(毒耐性)

名前 NAME

シズ

人種 CATEGORY		職業 JOB	LV
分家	女	戦場メイド	49

HP 286/286→ 319/319

MP 398/398→ 488/488

獲得SUP:合計19P　制限:STR+5 or DEX+5

攻撃力 STR	10	
防御力 VIT	90 →105	(+10)
魔力 INT	10	
魔力抵抗 RES	90 →100	
素早さ AGI	90 →110	
器用さ DEX	286→410	(×1.6)(+25)

STR VIT INT RES AGI DEX

SUP ステータスアップポイント 0P →209P→ 0P

SP スキルポイント 16P→27P→ 0P

スキル

宮廷作法 LV10　ティー作製 LV1　ファイアバレット LV1　アイスバレット LV1
サンダーバレット LV1　グレネード LV5　連射 LV5　徹甲弾 NEW LV1
貫通弾 NEW LV1　チャージショット NEW LV1　ハートスナイプ NEW LV1
魔弾 NEW LV1　ジャッジメントショット NEW LV1　マルチバースト NEW LV1
照明弾 LV1　閃光弾 LV1　バインドショット NEW LV1　チャフ LV1
弾幕 NEW LV1　地雷罠設置 NEW LV1　戦場の罠解除 NEW LV1　罠発見 NEW LV1
索敵 NEW LV1　追跡 NEW LV1　痕跡発見 NEW LV1　隠蔽工作 NEW LV1
ジャマー NEW LV1　撹乱 NEW LV1
ギルド 幸運　装備 通常攻撃威力上昇 LV7

魔法

ユニークスキル

優雅に的確に速やかに制圧 NEW LV9

装備

両手 冥土アサルト(通常攻撃威力上昇)
体①・体②・頭・腕・足 戦場メイド装備一式
アクセ① 宮廷メイドのカチューシャ(DEX↑)
アクセ② 宮廷メイドのハンカチ(VIT↑/DEX↑)

名前 NAME

パメラ

人種 CATEGORY		職業 JOB	LV		
分家	女	女忍者	49	HP	283/283→ 316/316
				MP	392/392→ 422/422

獲得SUP:合計19P　制限:STR+5 or DEX+5

攻撃力 STR	220→300	
防御力 VIT	75 → 90	
魔力 INT	10	
魔力抵抗 RES	75 → 90	
素早さ AGI	200→230	(×1.1)(+25)
器用さ DEX	36 → 47	

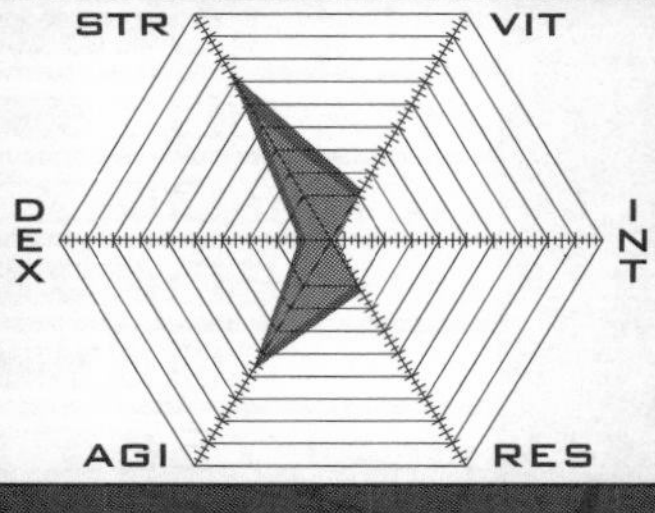

SUP ステータスアップポイント 0P →171P→ 0P

SP スキルポイント 0P → 9P→ 0P

スキル

忍法・囮影 LV1　忍法・幻影 LV1　忍法・影縫い LV1
忍法・身代わり LV1　忍法・空蝉 LV1　目立つ LV5
お命頂戴 LV1　暗闇の術 LV5　毒霧の術 LV1　刀撃 LV1
麻痺毒斬り LV1　一刀両断 LV1　豪炎斬波 LV1　氷結斬軀 LV1
雷斬り LV1　巨大手裏剣の術 LV1　毒手裏剣 LV1　立体駆動 LV1
水上歩行の術 LV1　回避ブースト LV2　瞬動 LV1　気配察知 LV1
索敵 LV5　軽業 LV1　罠発見 LV5　罠再利用 LV1
罠解除 LV1　ギルド 幸運　装備 暗闇付与率上昇 LV10
装備 動物型モンスターのドロップ2倍　装備 動物キラー LV4

魔 法

ユニークスキル

必殺忍法・分身の術 LV10

装 備

右手 解体大刀(動物型モンスターのドロップ上昇/動物キラー)　左手 竹光(AGI↑)
体①・体②・頭・腕・足 女忍者装備一式
アクセ① 暗闇の巻物(暗闇付与率上昇)　アクセ② 軽芸の靴下(AGI↑)

名前 NAME

ヘカテリーナ

人種 CATEGORY		職業 JOB	LV
公爵/姫	女	姫軍師	30

HP 157/157→ 220/220

MP 205/205→ 375/275(+100)

獲得SUP:合計20P　制限:STR+5 or DEX+5

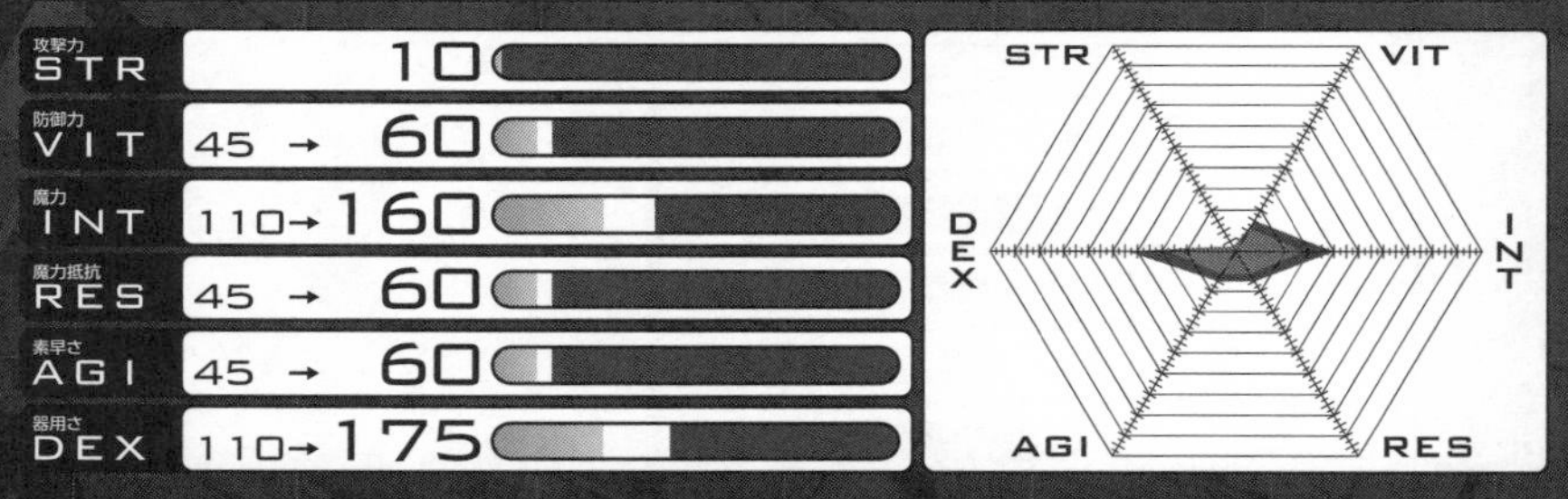

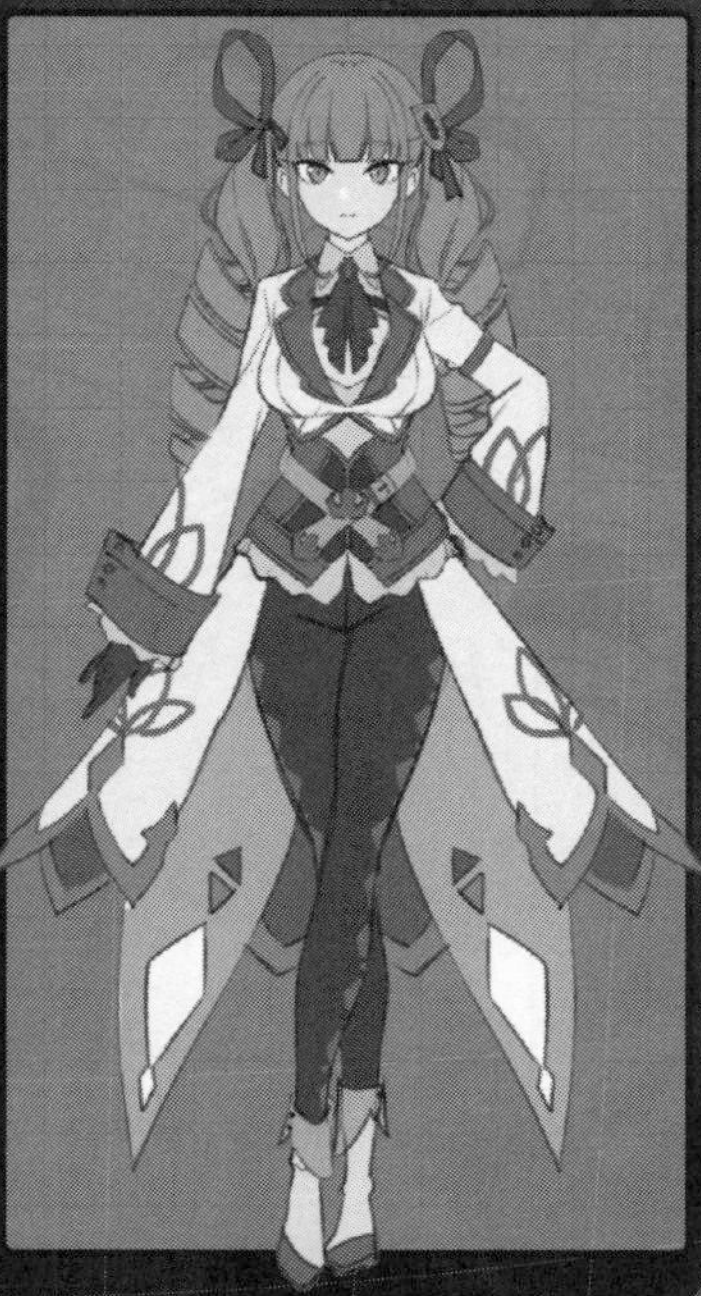

スキル

望遠 LV5　号令 LV1
ギルドコネクト LV5　指揮砲 LV1　祝砲 LV1
マジックスフィア LV1　四連魔砲 LV1　爆発魔砲 LV1
モンスターウォッチング LV1　人間観察 LV5　観測の目 LV5
状況把握 LV1　ターゲット補足 LV1
ギルド 幸運
装備 紅蓮砲 LV5　装備 統率力 LV5　装備 指揮 LV1

魔法

ユニークスキル

装備

両手 紅蓮魔砲(紅蓮砲)
体①・体②・頭・腕・足 姫軍師装備一式(統率力)
アクセ① 指揮棒(指揮)　アクセ② お嬢様のリボン(MP↑)

名前 NAME

メルト

人種 CATEGORY		職業 JOB	LV
伯爵	男	賢者	30

HP 30/30 → 138/138

MP 20/20 → 447/272(+175)

獲得SUP:合計19P　制限:INT+5 or RES+5

ステータス	値
攻撃力 STR	10
防御力 VIT	10 → 100
魔力 INT	10 → 220 (×1.3)(+53)
魔力抵抗 RES	10 → 110
素早さ AGI	10 → 70
器用さ DEX	10 → 20

STR　VIT　DEX　INT　AGI　RES

SUP ステータスアップポイント 0P →570P→ 0P

SP スキルポイント 0P →35P→ 0P

スキル

MP自動回復 NEW LV5　MP消費削減 NEW LV5　魔法力上昇 NEW LV5　ギルド 幸運

装備 麻痺耐性 NEW LV5　装備 打撃耐性 NEW LV5　装備 拘束耐性 NEW LV5　装備 気絶耐性 NEW LV3

装備 氷属性耐性 NEW LV2　装備 氷結耐性 NEW LV5　装備 全属性耐性 NEW LV1

魔法

マジックブースト NEW LV1　フリズド NEW LV1　メガフリズド NEW LV1　メガフレア NEW LV1

メガライトニング NEW LV1　メガシャイン NEW LV1　メガダークネス NEW LV1　メガホーリー NEW LV1

クイックマジック NEW LV1　ダウンレジスト NEW LV1　イレース NEW LV1　プロテクバリア NEW LV1

マジックシールド NEW LV1　バリア NEW LV1　スタン NEW LV1　スロウ NEW LV1

ヒーリング NEW LV1　メガヒーリング NEW LV1　キュア NEW LV1　リヴァイヴ NEW LV1

ユニークスキル

装備

両手 クスノキの魔玉杖（INT↑/MP↑）　楠魔術師シリーズスキル（全属性耐性/MP↑/INT↑）

体① 楠魔術師の服（打撃耐性）　体② 楠魔術師ローブ（INT↑/MP↑）

頭 楠魔術師イヤリング（麻痺耐性）　腕 魔術増幅リストバンド（INT↑）　足 楠魔術師シューズ（拘束耐性）

アクセ① 楠魔術師指輪（気絶耐性/MP↑）　アクセ② 氷魔法士の証（氷属性耐性/氷結耐性）

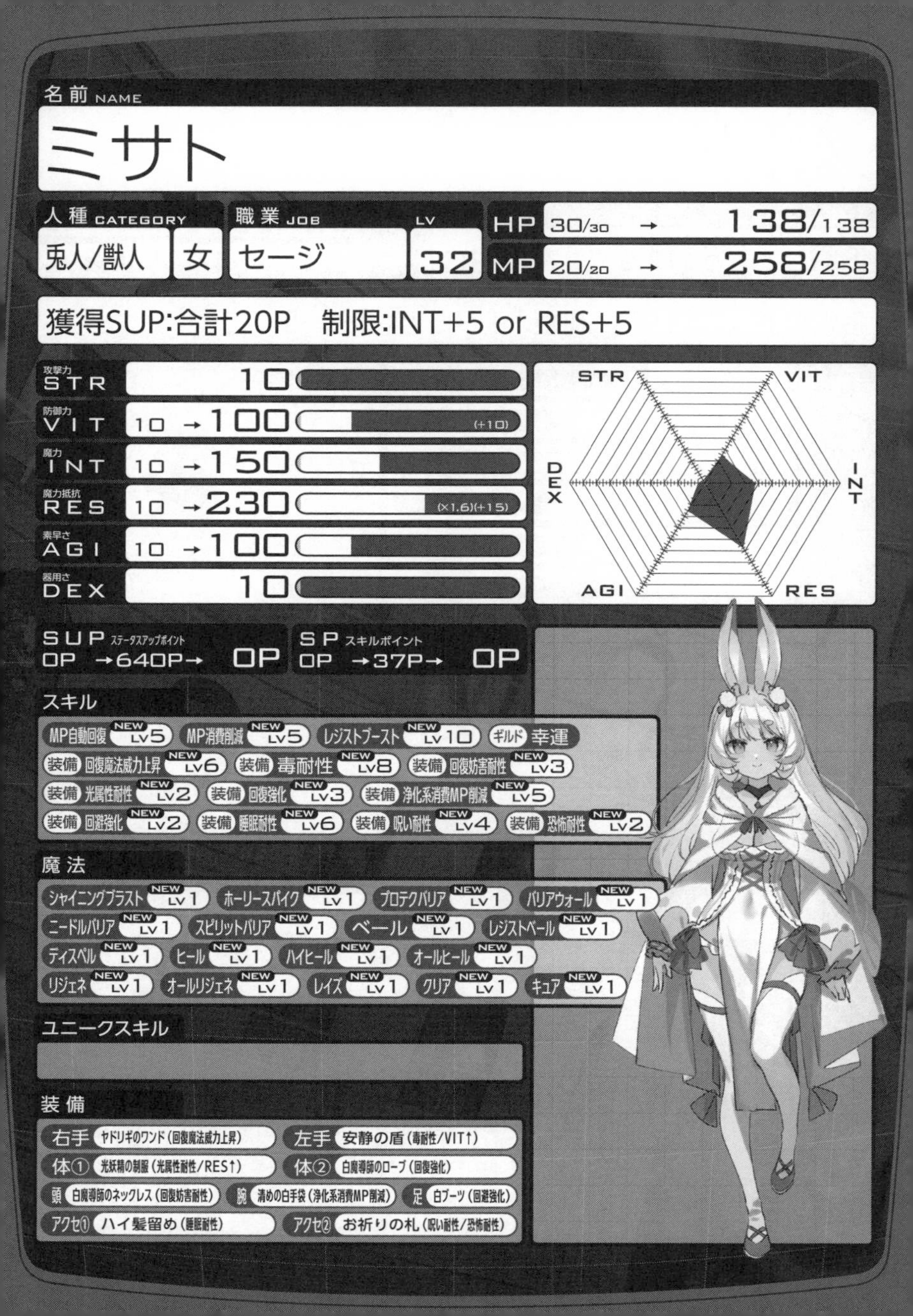

名前 NAME
ミサト

人種 CATEGORY		職業 JOB	LV
兎人/獣人	女	セージ	32

HP 30/30 → 138/138
MP 20/20 → 258/258

獲得SUP:合計20P　制限:INT+5 or RES+5

攻撃力 STR	10
防御力 VIT	10 → 100 (+10)
魔力 INT	10 → 150
魔力抵抗 RES	10 → 230 (×1.6)(+15)
素早さ AGI	10 → 100
器用さ DEX	10

STR VIT INT RES AGI DEX

SUP ステータスアップポイント 0P →640P→ 0P
SP スキルポイント 0P →37P→ 0P

スキル
MP自動回復 NEW LV5 / MP消費削減 NEW LV5 / レジストブースト NEW LV10 / ギルド 幸運
装備 回復魔法威力上昇 NEW LV6 / 装備 毒耐性 NEW LV8 / 装備 回復妨害耐性 NEW LV3
装備 光属性耐性 NEW LV2 / 装備 回復強化 NEW LV3 / 装備 浄化系消費MP削減 NEW LV5
装備 回避強化 NEW LV2 / 装備 睡眠耐性 NEW LV6 / 装備 呪い耐性 NEW LV4 / 装備 恐怖耐性 NEW LV2

魔法
シャイニングブラスト NEW LV1 / ホーリースパイク NEW LV1 / プロテクバリア NEW LV1 / バリアウォール NEW LV1
ニードルバリア NEW LV1 / スピリットバリア NEW LV1 / ベール NEW LV1 / レジストベール NEW LV1
ディスペル NEW LV1 / ヒール NEW LV1 / ハイヒール NEW LV1 / オールヒール NEW LV1
リジェネ NEW LV1 / オールリジェネ NEW LV1 / レイズ NEW LV1 / クリア NEW LV1 / キュア NEW LV1

ユニークスキル

装備
右手 ヤドリギのワンド（回復魔法威力上昇）
左手 安静の盾（毒耐性/VIT↑）
体① 光妖精の制服（光属性耐性/RES↑）
体② 白魔導師のローブ（回復強化）
頭 白魔導師のネックレス（回復妨害耐性）
腕 清めの白手袋（浄化系消費MP削減）
足 白ブーツ（回避強化）
アクセ① ハイ髪留め（睡眠耐性）
アクセ② お祈りの札（呪い耐性/恐怖耐性）

1 新しい制度のご案内がされた後のセレスタン。

2 エクストラダンジョンの不思議なドロップ肉。

3 ミサトは顔が広くて人気者。

4 メルトの小さい頃の練習風景。

新しい制度のご案内がされた後のセレスタン。

みなさま、初めまして。僕はセレスタン。〈エデン〉でゼフィルス様の従者をさせていただいております。

ゼフィルス様は素晴らしいお方でその知識の泉は深すぎて底を覗き見ることができないほどです。そしてその膨大な知識と知恵を自分の利だけではなく、社会全体の能力向上のために公開し、自ら授業の教師に進み出て学生の成長を促す懐の深さを持っております。

また、学園に様々な風を巻き起こしました。高位職の発現条件が判明したのはゼフィルス様の功績が大きかったことは一部では有名な話です。

僕が陛下に命じられゼフィルス様にお仕えする切っ掛けでもありました。

改めてこのように立派な方にお仕え出来て光栄に思います。

僕の役割はゼフィルス様の従者。ゼフィルス様がやりたいことをサポートし、煩わしいものを取り除き、ゼフィルス様が足を止めないようにすることです。

また、僕にはもう一つ隠された役目があります。それが【勇者】であるゼフィルス様が起こした出来事の報告です。この報告を上げる直属の上司はユーリ殿下となっております。

ですがユーリ殿下、ラナ殿下のことは管轄外となりますのでご命令を受諾出来ませんよ。はい、この通り陛下からの王命がありますので諦めてくださいませ。

僕の役割はゼフィルス様の従者。それ以上でもそれ以下でもありません。

また、ゼフィルス様が内緒にしておいてと言ってこられたことは報告しておりません。

例えば〈公式裏技戦術ボス周回〉とゼフィルス様が申していたもの。こんな報告をすれば国が震撼しますね。ですがゼフィルス様が内緒と言うので報告は忘れました。

ええ。誰にだって忘れてしまうことはありますからね。仕方の無いことです。

僕はゼフィルス様が不利益になりそうな報告はいたしません。

それが結果的に国のためになるとそう考えています。

ある日のことです。突然ですがそのゼフィルス様がまた素晴らしいご発表をなされました。

今度は〈転職〉。

〈転職〉と言えば忌避される方も多いでしょう。

夢はありますが、その夢を掴み成功する人は極少数です。

ですがその夢を現実に叶える案をゼフィルス様は学園に提出したのです。

まだ名前は決まっておりませんが、〈転職〉をサポートする制度を国が整えるよう学園長に直接提案したのだと聞きました。

〈転職〉が高位職の正しい道。これはゼフィルス様が言われたことです。

これまでの高位職は、選ばれた類い希な才能と血の滲む努力によって発現するものだと言われてきました。

かく言う僕も、父上からの厳しい教育を受けた身です。

時折モンスターを生身で狩ることもありました。今思えば、あれが条件を満たす切っ掛けだったのですね。

父上も「自分も通った道だ」とおっしゃっておりましたが、父上は正しかったと思います。

そんな高位職が〈モンスターの撃破〉によって発現する可能性があると判明しましたが、実際職業も無しにモンスターを狩るのはかなり危険度が高い問題もあります。

ですが〈転職〉することが正しいとすれば、まずは下位職、中位職に就くこともまた正しいということになります。

中位職に就き、正しくモンスターを狩り、レベルを規定値まで上げて〈転職〉で高位職になる。

なんと説得力のある言葉でしょう。

聞けば聞くほど素晴らしいとしか言いようがありません。

それを聞いた研究所の研究員や来賓の方々はみな目から鱗がポロポロと落ちていました。

――時代が変わる。

まさしくそれを感じた瞬間でした。

ゼフィルス様はこれを発表後、すぐ学園長に例の話を打診いたしました。

きっと今が時代を変える最適なタイミングだと分かっていたのでしょう。

来賓の方々はこの国を動かしている重鎮も重鎮。大臣級の方もいました。

そんな中でこの衝撃的な発表です。ゼフィルス様は時代を動かす気なのでしょう。

これほどのインパクトです。学園側がなにもしないわけにはいきません。

学園長は動くしかありません。それも最速で。そして結果、国が動きますね。

高位職が通常となる時代、そんな夢のような時代が直ぐ傍まで迫っている。

僕にはそう明確に感じられました。

となれば、僕も微力ながらそのお手伝いをさせていただきます。

すぐに行動に移りましょう。学園とも足並みを揃える必要があります。

各所への根回しなどもお任せください。すぐにユーリ殿下にも連絡を取りましょう。

幸いにも国の重鎮が揃っていますので、方針さえ決定すれば緊急会議を開くことができます。国とも足並みを揃えられますね。最速で話が進められるでしょう。

すぐに草案を練ります。

明日は1日がかりの大仕事になりそうです。

僕の役割はゼフィルス様の従者。ゼフィルス様がなさりたいことをサポートすることが僕の役目です。

エクストラダンジョンの不思議なドロップ肉。

ん。私はカルア。16歳。えっと、〈エデン〉所属。

自己紹介終わり。

今日、私はすごいものに出会った。

その名も……なんだっけ？　うん、とにかくたくさんのお肉たち。

ダンジョンではお肉が採れる。すごい。

お肉はとても力になる。食べると力が湧いてくる。

焼き肉にしてもいい、スープに入れてもいい、でも最強はカレー。

お肉たっぷりカレーは最強にして至高の存在。

あ、違う。ついカレーに逸れちゃった。

カレーは美味しいから。とても美味しいから仕方ない。

えっと、確かお肉の話だった。

そう、今日はギルドのみんなで遠足に来た。

遠足の場所は、確かエクストラダンジョンの〈お肉ダン〉？

そんな感じの名前のところ。（※〈食ダン〉です）

ここのダンジョンはすごい。食材ばっかり落とす。

ゼフィルスはここを食材しか落とさないダンジョンって言ってた。ドロップが全部食材なんて、このダンジョンは神。

でもこのダンジョンに入るにはとてもお金？　が掛かるらしくて滅多に入れないらしい。だからなるべく多く採集していく。全ては美味しいカレーのため。

あ、また逸れた。

でも、多分間違って無い。ゼフィルスはここのドロップで美味しいカレーを作ってくれるって約束してくれた。だからとても楽しみ。

だけど、とても悩ましい事態に直面した。

このダンジョンには動物が居る。馬さんや、牛さん。

家畜として優秀。部族にいた頃は様々なことで馬さんや牛さんの力を借りていた。

馬さんは速い。移動手段として優秀。牛さんは牛乳係、美味しい牛乳が採れる。２頭とも最後はお肉になる。とても美味しい。

だから家畜が虐められたら許さない。部族のいた地域ではたまに出てきたゴブリンがイタズラした。これを狩るのは部族の役目。

優秀なら職業（ジョブ）獲得前にはゴブリン狩りに参加させられる。

私も何度か切ったことがある。ゴブリン許すまじ。

ゴブリンは家畜を襲うからすぐに倒す。

エクストラダンジョンに入ったら、ゴブリンが居た。牛さん襲ってた。許すまじ。

即で倒した。慈悲はない。これで牛さんは助かった。良かったね牛さん。と思ったら。

「『ソニックソード』！」

「モー!?」

牛さん!?

ゼフィルスに切られちゃった!? お肉になっちゃった!! あれ、お肉？ お肉なら良いんだっけ？（混乱）

「ちなみに倒し方によって変わった物がドロップすることもある。こうやって『属性剣・火』！ せいっ！」

「モー!?」

「牛さん!?」

また牛さん切られた！ 今度は美味しいステーキになっちゃった！

とても香りが良くて、お腹が空く。お腹空いた。お、美味しそう。ゴクリ。牛さん……。これは食べていいの？

ゼフィルスの説明だとここはダンジョンだから動物は倒してドロップを確保するんだって。

「カルアさん、ここの動物は家畜ではなく野生ですわ。何度倒してもリポップしますから安心してくださいまし。構わずたくさんのお肉をゲットしますわよ！」

衝撃的事実。お肉はリポップする。

リーナにこう言われてはやぶさかではない。

「ん、知らなかった。家畜と野生の牛さんって違うんだ」

「？ いえ、ここから連れ出された動物を家畜化するんですのよ」

「?? 家畜と野生の牛さんは同じ??」

「あ、混乱させてしまいましたわね。つまり野生の動物は狩って良いのですわ。でも家畜は狩ってはダメなんですの」

「わかりやすい」

さすが、リーナは物知り。少し賢くなった気がする。

ここの牛さんは狩るもの。とても理解した。

牛さん、狩る！

「モー!?」

でもどうしてだろう、少し心が痛んだ。

大切に食べたいと思う。

「本当、お肉、種類、たくさん、不思議」

「だな。倒し方でドロップ肉が変わるのはマジ不思議、ステーキとか普通に調理済みになってるし！　お前たち牛はどうなってんだー！　『ソニックソード』！」

「モー⁉」

ゼフィルスがツッコミを入れながら牛さん切ってお肉ブロックにしてた。

ゼフィルスの言う通り、普通に切った時と〈アイスミー〉を使って切った時でドロップが変わる。

でも量は普通に切った時の方が多い。リーナに聞いたら普通のお肉ブロックは2キロ、〈アイスミー〉で切ってドロップした〈安心安全ユッケ〉は100グラムだった。

……普通に切ろう。〈アイスミー〉は封印する。

リーナが砲撃を当ててるとブロック肉じゃなくて〈ミンチ肉〉をドロップしてた。400グラムだって。普通に切った時が最強。そしてたくさん食べる。

お昼、ゼフィルスに食べさせてもらった牛さんは絶品だった。牛さんのお肉は最強。

ただ焼いてタレを付けただけだった。でもとても美味しかった。カレーには負けるけど。

驚いたのはその後。ダンジョンの最奥のボスが牛さんだった。戦う牛さん。

これは倒し方でドロップが変わることはないらしい。最奥の牛さん、全力で狩った。すごいお肉が出た。たくさんのお肉が出た。

他にも豚さん、鶏さんのお肉もたくさんドロップしてた。しかも、宝箱でカレーを作るアイテムが当たった。このダンジョンはやはり神。

ゼフィルスは早速そのアイテムでカレーを作ってくれた。普通の牛さんとボスの牛さんのお肉が入ったカレー。

「！　最奥の牛さんカレー最強！」

最奥ボスの牛さんの味は、とてもすごかった。

野生の牛さん、ごめんなさい。

ミサトは顔が広くて人気者。

こんにちは、私はミサト。今は〈エデン〉に所属しているよ。

入学してからちょっと色々ありすぎて辟易してたんだけど、なんだかやっと安心出来る居場所を見つけられたところ。

理由は私の職業。

【セージ】に就いたところから始まるんだけど、この職業ってすっごいレアなの。大罪と呼ばれている有名な職業の下級職でもあるし、学園では多分私だけが就いている職業なんだよ。

だから入学式に【セージ】が発現していたことにすごく驚いちゃったし、嬉しかったなぁ。メル君のために厳しい特訓をした甲斐があったよ〜。

でもその後の勧誘合戦で高まった気持ちが沈んじゃったんだぁ。まさかあんなにしつこく勧誘されるなんて思ってなかった。私が思っていた以上に【セージ】ってすごい職業だったんだよぉ。

このままじゃマズいと思って、私は人脈を広げることにしたの。

将来的にメル君の役に立つ可能性は高いから、人脈を広げるのは必須だと思っていたし、コミュニケーションは得意だからどんどん友達を増やしていったの。

もちろん同学年の子を中心にね。

あっちこっち行くもんだから勧誘合戦が鳴りを潜めるまで逃げることが出来たのは良かったんだけど、クラス分けで1組になってからまた再燃しちゃってすごく大変だった。

1組に入ったのを少し後悔しちゃったほどだよ。

でも1組になるのは人脈を広げる上でとても助けになるし、やっぱり外せないかな〜。と思い直して頑張った。

だって1組にはあの有名な勇者君や王女殿下を始め、すんごい人たちが集まってるんだもん。人脈を広げる上でこれ以上のクラスは無いって断言出来る。

1組所属ということも手伝って、他のクラスに行ってもどんどん友達が増えていくし、やっぱりメリットの方が大きいなぁ。

5月は真のギルドバトルとも言われていて、下剋上の期間らしく、4月にランク落ちしたギルドが力を蓄えて逆襲する期間でもあるらしくって連日1組には私を求めて色々なギルドの人が来るようになった。

これは、どこか安全なギルドに入っちゃった方がいいかもしれない。

そんなことを考えている時だった。

「うおおおおお、誰も、誰も我がギルドに入る者は居ないのか⁉」

「ふふ、まさか、ここまでとは」

「俺は強いはずなのに、なぜだ⁉」

「俺様の存在が忘れられているのか……」

うちのクラスの変わった男子たちが揃ってどんよりしてたんだよ。

その時に一つ思いついたことがあった。この人たちのギルドに入れば隠れ蓑にちょうどいいかもしれないって。私を入れて5人しかいないっていうのが良い。

ギルドは5人を下回ると解散しなくちゃいけない関係で、1年生が5人で作ったギルドへ引き抜きを掛けるのは上級生にとってすごく後ろ指さされる行為になる。

そしてこの4人のギルドなら好き好んで入りたいという人も居ないだろうし、5月中は5人をキープ出来ると思う。

うん、向こうもギルドが作れるし、ウィンウィンじゃないかな？　ということで早速声を掛けたんだよ。

「サターン君たち、ちょっといいかな、ギルドメンバーのことなんだけど」

それからの交渉で5月末で脱退するという契約で私はギルド〈天下一大星〉のメンバーになったの。おかげで勧誘はまったくされなくなったし。作戦大成功だったよ！

誤算があるとすれば、〈天下一大星〉が私が5月末で抜けるという話を忘れちゃったことかな。そこ、重要なんだから忘れちゃダメでしょ。あと持ち上げすぎだから。なに姫って？　周りの視線が痛いんだよ⁉

でも〈天下一大星〉のおかげでゼフィルス君と仲良くなれたのはすごい収穫だった。

それからあれやこれやあったけど、無事メル君を〈エデン〉に加入させられたんだもん。

〈エデン〉と言えば1年生で一番勢いのあるギルド。人材もすっごいし。絶対メル君のためになるって確信したもん。そしてなんやかんやあって私もお世話になることになっちゃった。

〈天下一大星〉？　うん、なんだかゼフィルス君に喧嘩を売り始めたからキュッとやっちゃったよ。もちろん正規の手段で脱退したよ。その際揉めて〈エデン〉とギルドバトルすることになったのは予想外だった〜。

でもそのおかげで私も〈エデン〉に半ば強制だったけど正式加入になって。今はメル君も同じギルドだしとっても幸せです。

ゼフィルス君には迷惑掛けちゃったし、ギルド〈エデン〉のために私も一生懸命頑張るよ！　例えば人材のスカウトとか任せてほしいな〜。決して勇者ファンを敵に回したいとかじゃなくてね。うん、まあそれも少しあるけど、ゼフィルス君は欲しい人材とかないのかな？　え？　ある？

任せてよ！　私の広い人脈で素晴らしい人材を確保してみせるよ！

第一回〈エデン〉大面接、開催だよ！

全てはこのミサトにお任せあれ、さあ、頑張るよー！

メルトの小さい頃の練習風景。

俺はメルト。現在は〈エデン〉に所属させてもらっている。

継続は力だ。ひたむきに努力すればきっと報われる。

そんなことを言うのは現在の俺が充実しているが故だろう。

小さい頃、俺はどんなに努力しても大きな成功をしてこなかった。

原因はこの背丈だ。

俺は伯爵家の長男として生まれ、将来は伯爵位を継ぐ者として厳しく躾けられた。

おかげで作法に関しては伯爵家の者として恥ずかしくない所作を身に付けている。

しかし、伯爵家の長男としての能力を見たとき、俺は落ちこぼれだった。

このシーヤトナ王国では爵位によってそれぞれお役目を持っている。

公爵であれば領地管理に加え、遠方との連絡、通信。そして軍のまとめの役割を持っている。

侯爵は有事の際、公爵の下につき、軍を率いて攻め込み解決する現場指揮官を役目としている。

そして伯爵は有事の際、国を守る国守の役目を持っている。

俺は伯爵家長男。役目は国守だ。伯爵の貴族職業は非常に守りに特化した職業を発現することができる。

しかし、それには盾の扱いで秀でなくてはならない。そして俺は成長が遅く、小柄で盾を持つには不向きな体格をしていた。実際盾を持った戦闘訓練でも良い成績は残せたことがない。俺は【魔法使い】に進むしか無かったのだ。

だが、伯爵系魔法使いは全て盾と魔法の二つを扱えなければ発現することは出来ない。そこで俺が見いだしたのが貴人職業である【賢者】だった。

【賢者】は魔法使いの職業でも最高位を誇り、貴族職業の中でも上位の強さを持つ職業だった。

実家での戦闘訓練も【賢者】に就いた時のことを想定し、魔法使いの立ち回り方を学んだ。

そして運命の16歳。

入学式に参加した俺のジョブ一覧には【賢者】は無かった。

さすがにあのときは堪えた。今までの努力が意味を成さなかったのではないか、そう思った。

だが、俺には支えてくれるミサトの存在があった。

あいつは【セージ】なんてとんでもない職業を発現しておきながら俺のために日夜人脈作りに奔走していたのだ。

そんなの見せられたら、腐ってる場合じゃないよな。

俺はその日からも必死に【賢者】に就くために様々なことに手を出した。

【賢者】に就く条件は割と知られている。6属性の魔法使いになるのは条件の一つだとほぼ確定しているほどだ。俺はその他にも、【賢者】の下位職に問題があるのではないかという考えに至る。

理由は【賢者】が魔法使いの頂点にいるからというのと、6属性全ての属性を使いこなす職業だからというのがあげられる。

全ての属性を使う、魔法使いの頂点に立つ職業。ならば、下位職も全て網羅し、その上に立っているのが【賢者】ではないのかという、今思えばこじつけ、そうであってほしいという願望にも似た考えを原動力にして行動し始めたのだ。

後で知ったのだが、ゼフィルス曰く、これが半分くらい正解だったらしい。

それからこれといった成果があがらないまま3週間が過ぎた頃、大きな転機が訪れた。それが高位職の条件、その氷山の一角が判明したという研究所からの発表だった。これもゼフィルスがもたらしたのだとは後で知った。

これにより多くの人材が高位職に就くことが出来、かくいう俺も【賢者】に就くことが出来たのだった。この時ばかりは努力が報われたことを誰かに感謝したくなった。

もちろんミサトにもだ。ミサトは俺が【賢者】に就けない可能性が高いにも拘わらず俺のために人脈作りを続けてくれた。

「ミサトよ、ありがとな」

「どうしたのメル君。熱でもあるの？」

「…………」

ミサトよ、他の人に対しては聡いはずのお前が、俺の時はポンコツになるのはなぜなんだ？　教えてくれよ。

思わずウサ耳クローが出かかった右腕を左手で押さえる。

「メル君どうしたのそんなに右腕を押さえて。右腕が疼くの？　闇のパワーとか出ちゃいそうなの？」

俺は右手が勝手に動かないよう抑えるのにとても苦労した。

その後はなんだ、また色々あった。Bランクギルドだからと〈金色ビースト〉の誘いに乗って加入したのは失敗だった。

だが、その後に加入することが出来た〈エデン〉はとても良いギルドだった。

ギルドマスターのゼフィルスは今や〈育成論〉の先駆者だ。

この学園に通う1年生ならほぼ全員がこの〈育成論〉を知っている。

ゼフィルスの授業を受けに応募が殺到し、俺すらも応募から弾かれた。おかげで俺とミサトで独自に〈育成論〉を研究したのは貴重な財産になった。その後ゼフィルスから知識を新たに補完され、かなりものになった自覚がある。

そんな人物のギルドに入り、初のギルドバトルでしっかりとした成果を出して、しっかり貢献出来ている。〈育成論〉で振ったステータスの力をとても実感した。


最高の人物であるゼフィルスと、そのゼフィルスのギルド〈エデン〉を紹介してくれたミサトには、深く深く感謝している。

あとがき

こんにちは、ニシキギ・カエデです。

『ゲーム世界転生〈ダン活〉～ゲーマーは【ダンジョン就活のススメ】を〈はじめから〉プレイする～』第07巻をお手に取っていただき、誠にありがとうございます。

そして、この本をお買い上げいただいた貴方には、最大の感謝を！

こうして無事巻数を重ねる事が出来たのも、応援してくださる読者の皆様のお陰です！

これからも頑張って面白さを追求していきますので、今後ともよろしくお願いいたします！


第07巻は一種の区切り。三部渡りましたサターンたち〈天下一大星〉戦の最終巻でした！

最後は〈天下一大星〉が意地を見せ、なんと強敵である上級生をメンバーに加えて〈エデン〉に挑んでくる！　嫉妬に狂った男たちが後が無い状態で決死のギルドバトルを挑んで来るも見事に返り討ちにするゼフィルスたちの、熱き戦いを書かせていただきました！

今回は初めての総力戦！〈15人戦〉ということで作者、とってもわがままを言いました。

出版社の担当者様へ、口絵は15人、全員を描いてほしいとたくさんお願いをしてしまいました。

作者にとってこの第07巻は思い入れの深い巻で、15人全員がギルドバトルへ挑む姿がどうしても口絵で欲しかったのです！　さらにギルドエンブレムが描かれたフラッグを持っているゼフィルスの図もどうしても見たいと、担当者様には無理を言ってしまいました。

そうして無理を通してしまった結果、なんと超かっこいい、〈エデン〉メンバー15人が全員出ている口絵が完成したのです！　もう作者は感謝感激大感謝でしたよ！　担当者様、本当にありがとうございます！

後で聞いたのですが、口絵って本来5人までらしいです。なので、今回は特別ですよと言われてしまいました。本当に大感謝です！

また、今回はギルドバトルの他にもう一つ大きなイベントがありました。エクストラダンジョン〈食ダン〉回ですね。挿絵が4枚も使われているという贅沢仕様で、和みから食、そして熱き戦闘まで様々な部分を出していきました！

さらに今回の新キャラは珍しくも男子。とうとうメルトが登場しました！　さらにミサトも初のキャラデザです！

デザインラフを初めて拝見したとき、ビックリしたと共に衝撃が走りました。このメルトは有りだろうと！　ミサトもとても良い感じに描いていただき大感謝です！

おっと！　大感謝を続けていたらもう終わり!?　今回はこの辺で失礼します！

最後に謝辞を。

担当のYさんIさんを始めとするTOブックスの皆様、素敵なイラストを描いてくださった朱里さん、本巻の発行に関わってくださった皆様、そして何より本巻を手に取ってくださった読者の皆様に厚く御礼を申し上げます。

また、次巻でお会いしましょう。

ニシキギ・カエデ

ゲーム世界転生〈ダン活〉07
～ゲーマーは【ダンジョン就活のススメ】を〈はじめから〉プレイする～

2023年12月1日　第1刷発行

著　者　ニシキギ・カエデ

発行者　本田武市

発行所　TOブックス
〒150-0002
東京都渋谷区渋谷三丁目1番1号　PMO渋谷Ⅱ　11階
TEL 0120-933-772(営業フリーダイヤル)
FAX 050-3156-0508

印刷･製本　中央精版印刷株式会社

ISBN978-4-86794-009-9